Las confesiones de Max Tivoli

Andrew Sean Greer

Las confesiones de Max Tivoli

Traducción de Bianca May Southwood

Círculo de Lectores

A Bill Clegg

El amor... siempre insatisfecho,
vive en el momento próximo.

Marcel Proust

UNA NOTA SOBRE EL TEXTO

Esta obra ha sido reimpresa casi exactamente igual que como se encontró en un desván en el año 1947. Algunos errores de ortografía y puntuación han sido corregidos. Algunas palabras ilegibles (sobre todo del pasaje que describe la tormenta) han tenido que deducirse por el contexto, pero cualquier error con respecto a la historia, la geografía o la medicina ha sido reproducido igual que en el original. Impreso con el permiso de la Fundación Samuel Harper.

I

25 de abril de 1930

Cada uno de nosotros somos el amor de la vida de otro.

Quería hacerlo constar por si me descubren y no consigo completar estas páginas, por si te perturban tanto los hechos de mi confesión que la tiras al fuego antes de que pueda hablarte de gran amor y de asesinato. Tampoco te lo echaría en cara. Hay muchas cosas que podrían impedir que se conozca mi historia. Hay un cadáver por explicar. Una mujer tres veces amada. Un amigo traicionado. Y un niño buscado desde hace mucho tiempo. De modo que empezaré por el final y te diré que cada uno de nosotros somos el amor de la vida de otro.

Aquí estoy, sentado, en un día precioso de abril. Todo cambia a mi alrededor; el sol pasa de proyectar unas sombras oscuras detrás de los niños y los árboles a recogerlas rápidamente de nuevo en cuanto una nube atraviesa el cielo. La hierba se llena de oro, y luego pasa a ser nada. El sol entinta el patio entero del colegio y luego lo emborrona, haciendo que resplandezca y alcance un punto de gran hermosura. El mero hecho de formar parte del público me quita el aliento. Pero soy el único que se da cuenta. Las niñas están sentadas en corro, los vestidos crujientes de almidón y conspiración, y los niños están en el campo de béisbol o subidos a los árboles, colgando cabeza abajo. Desde arriba, un avión me aturde con su rugido y su raya de tiza de institutriz. Un avión; nada que ver con el cielo que yo conocía años atrás.

Y aquí estoy, sentado en el cajón de arena, un hombre de casi sesenta años. El aire frío ha endurecido la arena y los más pequeños no consiguen cavar en ella. Además, la luz cambiante del sol en el campo de béisbol es demasiado tentadora, y todo el mundo está allí, cargando contra las sombras, de modo que yo me he quedado aquí, solo.

Empecemos por las disculpas:

Por estas hojas tan blandas de cuaderno que sostienes en las manos, un triste relicario para mi historia y con tendencia a rasgarse, pero es lo mejor que pude robar. Por haber robado, tanto los cuadernos como la preciosa pluma de émbolo con la que escribo, que durante tantos meses admiré sobre el escritorio de mi profesora y que no me quedó más remedio que hurtar. Por la arena atrapada entre las hojas, algo que no pude evitar. Hay pecados más graves, por supuesto: una familia perdida, una traición, y todas las mentiras que me han traído hasta este cajón de arena, pero sólo te pido que me perdones una cosa más: mi letra infantil.

Todos odiamos a la persona en la que nos convertimos. No soy el único. He visto mujeres mirándose en los espejos de los restaurantes en ausencia de sus maridos, mujeres encantadas por su propio hechizo frente a alguien que no reconocen. He visto cómo los hombres que vuelven de la guerra se miran en los escaparates con los ojos entrecerrados mientras se tocan el cráneo debajo de la piel. Ellos creían que iban a despojarse de lo peor de la juventud para ganar lo mejor de la madurez, pero el tiempo ha flotado por encima de ellos, sepultando sus viejas esperanzas bajo la arena. La mía es una historia completamente distinta, pero viene a ser la misma.

Una de las razones por las que estoy aquí sentado en la arena, odiando a la persona en la que me he convertido, es el niño. Tanto tiempo, tantos años de búsqueda, tantas mentiras a administrativos y párrocos para obtener los nombres de los niños que vivían en la ciudad y las afueras, inventándome seudónimos absurdos, para acabar llorando en una habitación de motel, preguntándome si algún día te encontraría. Qué bien escondido te tenían. Igual que esconden al principito del ogro en los cuentos de hadas: dentro de un tronco, en medio de un bosquecillo espinoso, en un lugar aburrido sin apenas encanto. Mi pequeño escondido Sammy. Pero el ogro siempre encuentra al niño, ¿no es así? Y aquí estás.

Si estás leyendo estas páginas, querido Sammy, no me desprecies. Sólo soy un viejo desgraciado; nunca quise hacerte daño. No me recuerdes como un demonio de tu infancia, aunque lo haya sido. Tumbado en tu habitación por las noches, he escuchado cómo tu aliento raspaba el aire. Te he susurrado al oído mientras soñabas. Soy lo que mi padre siempre dijo que era: un engendro, un monstruo. Incluso mientras escribo estas palabras (y te pido que me perdones), no dejo de observarte.

Tú eres el que juega a béisbol con tus amigos con el sol que entra y sale de tus cabellos dorados. El más bronceado, claramente el que manda, el que más rencor suscita entre los otros niños, y a la vez amor. Me alegra ver que te quieran tanto. Estás a punto de batear pero alzas la mano porque hay algo que te ha molestado, un picor, quizá, porque ahora veo cómo te rascas con frenesí la base de tu cabeza rubia, y tras este arranque endemoniado, das un grito y vuelves al juego. Niños, aunque no pretendéis ser una maravilla, lo sois.

Tú no te has fijado en mí. ¿Y por qué ibas a hacerlo? Para ti no soy más que el amigo del cajón de arena, el que escribe sin parar. Vamos a probar una cosa: voy a saludarte con la mano. Ya está, ¿lo ves? Acabas de dejar el bate para devolverme el saludo, con una sonrisa torcida en ese rostro pecoso, arrogante, pero inocente de todo lo que te rodea. Los años y los problemas que he tenido que superar para estar aquí contigo. Tú no sabes nada, no temes nada. Cuando me miras, ves a otro nino igual que tú.

Un niño, sí, eso es lo que soy. Son tantas las cosas que tengo que aclarar, pero primero hay una cosa que tienes que creer:

Dentro de este cuerpo espantoso, envejezco. Pero por fuera, en cada parte de mí salvo la mente y el alma, rejuvenezco.

Lo que yo soy no tiene nombre. Los médicos no me entienden. Mis células se revuelven en sentido contrario en el microscopio, se dividen y les devuelven el eco de su ignorancia. Pero yo me considero como si tuviera una antigua maldición. La que le echó Hamlet a Polonio antes de pincharlo como un globo:

Y es que, voy hacia atrás como los cangrejos.

Pues incluso ahora, mientras escribo, tengo la apariencia de un niño de doce años. Y a mis casi sesenta, tengo arena en los calzones y fango en el ala de la gorra. Tengo una sonrisa que parece el corazón de una manzana. Y sin embargo, tiempo atrás aparentaba un joven apuesto de veintidós años con una pistola y una máscara antigás. Y antes, aparentaba un hombre que rondaba los treinta, intentando encontrar a su amada en un terremoto. Y un cuarentón trabajador, un cincuentón atemorizado, y cada vez mayor, cada vez más, a medida que nos aproximamos a mi nacimiento.

–Cualquiera puede envejecer –decía mi padre, a través del bouquet del humo de su puro.

Pero yo irrumpí en el mundo como si viniera del otro extremo de la vida, y mis días desde entonces han sido de reversión física. Las arrugas se me han ido borrando de los ojos; han ido oscureciendo mis cabellos, primero los blancos, luego los canos; la musculatura se me ha ido desarrollando en los brazos, la elasticidad en mi piel, y he crecido hasta ser un hombre alto para luego encogerme y convertirme en este niño lampiño e inofensivo que escribe esta burda confesión.

Una aberración, un niño sustituido por otro; soy una cosa tan disconforme con la raza humana que me he parado en la calle y he aborrecido a todo hombre enamorado, toda viuda vestida de luto, todo niño arrastrado por un perro cariñoso. Borracho de ginebra, he llegado a insultar y escupir a desconocidos que pasaban por mi lado porque me tomaron por lo opuesto a lo que era por dentro, un adulto cuando era niño, un niño ahora que soy un anciano. He aprendido a sentir compasión desde entonces, y siento cierta lástima por aquellos con los que me cruzo en la calle dado que yo, mejor que nadie, sé lo que les queda por vivir.

Nací en San Francisco en 1871. Mi madre venía de una familia acaudalada y fue criada en la zona refinada de South Park, construida originalmente para la burguesía sureña, pero que, tras perder la guerra, se abrió a cualquiera que pudiera permitirse el lujo de dar una cena de ostras. Por aquel entonces, la distinción que se hacía entre la gente de mi ciudad nada tenía que ver con el dinero, pues el fango azul plateado del Comstock había convertido a demasiados mendigos en hombres ricos y obesos, de modo que la sociedad se repartía en dos clases: los caballeros y los paleadores. Mi madre procedía de los primeros, mi padre de los desgraciados segundos.

No era de extrañar que cuando se conocieron en la piscina del hotel Del Monte, mirándose de hito en hito a través de la red fina que separaba los sexos, se enamoraran. Volvieron a encontrarse esa misma noche, en el balcón, lejos de las carabinas, y según me han contado, mi madre iba a la última moda de París: llevaba un escarabajo vivo de alas iridiscentes sujeto al vestido con una cadena dorada.

–Voy a besarte –le susurró mi padre, temblando de amor.

El escarabajo, de color verde y dorado, subió corriendo al hombro descubierto de mi madre e intentó alzar el vuelo.

–Voy a hacerlo. Voy a besarte ahora mismo –insistió.

Pero no hizo nada, así que mi madre lo agarró de las patillas y atrajo sus labios hacia su propia boca. El escarabajo tiró de su correa y se posó en sus cabellos. A mi madre le explotó el corazón.

Durante todo el otoño de 1870, el danés y la debutante se citaron a escondidas, encontrando rincones apartados en el nuevo parque de Golden Gate donde pudieran besarse y toquetearse, con los bisontes cercanos quejándose en sus corrales. Pero como una viña trepadora, la lujuria sólo puede llevar a alguna parte o marchitarse, así que llevó a lo siguiente: a la detonación de Blossom Rock. Toda la ciudad estaba celebrando el acontecimiento y mi madre consiguió escaparse de mi abuela y de South Park para presenciarlo junto a su amante danés, su Asgar. Iba a ser la mayor explosión hasta el momento en la historia de la ciudad. Iban a dinamitar Blossom Rock, un escollo en el Golden Gate que llevaba siglos destrozando los cascos de los barcos, y mientras algunos pescadores optimistas se prepararon para lo que suponían iba a ser la pesca del siglo, algunos científicos pesimistas advirtieron de la gran «ola terrestre» que sacudiría el país, causando estragos en toda estructura vertical. La población debía huir de allí. ¿Huyó? Se dirigió hacia las colinas más altas de donde vería mejor el fin del mundo.

Así que mis padres se encontraban entre los miles de espectadores que habían ido a Telegraph Hill y, temiendo ser reconocidos, se metieron dentro de la estación de heliografía en busca de intimidad. Me imagino a mi madre sentada en la vieja silla del operador, con su vestido de seda rosa, apretando el dedo contra uno de los vidrios y limpiando un óvalo en el polvo de la ventana. Desde allí, vio a las multitudes con sus prendas de lana negra, mirando hacia el mar. Incluso cuando notó que los dedos de mi padre se metían entre su encaje, miró cómo los jóvenes tiraban conchas de ostras a las chisteras más altas.

–Mi amor –le susurró su amante, desabrochándole sus filas de botones.

Ella no se volvió para recibir sus besos, sino que se estremeció por la sensación en su piel. Pocas veces había estado desnuda desde el día en que nació, ni siquiera cuando se bañaba, pues siempre había llevado un camisón largo y blanco dentro del agua cálida. Y mientras mi futuro padre la desconchó como una ostra exquisita, ella se retorció como si lo fuera, helada y llorando, no sólo por amor (*«Mine dyr, mine dyr»*, le susurró él), sino por el alivio que sentía por lo que estaba a punto de perder.

A las 13.28, se oyó un disparo de advertencia desde Alcatraz y, en ese preciso instante, se acabó la niñez técnica de mi madre. Un grito ahogado en el aire frío, un destello de las placas heliográficas distribuidas por la sala y mi padre que temblaba pegado a su oreja, musitando cosas que de ninguna manera podía decir en serio y que nadie, salvo un suegro enfadado, podría obligarle a cumplir. Mi madre estaba tranquila, mirando a los chicos que aplaudían al otro lado de la ventana mugrienta. La multitud estaba inquieta y alborotada. Y mi madre, ¿quién sabe lo que sienten las madres cuando los padres las poseen por primera vez?

Y entonces, a las 14.05 en punto (mi joven y entusiasta padre tenía una gran resistencia), el amante de mi madre dio un grito extasiado en el mismo instante en que un gran retumbo llenó el aire. A su derecha, a través de la ventana, presenció el espectáculo más increíble de su niñez perdida: una columna de agua de más de sesenta metros de diámetro, negra como el carbón, se alzó en aire gélido del Golden Gate. En lo alto de la columna se veían enormes pedazos del disipado Blossom Rock, y al mundo entero se le antojó el puño victorioso de un titán, dándole un puñetazo al cielo. Tan enorme, tan amenazador. El mundo a su alrededor gritó con tanta fuerza que apenas oyó los gemidos de su joven pretendiente. Los buques de vapor silbaron, cientos de pistolas dispararon hacia el cielo. La columna negra cayó de nuevo al agua y entonces, para su sorpresa sofocada, otra columna se elevó hacia el cielo, justo en el momento en que los gemidos de su amante subían de tono, y volvió a caerse como una inmensa negrura hirviente, formando enormes pozos circulares de agua de bahía que azotaron todos los barcos pesqueros en alta mar.

El joven se calmó por fin y le masculló algo exótico y extático a la clavícula.

–Sí, mi amor –respondió mi madre, y por primera vez volvió la cabeza para mirar a su amante.

Lloriqueó como un niño sobre su pecho. Ella tocó el dorado cálido de sus cabellos y él gimió, hundiendo sus manos fuertes de forma espástica en la espuma de su encaje rasgado. Igual que el escarabajo brillante en la noche de su primer beso, reposó encadenado y feliz sobre su hombro. En ese instante, a mi madre le entró pánico, pues de repente se le aparecieron las chicas de su barrio que habían cometido errores y que habían desaparecido. Ahora oía en los suspiros de su amante qué poco le preocupaba el futuro.

Y en algún lugar entre los manoseos e inquietudes del poscoito, en algún lugar entre los oleajes cada vez más suaves del Golden Gate ennegrecido, con los pedazos que caían al agua llena de hollín para posarse para siempre en el fondo de las profundidades; en algún lugar entre las lágrimas afligidas de los vidrieros y los pescadores que se habían quedado sin el botín que habían esperado; en algún lugar entre las aclamaciones y la salva y los silbidos de vapor de la marabunta histérica que lanzaba sombreros al aire; en algún lugar en medio de toda esa algazara, broté yo.

Y la pregunta es: ¿fue suficiente la explosión demente de Blossom Rock para provocar que mis células se desarrollaran al revés? ¿Tanto le conmocionó el ruido, o la decepción que sentía hacia sí misma, que mi madre llegó a deformar lo poco que existía de mí? Por muy absurdo que parezca, mi madre se consumió de inquietud hasta la muerte por el precio que le tocó pagar por amor.

La mañana que nací, según mi madre, la comadrona me entregó a ella, envuelto en franela, y le susurró:

–Quizá lo mejor sea que lo dejen ir. El médico dice que no está del todo bien.

Y la verdad es que no era ninguna belleza. Arrugado, paralítico, intentando abrir mis ojos ciegos y nublados mientras lanzaba berridos hacia la habitación. Estoy seguro de que mi madre se quedó horrorizada. No me extrañaría si hubiese soltado un grito. Pero en la esquina estaba mi padre con los brazos cruzados, fumando sus siempre presentes Sweet Caporals. Me echó un vistazo y no expresó ningún horror. De hecho, mi padre se acercó a donde estaba y, mirando con los ojos entrecerrados a través de sus anteojos, vio una criatura mítica de su niñez danesa:

–¡Ajá! –gritó, riéndose y encendiendo otro puro mientras mi madre lo miraba y la comadrona me apartaba–. ¡Es un *Nisse*!

–Asgar...

–¡Es un *Nisse*! Es afortunado, querida.

Se inclinó hacia delante y le dio un beso en la frente, y otro en la mía, que estaba falsamente arrugada de décadas de preocupaciones. Tras sonreír a mi madre, se dirigió con severidad a la comadrona:

–Es nuestro. No pensamos dejarlo ir.

No era cierto. No era afortunado. Lo que él quería decir era que parecía uno de aquellos viejecitos que viven bajo el paisaje danés. Parecía un gnomo. Un monstruo. ¿Y no lo soy?

No olía a bebé. Mi madre decía que lo notaba mientras le mamaba el pecho, y aunque nunca fue capaz de hablar mal de mí y siempre bañó las manchas de la vejez en mis brazos como si fueran la piel de bebé más delicada del mundo, reconocía que desprendía un olor maravilloso, pero nada que se pareciera a ningún niño que hubiese cogido en su vida. Se parecía más al olor a libro, viejo y entrañable, pero equivocado. Y tenía unas proporciones poco comunes: el torso delgado, la cabeza pequeña, las piernas y los brazos largos, y una nariz sorprendentemente puntiaguda que debió de haber causado más de un grito cloroformizado en la sala de partos. Los recién nacidos no tienen nariz. Eso te lo puede decir cualquiera. Pero yo sí. Y barbilla, también. Un rostro tapizado de piel de elefante, abrochado con dos ojos anublados y azules como los de los ciegos.

–¿Qué le pasa, doctor? –susurró mi abuela con su acento de Carolina.

Llevaba su vestido negro y los velos de luto que la han incrustado en mi recuerdo.

El médico me hizo pruebas con todo lo que llevaba en el maletín: un tubo de cuero para escuchar mis latidos, dosis de aceite de ricino, jalapa molida y cloruro de mercurio, vendas por todo el cuerpo. Pero salió moviendo la cabeza con gesto perplejo:

–Todavía no está claro, Leona –dijo.

–¿La maldición real? –susurró mi abuela, refiriéndose al mongolismo.

El médico descartó la idea, punzando el aire con una mano.

–Es rinocerino –dijo, una palabra que seguramente se inventó en el acto pero que mi abuela aceptó como algo que podría mascullar en sus oraciones a Dios.

Más adelante pude hacerme pasar (en un cuarto con alumbrado de gas) por un hombre de cincuenta y pocos, siendo en realidad un chico aterrorizado de diecisiete, pero durante mis primeros años, no era nada patente ni qué era ni en qué podría convertirme. ¿Quién podía reprocharle a la pobre criada, Mary, que susurrara sus oraciones irlandesas y me bañara la cabeza de lágrimas cada vez que me embadurnaba (tres veces diarias) de crema, y me pusiera en remojo una vez y otra como si fuera una tira de bacalao salado? ¿Se puede recriminar a mi madre y a mi abuela por las precauciones que tomaban los días de visita, el segundo y cuarto viernes de cada mes, cuando, temiendo que se presentara una dama destacada, cubrieran el pecho de mi madre de láudano para luego amamantarme con tanta dulzura y de forma tan embriagadora que caía en un sopor narcotizado arriba en mi habitación, sin llorar, mientras ellas descansaban en el sofá con sus largas faldas a rayas? Intento tomármelo como un cumplido de lo más halagador: yo no me parecía a nada que hubiesen visto entre los olmos, ni en las casas lujuriosas de piedra, ni bajo las sombrillas de encaje de su confederado mundo cristiano.

Con el paso de los años, sufrí los mismos cambios asombrosos que cualquier niño normal, pero mi afección hizo que pareciera como si mi cuerpo envejeciera al revés, que rejuveneciera, por decirlo de alguna manera. Habiendo sido una criatura arrugada de una edad aparentemente muy avanzada cuando nací, no tardé en convertirme en un niño con los cabellos blancos y espesos de un hombre sesentón, de los que mi madre me cortaba mechones que luego guardaba en su álbum de pelo. Pero no era un anciano, era un niño. Mi envejecimiento en sentido inverso sólo afectaba mi a aspecto físico. Parecía un ser sacado de un mito, pero en mi interior era igual que cualquier otro niño, del mismo modo que ahora parezco un niño vestido con pantalones cortos y gorra, aunque por dentro soy igual que cualquier anciano pesaroso.

Es posible que esto caiga en manos de algún médico, y debería ser más concreto. En cuanto a mi aspecto físico, he envejecido de forma exactamente opuesta al mundo. Curiosamente, mi edad real y la edad que aparento siempre suman setenta. De modo que cuando tenía veinte años, conocí a mujeres de cincuenta que coquetearon conmigo como si fuera un contemporáneo. Cuando por fin cumplí los cincuenta, las jovencitas que veía por la calle llamaban mi atención haciendo globos con su chicle. Viejo de joven, y joven ahora que soy viejo. No pienso dar explicaciones de ningún tipo; las dejo en vuestras manos, queridos médicos del futuro. Simplemente os ofrezco mi vida.

Soy un espécimen raro. He repasado siglos de historia médica y sólo he encontrado unos pocos como yo en el mundo, e incluso ellos, muy a pesar mío, no se parecen tanto como me gustaría.

Los primeros seres alterados por el tiempo que recogen la bibliografía son las gemelas Frabbonière, que nacieron en 1250 en un pueblecito del vizcondado de Béarn. Se llamaban Aveline y Fleur y nacieron con la mala suerte de parecer ancianas. De muy pequeñas, fueron llevadas ante los reyes de Inglaterra y Francia, y también ante el Papa, pues no se las consideró niñas endemoniadas sino una señal de Dios de que Jesús iba a reaparecer en la tierra. Vinieron peregrinos que tocaron a las niñas y escucharon sus balbuceos, con la esperanza de descifrar alguna profecía que les revelara el comienzo del fin. Pero en su caso, no cambiaron de aspecto físico a medida que se fueron haciendo mayores, y en cuanto crecieron hasta llegar a una estatura convincente, los demás empezaron a tratarlas como a un par de campesinas viejas y se olvidaron de ellas. Los únicos que siguieron yendo a visitarlas fueron los médicos y los religiosos. En cuanto Aveline y Fleur alcanzaron la edad que aparentaban, se acostaron en su lecho común, cogidas de la mano, y murieron. Existe un grotesco grabado de madera de esta escena. Antes lo tenía colgado encima de mi cama.

Otros gemelos, Ling y Ho, conocidos gracias a una serie de folletos contra la sífilis publicados en el siglo XVIII, padecían una afección más parecida a la mía. En realidad, sólo uno de ellos la padecía: el pobre, maldito Ho. Hijos de una prostituta de Shanghai (según rezaba el folleto), Ling era un niño normal, baboso y sonrosado, pero Ho nació más o menos como yo: por el otro extremo de la vida. De forma que mientras Ling creció aprendiendo a gatear y a reírse, Ho empezó la vida al revés. Sin embargo, nuestra enfermedad compartida lo lisió de por vida. Era una especie de momia postrada en su lecho. Incluso cuando se convirtió en un joven de aspecto más normal, permaneció rígido e inútil, capaz sólo de ingerir caldo de carne, furioso por la buena suerte de su hermano. Finalmente, al cumplir los treinta, los hermanos alcanzaron la misma edad visual. Fue entonces cuando Ho pudo, por fin, descongelar la vida que llevaba tanto tiempo solidificada en su interior. Ling salió de su pueblo, dejando a su esposa y a sus hijos para ir a encontrarse con su hermano el día de su cumpleaños. Cuando entró en la habitación de Ho y se inclinó para darle un beso, éste le apuñaló con el cuchillo que tenía escondido y, tras dejar caer a su hermano al suelo, lo empleó contra sí mismo. Tendidos en un charco de su propia sangre pegajosa, los gemelos por fin se habían vuelto idénticos y como nadie supo distinguirlos, los enterraron en una tumba compartida con un epitafio que decía que uno de los hombres era un santo y el otro un diablo, pero que era imposible discernir cuál era cuál.

El último caso pertenece a un hombre más reciente: Edgar Hauer. Se trata de un caso curioso que recordaba incluso mi abuela. Hijo de un comerciante vienés, no apareció ningún síntoma hasta que Edgar cumplió los treinta años. Entonces su aspecto empezó a retroceder, como ha hecho el mío, y pasó el resto de la vida haciéndose cada vez más joven. Leí su caso con cuidado, esperando encontrar una pista sobre su muerte (una de mis mayores preocupaciones ahora que se avecina la mía), pero tuvo la suerte de morir de la gripe antes de cumplir los cincuenta, dejando a su mujer llorando sobre su lecho, estrechando el cuerpo de lo que parecía un niño de diez años entre sus brazos.

Y ya está. No son historias afortunadas.

Debería esclarecer este disfraz que llevo. Sé que es una excusa pobre decir que me hago pasar por un niño de doce años sólo porque lo aparento, pero ésa es la verdad. Soy pequeño y pecoso y me siento solo. Llevo parches en los pantalones cortos y ranas en cada bolsillo. Sólo un observador muy perspicaz se daría cuenta de que tengo demasiadas cicatrices desvaídas para un niño de doce años, de que entrecierro los ojos con una maldad demasiado acusada y de que tengo la costumbre de acariciar la piel suave de mi barbilla como si hubiese llevado barba. Pero nadie se fija tanto. Sé que cuesta creerlo, pero el mundo entero está completamente convencido de que soy lo que afirmo ser, y no sólo porque me haya vuelto tan buen imitador después de todos estos años horribles. Es porque nadie se detiene ante los niños mal vestidos. Tendemos a desaparecer en el fango.

Y por lo que respecta a los habitantes de esta población, todos piensan que soy huérfano. Según el chismorreo local, perdí a mi padre hace unos meses, lo perdí en la niebla sobre el lago en primavera, y me quedé completamente solo. Estaba alojado en casa de uno de los chicos de aquí y me abandoné a la merced de su madre para que me acogiera. Ese chico eres tú, Sammy, mi cómplice involuntario. Esa madre es tu madre, la señora Ramsey, una artista local. Desde entonces vivo aquí.

Ah, ahora me reconoces, ¿verdad, Sammy? Ese huérfano rubio y triste que te obligó a compartir la habitación de tu niñez. Ese niño extraño que dormía en la litera de abajo y cuyos ronquidos, no me cabe ninguna duda, tendrás grabados en la cabeza. Si estás leyendo estas hojas, ya serás mayor y quizá me perdones.

Para llevar a cabo esta farsa, no obstante, tengo que caminar al colegio cada día y aguantar unas clases inanes. Hoy, por ejemplo, he tenido clase de Geografía de Estados Unidos, en la que nos han contado toda clase de mentiras, incluido el hecho de que California (mi estado natal) goza de todo tipo de terrenos. Me he visto obligado a morder mi mejor Ticonderoga para abstenerme de hablar. ¿Volcán? ¿Estepa? ¿Tundra? Pero los niños de doce años no conocen estas palabras y por nada del mundo puedo ponerme al descubierto.

¿Pero por qué fingir que soy un niño? ¿Por qué no entrar en la ciudad como cualquier enano montado en el lomo de un elefante de circo? ¿Por qué no lucir el sombrero arrugado y el abrigo de anciano que me corresponde? Hay dos motivos. El primero, que explicaré en breve, es La Regla. El segundo, mi querido Sammy, eres tú. Son muchos los años que he pasado tramando cómo encontrarte, cómo volver a entrar en tu vida, cómo deslizarme entre las sábanas de la litera debajo de la tuya y escuchar los gañidos de perro de tus sueños.

Tengo entendido que la primera persona que se dio cuenta de mi enfermedad no fue ningún médico sino nuestra criada Mary. Mary había sido objeto de toda clase de burlas en casa. A mi abuela le gustaba decirles a las visitas que, habiéndose acostumbrado a bajar tantas escaleras de mano en las granjas, la pobre muchacha seguía bajando la escalera de casa de espaldas. En realidad era una chica frágil y neurótica, dada a los arrebatos de celos y las lloreras, o a los ataques de risa ante cualquier piropo o elogio, un blanco perfecto para cualquier señor mínimamente agudo. Y al igual que en cualquier balada irlandesa, acabó desviándose del camino. Yo todavía era un bebé cuando Mary fue despachada, y lo fue porque su amante sin nombre dejó a la pobre Mary sin nada, salvo un niño mortinato, un colgante en forma de cardo y una promesa rota. Fue sustituida por una chica asombrosamente similar, una chica pelirroja y sencilla llamada Maggie; el único que volvió a mencionarla fue mi padre, y eso sólo ocurría cuando estaba fumando un puro junto a los hombres y le apetecía hacer otra clase de chiste. De modo que Mary fue borrada de todos los libros del número noventa de South Park Avenue.

Pero volvió al cabo de unos años, colándose por la puerta trasera, y consiguió llegar hasta el pasillo superior antes de que la viera mi abuela.

–¡Mary! –exclamó la anciana, agarrando su broche negro.

–Señora Arnold, yo...

–¿Cómo has entrado aquí?

Ya no vestía el cargo de jovencita. Todavía tenía un rostro joven, sonrosado, pero con la misma dureza que una fruta verde, y sus ojos, que antes bailaban con la alegría de un perrito por toda la habitación, ya llevaban correas y habían sido entrenados por la necesidad de la calle. Llevaba ropa buena, si bien un poco llamativa, pero mirándola de cerca se veía que estaba muy desteñida, como si se la pusiera y la lavara a diario. Tenía las manos cubiertas del hollín de la ciudad, la ceniza que caía como la nieve de las fábricas. Por aquella época, todas las damas de cierta clase llevaban guantes, ¿y por qué? Porque el mundo era inmundicia pura. Mary no llevaba guantes y aquí estaba, luchando contra la inmundicia, aunque ya no trabajaba de criada, eso estaba claro. Mary había caído.

Sonrió como jamás se hubiera atrevido a sonreír mientras vivía en casa.

–Me ha abierto John –refiriéndose a John *el Chino*, como solíamos llamar al cocinero–. Sólo una cosita, sólo...

–Lo siento, Mary –repuso mi abuela, furiosa–. Pero quien mala cama hace...

Ya había empezado con su discurso habitual sobre la ropa de cama y el destino cuando mi niñera salió del cuarto de mi madre tras llevarme a hacer la visita matinal. Aunque estaba a punto de cumplir tres años, la niñera todavía me llevaba en brazos. A juzgar por las pocas fotos que se hicieron de mí en esa época, estaba atravesando la fase más repugnante de mi existencia. En cualquier caso, desde mis múltiples capas de encaje, debí de ver a Mary. Como me pasaba la vida permanentemente enclaustrado, pocas veces veía a alguien que no fuera mi abuela, mi madre o mi niñera. Debí de chillar de deleite.

–¡Ah! ¡Míralo! –exclamó Mary, ante el horror de mi abuela, que intentó sacar un brazo al pasillo para intentar detenerla, pero

Mary se acercó a mí y tocó mi cara de pasa.

–¡Ahí va! –dijo, pasmada, volviéndose para mirar directamente a los ojos de mi abuela–. ¡Si se parece a mi padre, y ya no tiene el pelo blanco!

Mi abuela se puso muy seria.

–Mary, tengo que pedirte que vacíes los bolsillos.

–Señora, se está haciendo más joven.

Tanto la niñera como mi abuela me miraron. Hizo falta un par de ojos que se hubieran alejado de mí, capaces de comparar mi cambio de recién nacido decrépito con esta nueva versión más suave. Echaron rápidamente de casa a la chica irlandesa confusa (sin saber si había ido a robar, a mendigar o a rondarla), pero nadie pudo negar el efecto que había tenido sobre la casa entera. Lo que legiones de médicos no habían conseguido ver nunca, una mujer de la vida lo vio en un instante.

–Me temo que tiene razón –le dijo el médico a mi abuela cuando lo llamó ofreciéndole una copa de coñac añejo.

Estaba sentado en la sala de arriba, sorbiendo el coñac y recorriendo la habitación con la vista como si tuviera intención de heredarla.

–Siendo como es, está más sano que un cerdo.

Me crió mi abuela. Ella se encargó de mi alimentación y mis cuidados, abrió las ventanas para dejar pasar la niebla helada de la ciudad, esperando que me curara. Más adelante, mi madre me contó que la abuela incluso llegó a excluirla de mi habitación porque estaba convencida de que yo iba a convertirme en un motivo de dolor, una pequeña lápida en apenas un mes, como la mayoría de los niños. Sin embargo, a mí me gusta creer que mi abuela me guardaba para sí sola en aquella habitación tan austera y elevada porque se sentía sola y esperaba llegar a quererme un poco: un último anciano en su vida.

Mi abuela era una mujer extraña, y aunque sólo conserve un recuerdo borroso de ella, la quería. Me encantaba mirarle la nariz gomosa y la candela romana de vasos sanguíneos que se extendían desde su base hasta las mejillas; me encantaba la gorra Regina de encaje tan extraña que llevaba, y cómo la cinta le oprimía la papada, dejando dos surcos rojos cuando se la quitaba. La quería porque era la única que me hacía compañía y porque nos acostumbramos a querer a los que tenemos más cerca.

Seguramente ya habrás hecho los cálculos. Un niño nacido en 1871, con una edad física de setenta años, ¿qué esperanza de vida tiene? Setenta años, por supuesto. Y si, como mi abuela, te pasaras el día sentado al lado de mi cuna y contaras las perlas de tu collar como si fuera un ábaco, tomarías nota de esta edad esperada y llegarías a la próxima conclusión evidente: el año de mi muerte. Esto es lo que hizo mi abuela, delante de la ventana abierta, envuelta en sus pieles, mientras escudriñaba mi forma gorjeante que se desbordaba de la cuna con la misma piel cálida y arrugada que un pudín.

Una vez hubo calculado la fecha, mi abuela llamó a mi madre y le mandó hacer un recado tan extravagante que mi pobre mamá dio un grito ahogado con el pedacito de sí misma que todavía respiraba encima del corsé. Podrías pensar que se trataba de un recado digno de un príncipe en un cuento de hadas; casi podrías creer que esa viejecita me amaba por encima de todo lo demás y reunía estos números como mantas para arroparme durante mi juventud frágil. Pero a quien amaba era a Dios. Como las hermanas Fox en su mansión llena de corrientes de aire, ella también intentó oír los golpecitos de Su espíritu en la cáscara de madera de mi cuerpo. De modo que el colgante de oro que mandó forjar y grabar a un precio elevadísimo no era para mí, sino para Él, para mostrarle, cuando lo colgó de mi cuello repulsivo, que no había sido ciega; que por fin se había fijado en Él.

El día que la enterraron, lloré. No me dejaron asistir al funeral, pero recuerdo claramente que un carruaje se detuvo delante de casa, donde mi familia esperaba a la puerta, completamente arrebujada, amortajada, arropada con prendas negras. Mi madre se inclinó hacia mí para decirme que yo no podía acompañarlos y me entregó, como consuelo, su pañuelo ribeteado de negro, humedecido por sus lágrimas. Mi padre me saludó con la mano y rodeó el hombro de mi madre con el brazo mientras se marchaban, y yo me escabullí de las manos de mi niñera y me subí a la otomana cuadrada para apretar el rostro contra la ventana. Froté el cristal con el pañuelo de mi madre para quitarle el hollín de la chimenea, y miré, con lágrimas en los ojos, cómo se alejaban. Los caballos llevaban plumas; los carruajes eran de madera laqueada y cristal cilindrado. El cortejo dio una vuelta lenta a los olmos de South Park y desapareció detrás de los cristales finos de la ventana, siguiendo su camino, como todo lo demás, sin mí.

Todavía conservo el colgante. He perdido todas las cosas que he apreciado, pues han sido vendidas, o robadas, o quemadas, pero este collar brillante, que he odiado toda mi vida, nunca me ha dejado. Los ángeles te abandonan, los diablos son malvados constantes. Aquí, en esta página, he hecho un calco. Si recuerdas la fecha en la parte superior de este diario, verás con tus propios ojos el destino que la abuela me dejó grabado en oro:

> Te he hablado de mi nacimiento y de mi muerte segura. Por fin ha llegado el momento de hablarte de mi vida.

Mi escritura ha sido interrumpida por un niño. Por ti, Sammy.

Has venido hasta aquí con el frenesí de actividad que te caracteriza, como si fueras diez niños corriendo en grupo, y te has parado en seco delante de mí en el polvo triste de este patio escolar. Desde los árboles he oído los gorjeos de unos pájaros o de unas niñas. Tu gorra de repartidor de periódicos ha quedado abandonada en algún arbusto donde más tarde te mandará, enturruñado, la vigilante gruñona del patio a buscarla. Pero hace un momento los cabellos te volaban libres en el viento, retorciéndose y resplandeciendo como una idea brillante. Llevabas los pantalones desabrochados y arremangados hasta las pantorrillas. El elástico de tus medias se ha roto y las llevabas completamente bajadas. El chaleco, los pantalones, la camisa, todo tú estabas embadurnado de polvo como un pan untado de mantequilla y te has acercado a mí con más vida de la que yo, sin duda alguna, he tenido jamás.

–¿Quieres jugar a béisbol?

–¿Puedo ser segunda base? –te he respondido, pidiéndote un gran honor.

–Es que nos hace falta un fieldes derecho.

–Ah.

–¿Vienes a jugar? –me has preguntado, esta vez con impaciencia.

–No –te he dicho–. Estoy escribiendo. Ten, escribe algo –añado, arrancando una hoja del cuaderno–, algo para tu madre.

Y tú te has reído como una niña y has salido volando porque eres un mono, Sammy, eres un mono que se acerca a cuatro patas y chilla sin parar pero cuando alguien trata de agarrarte, saltas aullando a las ramas. Cuando yo trato de agarrarte. Pues yo soy un niño farsa, un impostor, e igual que un animal que hurga, hueles la verdad. Has nacido con una sangre que se estremece ante la presencia de una bestia apestosa, por mucha forma de niño que tenga. Y hoy has huido de mi lado para unirte a un grupo de niños revoltosos que estaban tendidos, agotados y deslumbrados, en una nube de polvo y que han levantado la cabeza con entusiasmo cuando les has pegado un grito: niños de verdad.

Dejémoslo. La bruja del recreo ha aparecido en la puerta, chillando como una loca. Tengo que guardar estas hojas hasta otro día. Me esperan las tablas de multiplicar.

La historia de mi vida empieza con Alice, cuando mi deformidad estaba peor que nunca, pero para poder entender a Alice, y por qué tenía tanta necesidad de enamorarme, debo hablarte de los jardines de Woodward, y de Hughie. Pero antes, tienes que entender La Regla.

Sucedió una noche de invierno, poco después de la muerte de mi abuela. Me desperté con el *pif* de la lámpara de gas en mi dormitorio y vi, a medida que se fue haciendo más brillante su magia trémula, a mis padres sentados cerca de mi cama, vestidos con sus trajes crujientes de seda y almidón para ir a la ópera. No sé qué debió de ocurrirles esa noche, qué tragedia debieron de presenciar ni a qué hipnotizador famoso debieron de confesar su caso, pero su semblante era de unos asesinos arrepentidos que han invocado a su víctima en una sesión de espiritismo. Mi padre giró la llave de la lámpara para inundar mi habitación de su luz rosácea y su olor acre, y mi madre se arrodilló al lado de mi rostro somnoliento y me expuso La Regla. No me dio ninguna explicación sino que se limitó a repetirla para que supiera que se trataba de una lección que estábamos aprendiendo y no de un sueño, que se trataba de un hechizo y si realmente era un hijo obediente, dejaría que tejiera su círculo encantado. Mi padre permaneció de pie al lado de la lámpara, con los ojos cerrados de pavor santo. Y entonces me quedé dormido y no recuerdo nada más. La Regla ha regido mis acciones durante casi toda mi vida. Me ha permitido conformar toda gran decisión a su simplicidad, y por consiguiente, me ha llevado mucho más allá de lo que jamás hubiera ido, todo el camino desde mi ciudad natal hasta el cajón de arena frío en el que ahora tengo sumergidos mis pies descalzos.

–Sé lo que piensan que eres –me susurró mi madre esa noche con una lágrima en cada ojo–. Sé lo que piensan que eres. Sé lo que piensan que eres.

Lo he intentado, madre. Me ha supuesto muchas penas, pero también me ha traído hasta aquí.

Durante los días que siguieron a la muerte de mi abuela se produjeron grandes cambios en mi vida. Nos mudamos a una casa más pequeña pero más elegante en lo alto de la nueva Nob Hill. South Park había «perdido mucho» como reconoció mi madre con tristeza. Las casas más nuevas alrededor del parque se estaban construyendo de madera en lugar de piedra y se estaban dividiendo en pisos. Ahora los comerciantes y recién casados estaban ocupando el lugar de los viejos virginianos ricos que solían pasear con sus sombrillas negras y sus sombreros adornados de lazos. Convertimos la antigua casa en pisos y alquilamos el piso superior a un matrimonio, y el inferior a una viuda judía y su hijita. Entonces nos mudamos, junto al resto de los ricos, a Nob Hill, con sus vistas aseguradas, aunque casi siempre estuvieran envueltas en una niebla densa y tupida.

Y eso supuso mi liberación. Había salido unas cuantas veces con mi madre, al mercado o al parque. Sin embargo, mis aventuras se limitaban sobre todo a la vista reducida que tenía desde mi habitación: una bandada de ocas con ansarinos, un carruaje descubierto con un grupo disfrutando de un almuerzo al aire libre, el lechero que pasaba con un pedazo de alfombra mojada encima de las latas para mantenerlas frescas los días calurosos de otoño, y cualquier perro o gato que pasaba y husmeaba y miraba hacia arriba me causaba la misma euforia que un astrónomo que ve unos animales en la luna que se vuelven para brindarle una sonrisa.

De modo que se me presentó como una especie de anunciación cuando una mañana mi madre me dijo, mientras se acicalaba delante de su tocador, que iba a llevarme a los jardines de Woodward. Tenía seis años, y aunque fuera un poco más grande que los niños de mi edad, no tenía ni el más remoto parecido con ellos. Mi madre estaba sentada, calentando una horquilla encima de una vela para rizarse las pestañas y yo estaba ocupado extrayendo cabellos de su cepillo para depositarlos en el recipiente de cerámica donde los guardaba. Me encantaba ver cómo las hebras muertas, maravillosas y espesas, se enlazaban formando matas de esa forma tan malvada. Me encantaba manosear aquellos cabellos largos tan finos y etéreos cuando los quitaba del cepillo y los introducía en el recipiente, donde se volvían muy oscuros y enredados dentro de aquellas entrañas de porcelana. Mi madre solía guardar el pelo para trenzarlo. Hizo una pulsera de los cabellos de mi abuelo que mi abuela todavía lleva en su tumba. Más adelante, hizo otra de los cabellos de mi padre que trenzó con un lazo verde. Mi madre la llevaba en un guardapelo en la muñeca con un retrato pequeño de esmalte de él incluso años después de que se hubiera ido.

–¿Qué son los jardines de Woodward? –le pregunté, apretándome contra ella.

Sonrió con tristeza y me cogió de la mano.

–Es un parque. Afuera.

–Ah.

–Debería advertirte que habrá niños.

No me dijo «otros niños», sólo «niños».

–Ah.

–Osito –me dijo en voz baja.

Yo siempre era su «osito». Metí los últimos cabellos en el agujero del recipiente destinado a ellos y la miré, nervioso. Era tan joven, con la misma belleza reluciente que un cielo después de la lluvia.

–¿No te apetece ir? –me preguntó con esa voz suave y joven.

Sammy, era lo que más deseaba en el mundo.

JARDINES DE WOODWARD
¡EL EDÉN DE OCCIDENTE!
Únicos y sin par en todo el continente americano
NATURALEZA, ARTE Y CIENCIA ILUSTRADOS
Nuestros Objetivos: Educación, Esparcimiento y Diversión
Entrada: 25 centavos. Niños: 10 centavos
Espectáculo gratis
PATINAJE CADA DÍA

Hay gente viva hoy que todavía se acuerda de los jardines de Woodward, y los primeros de mayo cuando el señor Woodward, habiendo hecho su agosto con la famosa casa Buen Ánimo en el muelle de Meigg, pagaba para que todos los niños, los miles y miles de los jóvenes de la ciudad, fueran a jugar en su jardín trasero.

Las filas de dromedarios pequeños y peludos con la cara surcada de lágrimas marrones secas cargando a niños y hombrecitos adolescentes con bombines; un lago con un puente y un quiosco orientales; una pista de atletismo; un mayo; estanques repletos de leones marinos; una Barca Rotaria en forma de aro dentro de su propio estanque en el que los niños podían remar hasta la saciedad; inventos fantásticos de toda clase, incluido el zoograficono, el orquestrión y la máquina habladora de Edison; una pajarera donde las parejas jóvenes se ocultaban entre los helechos y se besuqueaban bajo una nube de pájaros; bandadas de emús, avestruces y casuarios; una «casa Familia Feliz» donde los monos se pasaban el día dándose besos y abrazos, imitando a los humanos. Pero lo que más recuerdo de aquel día son dos acontecimientos que contemplé maravillado; uno mirando hacia abajo, el otro mirando hacia arriba. Eso y, cómo no, mi primer encuentro con Hughie.

A medida que nuestro elegante landó se acercaba cada vez más al enorme seto vivo que vallaba los jardines de la calle Trece y la calle Misión, apenas podía respirar.

–Hay focas –me dijo mi padre a través de sus bigotes que, como si cubriera la boca con las manos, llenaban sus palabras del sigilo y la emoción de un secreto–, y loros y cacatúas.

A él le encantaban los jardines, por supuesto; ¿no fue él quien cambió su apellido en memoria de un paraíso de diversión como éste? Durante su viaje de Dinamarca, Asgar van Daler se había acordado de un lugar de antaño donde los cisnes chillaban como las ninfas del Lorelei desde los estanques de nenúfares y, creyendo que su propio apellido no iba a tener cabida en este nuevo país de Smith, Black y Jones, se bautizó con el nombre de ese viejo parque alumbrado por velas: Tivoli.

–¡Cisnes! –gritó, sonriéndome de oreja a oreja–. ¡Un famoso oso amaestrado!

–¿Como yo? ¿Un oso como yo?

–¡Como tú!

Y en un abrir y cerrar de ojos ya estaba dentro. Sus descripciones me habían distraído tanto, y estaba tan fascinado con los grupos escolares que formaban fila detrás de sus profesoras, los cochecitos y las multitudes y los ibis y flamencos embalsamados que posaban entre los arbustos delante de mí, que ni siquiera me fijé en un pequeño y triste detalle. Justo en el momento en que salí corriendo por el césped, mi padre estaba metiendo tres entradas rojas en el bolsillo. Había comprado tres entradas para adultos.

En aquella época no pasaba por un anciano convincente, por supuesto. No tenía barba y era demasiado bajito para ser un adulto, demasiado alto para ser un niño. Sin embargo, la gente sólo me miraba durante un momento antes de dejarme pasar. Aparte de mí había muchas cosas por ver. Yo estaba intentando asimilar todas las maravillas a mi alrededor cuando sonó una campana y una voz de hombre anunció que *Jim Hocico Rasgado* estaba a punto de actuar en el foso de los osos. Miré a mis padres, suplicándoles con la mirada, y mi madre, apretando el velo debajo de la barbilla, hizo un gesto de aprobación con la cabeza. En cuestión de minutos nos encontramos sentados en un banco de pino en un anfiteatro lleno de niños y parejas bien vestidas, inmersos en el olor eterno a palomitas y polvo propio de la niñez. Un hombre salió a la pista y anunció la llegada de «un oso terrible que antes bailaba para un italiano en las calles de nuestra ciudad, pero que un día, presa de la ira, se arrancó el aro del hocico y se abalanzó sobre su amo. Demasiado peligroso para las aceras, el señor Woodward lo ha traído hasta aquí para vuestra diversión». Y entonces salió *Jim Hocico Rasgado*, arrastrando los pies.

Un oso viejo no impresionará a aquellos que de pequeños hayan visto leones y hienas en el circo, pero yo jamás había visto un animal tan grande en mi vida. Grité dos veces, una vez de miedo y la segunda de placer cuando vi cómo el viejo *Jim* se levantaba sobre las patas traseras y oliscaba el aire, saludándonos repetidamente con la cabeza como un caballero cuando entra en un restaurante donde lo conocen.

Ejecutó unos cuantos trucos patéticos a cambio de un cacahuete y trepó unos postes para descansar compungido en las plataformas que se elevaban encima de nuestras cabezas. Cada vez que el domador gritaba lo peligroso que había sido *Jim* cuando deambulaba por los parques de Yellowstone, cómo lo apresaron y qué truco fabuloso iba a hacer a continuación, todos aplaudíamos. Y cada vez que aplaudíamos, *Jim* se reclinaba sobre una barra, con el cacahuete en equilibrio encima de la punta de ese hocico rasgado y polvoriento, soñando despierto como cualquier obrero hasta que el patrón chasqueaba el látigo y era hora de volver al trabajo. Me encantó el viejo *Jim*, y sentía cierta lástima de él. Comprendía perfectamente qué significaba vivir en una jaula, solo y confuso, cuando los únicos amigos que tienes son tus guardas. Sin embargo, los niños sólo pueden sentir compasión durante un tiempo limitado. Nos quema, nos pica, y entonces ideamos un remedio rápido para el oprimido: nosotros mismos. De modo que en mi mente pueril y resbaladiza, rescaté al viejo *Jim* llevándolo a casa conmigo, obligándolo a vivir dentro de la fortaleza de Nob Hill, a esconderse entre los helechos en la escalera, a meterse en el montaplatos para bajarlo hasta la bodega donde guardábamos las patatas y los vinos añejos, a velar por mí con esos ojos cansados mientras dormía y, generalmente, a imbuir mi vida del mismo terror y aventura que lo habían llevado a estar encerrado en una jaula. Yo iba a salvar a *Jim* y él, agradecido y cariñoso, lamiendo mi frente con su lengua grande y negra como una bota, iba a salvarme a mí.

Después del foso de los osos mi padre quiso ir a patinar, pero mi madre pensó que sería demasiado atrevido. Finalmente, seguimos los letreros que indicaban la ascensión aérea, algo que incluso mi madre, secándose el sudor de las sienes, era incapaz de resistir.

El globo provocó suspiros y una gran sonrisa en mi padre, que se quedó inmóvil con los brazos en jarras, sin quitar los ojos de su enorme esplendor plateado. Le entusiasmaba la invención y la tecnología, especialmente lo que tuviera que ver con la electricidad, y nuestra casa hubiera sido de las primeras en instalar un teléfono si no fuera porque mi madre señaló que, aparte de ser extraordinariamente caro, sólo habría otras tres mil personas en todo el país a quienes podríamos llamar, y que todas ellas, de genealogía desconocida, también podrían llamarnos a nosotros. Mi madre le había prohibido que se dejase llevar por sus impulsos tecnológicos, pero me acuerdo de una noche, años después de la excursión a los jardines de Woodward, en la que, empujado o bien por el amor que sentía hacia mi madre o bien el amor que sentía hacia la novedad, le obsequió con una joya eléctrica engarzada en un alfiler de pañuelo. Insertó una pila minúscula y se la prendió en la solapa donde brilló con una belleza fantasmagórica. Mi madre no dejó de sonreír mientras mi padre nos explicaba sus principios, asegurándonos que era la última moda. Pero entonces mi madre se volvió hacia él con una mirada de lástima y le dijo:

–Gracias, Asgar, pero no puedo.

Y le informó que del mismo modo que con los vestidos franceses, siempre había que dejar que los demás probaran las últimas modas.

Ésa fue la última de las transgresiones de mi padre, pero no la primera. Por la época de mi excursión, ya se veía obligado a esconder sus preciadas maravillas, como las bombillas de filamento puntiagudas y transparentes que un día encontré escondidas en el globo terráqueo hueco que tenía en el despacho, encima de un lecho de algodón, como si fueran huevos recién puestos de un lagarto de cristal. Si no, debía resignarse a las maravillas públicas como la que teníamos delante.

–Mira allá, viejecito –me dijo con su acento extraño–. ¡Mira allá!

Muy por encima de los jardines, encima del corro inmóvil de espectadores, empequeñeciendo incluso la carpa arabesca de la pajarera a su lado, se alzaba la plata acolchada y resplandeciente del globo del profesor Martin. Era inmenso y se mecía suavemente en la brisa, y mientras un voceador anunciaba sus maravillas a la muchedumbre y el profesor se preparaba para la ascensión, se me antojó que el globo existía en una dimensión contraria, colgando de la tierra dentro de una gota de lluvia invertida que subía trémula al cielo.

–¡Atiza! –dijo una voz alegre a mi lado.

No era una expresión que emplearan mis padres, sino algo que sólo había oído en boca de mi niñera.

–¡Atiza! ¿Qué es eso?

Y eso era precisamente lo que yo mismo me estaba preguntando. Con toda la emoción de los jardines, no me había fijado en la multitud. Y allí, a mi lado, vi el más extraordinario de los objetos expuestos: un niño normal.

Yo sabía que era diferente. Mi padre me había sentado en su sala oscura y me había explicado, desde el otro lado de su nube de humo, que la frecuencia con la que me visitaba el médico no era normal, pero que sólo era debido a que, como dijo él, yo estaba «un tanto encantado». Mi madre, cuyos apelativos cariñosos incluían «viejecito» y «osito», me dijo una mañana mientras se aplicaba su bálsamo de magnolia, que yo no me parecía a nadie en todo el mundo, a ningún niño, que ni siquiera me parecía a mi padre cuando era niño, ni a los criados ni al cocinero ni a nadie. Pero a todos los niños se les dicen estas cosas; que somos maravillosos, que somos especiales, que somos únicos. Sólo yo sabía que tenía que ser diferente porque a los criados les gusta darle a la lengua y una vez me escondí en la despensa de los tubérculos y desde ahí, aplastado contra las tablas para escucharlos a escondidas, oí cómo Maggie le decía a mi niñera que le daba mucha pena que hubiese nacido «tan dulce, pero tan mal hecho».

Pero aquí, mirando a través del polvo con los ojos entrecerrados, estaba la cosa que yo no era. Se trataba de un niño con los cabellos de color cobre y vestido, siguiendo la moda, como un hombrecito, es decir con un sombrero suave y negro de ala pequeña y un traje de lana que debía de haberse quitado en algún momento del día porque estaba mal abrochado, como una sonrisa torcida, con semillas y pelusa por todo el terciopelo. Tenía unos ojos azules nítidos que no perdían detalle y la nariz fruncida y roja como una fresa, recuerdo del sol tan tentador del día anterior. No sabría decir qué impresión le causé yo, pero él me pareció la cosa más rara que había visto en mi vida. Sabía que los otros niños también eran así, pues los veía cada día desde mi ventana, sentados con remilgo en algún banco o llamando a voz en cuello a algún amigo, pero jamás me había dado cuenta, tan de cerca, de la gravedad de su deformación. Mientras que yo estaba hecho de huesos sólidos y hacía que crujieran las tablas del suelo y que se mecieran las hamacas, este niño parecía un pájaro, o una bolsa de ramitas, con las extremidades dobladas de forma inconcebible, como aquellas cajas chinas que se pliegan y se despliegan una y otra vez, moviéndose sobre sus cintas ingeniosas. Me quedé patitieso y mudo.

En tono impaciente, volvió a preguntar «¿qué es?» porque quería saberlo y allí estaba yo, un adulto.

Farfullé durante unos instantes. Mis padres habían empezado a discutir en voz baja (luego descubrí que el motivo de la discusión era si sería excesivo que mi padre me comprara algo tan exótico como un plátano envuelto en papel de aluminio) y no estaban atentos a mi apuro. Si me había mezclado tan bien con los otros niños ese día sólo era porque mi timidez se había evaporado en el regocijo del descubrimiento, pero aquí, en el tiempo que estaba tardando el profesor en comprobar las cuerdas y las llamas, empecé a notar cómo iba invadiendo mi corazón enfriado.

–Esto... Pues no lo sé.

–Sí lo sabes –insistió, antes de escrutarme con más cuidado–. ¿Eres un enano?

–¿Y eso qué es?

–Una vez vi a un enano en un museo y se casó con una enana y también había..., estaba el hombre más alto del mundo, que los casó.

Esta información sin sentido me atravesó como un rayo gamma. Disgustado y confuso en mi primera excursión, me olvidé de las órdenes que me habían dado mis padres y, por primera de las tres veces en mi vida, infringí La Regla. Le dije la verdad:

–Soy un niño.

–No es verdad. Eres un enano. Eres de Europa.

Por lo visto, él creía que los enanos procedían de allí.

–Soy un niño.

Sonrió de oreja a oreja, revelando un hueco entre sus dientes blancos.

–Me estás engañando.

–Que no. Tengo seis años.

Levantó las dos manos y me mostró seis dedos.

–¡Yo sí que tengo seis años! –anunció.

De repente la idea de este hecho, de la novedad de sí mismo, eclipsó cualquier curiosidad que hubiera podido sentir por mí.

–Yo sé contar hasta cien porque mi padre es profesor particular y me enseñó –añadió.

–Pues yo sé contar hasta cincuenta.

Era el número que le había parecido adecuado a mi abuela para mi edad.

Hughie sopesó mis palabras y le debieron de parecer aceptables. Miró a la gente que deambulaba a nuestro alrededor con sus ropas gruesas y negras. La estaba mirando fijamente. Más adelante supe que creía tener poderes mágicos y que, si se le pedía de forma educada, era capaz de hacer balancear a los árboles al otro lado de un campo. Entonces se volvió hacia mí con el semblante de un hombre que acaba de tomar una decisión:

–Me gusta comer papel.

–¿Ah sí?

Asintió con la cabeza, hinchándose de orgullo.

–Cada día como un poco.

No quiero aburrirte con el resto de la conversación. Igual que los miembros de las tribus en los mares del sudeste que, cuando se cruzan con un desconocido hacen de las recitaciones de sus antepasados un ritual, nosotros representamos las ceremonias pueriles en las que dos niños deciden que serán amigos y no enemigos. En realidad, igual que los miembros de las tribus, acabamos haciendo una competición de escupitajos. El hecho de que la ganara yo me situó en una posición de amor en la cabeza de Hughie que iba a durar, a pesar de cualquier acto de crueldad que se interpusiera, cada uno de los cincuenta años de nuestra amistad.

–¡Ha llegado el gran momento! –gritó el voceador desde su torre acaracolada.

Y ocurrió el milagro.

El profesor Martin tiró los pesos a la arena y el globo se levantó tembloroso del suelo. El hombrecito, subido a su luna de mercurio, no dejó de alimentar el fuego violento en su base, alzándolo cada vez más, aunque todavía había un grupo de forzudos sujetando las cuerdas para que el profesor no saliera volando. Entonces se volvió y vació una bolsa de pétalos de rosa encima de la multitud que lo vitoreaba. Cuando las nubes de rosas se esparcieron, vimos que estaba todavía más alto, tirando serpentinas de colores vivos que intentamos coger. Y siguió elevándose, esa maravilla. No se parecía a nada en toda la tierra; no guardaba ninguna semejanza con ninguno de los animales sobre los que había leído, con ningún cuento de hadas ni fábula. Ni siquiera en mis sueños tenía precedentes. Se trataba de la mente humana hecha realidad, eclipsando incluso a los pájaros en su ansia de ser libre. ¿Somos los únicos animales que anhelamos escaparnos de nosotros mismos? Porque viendo ese globo, me imaginé mi propia alma, atrapada en la inmensidad polvorienta de mi cuerpo viejo, ardiendo con una llama como aquélla y alzándose encima de mí, igual de plateado, igual de nuevo.

Sentí un codazo y me dieron un falo envuelto en papel de aluminio.

–Ten, osito, esto se llama plátano.

Años más tarde, cuando ya nos habíamos vuelto más cansados y despistados, recordé a Hughie la tarde en los jardines de Woodward en la que nos conocimos por primera vez bajo el globo fantástico del profesor Martin. Estábamos sentados en una cafetería de carretera, y yo tenía un hambre canina mientras que Hughie estaba leyendo las páginas deportivas de un periódico local, riéndose de los equipos de los colegios secundarios, las gafas apoyadas en la punta de la nariz. Dejó el periódico y frunció el ceño.

–¿Globo? –preguntó–. Creo que te equivocas.

–Sí, hombre. Un globo plateado inmenso y tú me preguntaste qué era.

Meditó. Los dos rondábamos los sesenta años y Hughie ya había perdido toda su magnífica cabellera cobriza y tenía ahora una rodilla mala que le molestaba a todas horas.

–No, nos conocimos cuando mi padre empezó a darte clases.

–Ya no te acuerdas de las cosas, Hughie. Estás hecho un viejo.

–Y tú –señaló.

Y claro, tenía razón, pero en mi caso, viejo quería decir que parecía un niño pecoso. Sonreí como un bobo y le di otro sorbo a mi batido.

–Fue un globo. Así nos hicimos amigos.

–No. Yo te enseñé un truco de cartas en la escalera.

–Yo no recuerdo que hicieras ningún truco de cartas.

Se quitó las gafas.

–Un día acompañé a mi padre. Tú estabas intentando esconderte detrás de la puerta como un niño pequeño, aunque parecías el senador Roosevelt vestido con un traje de marinerito. Eras ridículo. Yo hice aparecer la reina de picas de debajo de un helecho y desde aquel día tú nunca has dejado de admirarme.

–Bueno.

–Bueno.

Los dos miramos por la ventana al aparcamiento, aburridos e inquietos de nuestras correrías, esperando ver algo familiar allá fuera. Entonces volvimos al diario y a los ruidos de estómago y no volvimos a dirigirnos la palabra en una hora. Eso es lo que significa tener un viejo amigo.

Es cierto que contratamos a su padre para que me impartiera clases. Creo que debió de plantearse en una conversación bajo ese globo increíble en los jardines de Woodward. El señor Dempsey venía de lunes a viernes, y lo más sorprendente de todo, en retrospectiva, es que Hughie venía con él. Creo que mi madre opinaba que un niño de buena familia merecía una enseñanza sin distracciones, pero mi padre finalmente logró convencerla de que jamás iba a ser un niño normal de buena familia y que para disfrutar de la vida iba a necesitar más de un tipo de enseñanza. La educación y el lenguaje y las artes estaban muy bien, pero me hacía falta aprender cómo ser un niño.

Hughie lo había resuelto sin necesidad de ninguna lección. Llegaba vestido con su trajecito y sombrero, sonriendo de forma educada, pero en cuanto me veía aparecer por el pasillo con los libros bajo el brazo, se transformaba en un toro embravecido y me embestía, dándome con todo el hombro en un costado, derribándome y desparramando mis apuntes por todo el suelo pulido. «¡Hombre al agua!», gritaba entusiasmado. «¡Hombre al agua!» Entonces me ayudaba a recoger los papeles del suelo y me preguntaba cómo me había ido el día. Todo esto me resultaba muy sorprendente y nunca se me ocurría nada mejor que pegarle en la cabeza con un libro de poesía y darle un azote en el brazo con una correa de libros. Claro que yo era más alto que él, más fuerte, y podía levantarlo encima de la cabeza y depositarlo al otro lado de la valla, en el jardín oriental pastiche de la casa detrás de la nuestra. Siempre procuraba dejarlo en un cojín de hierbas salvajes.

Y él chillaba y se reía y volvía corriendo con un nenúfar detrás de la oreja. Sin embargo, siempre lo consideré el más fuerte de los dos. Pasé toda esa época esforzándome por impresionarlo, por ser tan listo y salvaje como él, y aunque durante años yo corría mucho más deprisa que él, siempre me quedaba a la zaga.

Dirás que tuve suerte por haberlo tenido como amigo, un niño dispuesto a aceptar a un ogro como compañero, pero es evidente que era la única clase de persona que iba a ser capaz de aceptarme. Una especie de niño demente. Pero yo también me pregunto por qué me aceptó tan rápidamente. Quizá él también tuviera sus excentricidades: una percepción torpe de la realidad, o incluso un engreimiento tan acusado que incluso descollaba por encima de mi propia existencia descomunal y egoísta. Tal vez él también se considerara afortunado por haberme encontrado a mí.

¿Pero qué creía que era yo?

–Pues tú eras Max –me dijo en varias ocasiones a lo largo de los años–. No sé, eras Max, igual que mamá era mamá y nadie más. ¿Quién sabe? Nunca fuiste una cosa. Como un juguete o un perro. Sabía que eras una persona, pero no eras ni niño ni adulto. Eras otra cosa, no sé qué, y me daba lo mismo. Sigues siendo Max, so tonto, y ahora pásame un puro. No, quiero uno de los buenos.

La niñez queda grabada en la médula, no en la mente. No podría decirte con seguridad qué pasó un día o el siguiente, en qué cumpleaños Hughie envolvió a una rana en cintas y la soltó encima del servicio de té, haciendo que Mary chillara y dejara caer la jarrita de la leche; ni qué edad tenía cuando mi madre se negó a cambiarse un vestido que era demasiado escotado para el gusto de mi padre y, viendo que no iba a ganar, cogió la azucarera y la vació entre sus pechos, obligándola a reírse. Ni a qué edad me llevó mi padre al muelle de Meigg y vimos a nuestra antigua criada, Mary, maquillada con colores llamativos y con un lirio en la mano. Mary vino corriendo hacia mí exclamando que me veía mucho más joven:

–Ahora ya no pareces tan mayor. Ya verás, cielo, ya llegará tu momento.

Mi padre me obligó a seguir adelante, sin siquiera saludarla. Me acuerdo cómo Mary se nos quedó mirando cuando nos alejamos, cómo se le cayó el lirio, que se quedó todo arrugado en la acera como un beso congelado.

Nunca podría escribir una historia veraz sobre mi niñez porque todo ocurrió antes de que tuviera noción del tiempo, la época de mi vida en que la promesa de ir a recoger moras el sábado hacía que preguntara cada cinco minutos si ya era sábado. La vida no tenía un antes ni un después, todavía no estaba ensartada en un hilo, y por lo tanto, resulta imposible sacarla intacta del cajón.

Así que mis recuerdos de aquella época se limitan a las visitas del señor Dempsey y los rayotes de tiza que se hacía Hughie en los zapatos; los susurros de Maggie y la niñera en el pasillo; una serie de tortugas que vivieron y murieron en el terrario a escasos centímetros de donde aplastaba la nariz contra el cristal; el verdulero que llamaba a la puerta trasera cada mañana; la canción del carro del afilador («cuchillos viejos para afilar, cuchillos viejos para afilar»); las columnas de humo que subían de los buques de vapor en el muelle; las moscas y el olor acre de los caballos, el dolor en sus rostros y la lástima que me daban cuando los veía descansando en la cochera; el olor a lana húmeda de mi traje de baño mientras se secaba en mi habitación; las ancianas en la calle salidas de épocas pasadas con espantosas pelucas y faldas de aro; mi madre y sus bálsamos; el crujido de la barba de mi padre cuando se la rascaba; el olor a gas que era el olor de la noche. Éstos eran los años anteriores a Alice.

Quiero hacer constar que ya no duermo bien.

La litera debajo de la tuya, Sammy, quizá sea capaz de albergar las pesadillas de un niño y la lectura nocturna de libros sobre vaqueros, pero a este anciano, no. Y la lamparilla extraña que hay en la esquina, aparte de ser un derroche de electricidad, me recuerda demasiado a la joya eléctrica que mi padre intentó añadir al joyero de mi madre, con ese brillo tan falso que sale del zócalo. La casa entera, tan moderna y eficiente, tan ingeniosa y despejada de papel pintado, y tan elegante de día, pierde todos sus encantos por la noche, y hace que me sienta solo entre la cáscara seca de sus paredes. También podría ser que tanto escribir sobre el pasado, igual que cuando rascas una picadura, sólo hace que se prolongue el dolor. El caso es que me cuesta dormir.

Una noche, hace unas semanas, me levanté de la cama, procurando no despertarte, y entré sigilosamente en el cuarto de baño donde hay una ventana desde la que se ve el cielo. Me subí a la taza del retrete y me quedé allí, mirando las estrellas e intentando distinguir sus formas una por una, tal y como me había enseñado mi padre. Encontré Orión; siempre es fácil encontrar Orión. Encontré la Osa Mayor. Y el rojo sanguinolento de Marte. Intenté convencerme de que aunque las manos se me hubiesen encogido hasta convertirse en estrellas de mar blanditas, las estrellas seguían iguales, y que la luz que emitían por el universo no había cambiado y que si las miraba sin parpadear y dejaba que la luz me inundara los ojos, al cerrarlos, quizá consiguiera conservar esa luz, como un trago de leche, atrapada en mi interior durante unos instantes. Entonces tal vez me sintiera igual a como me sentía antes, lleno de esa misma luz. Pero éste no era el cielo que yo había conocido años atrás; ahora hay un nuevo planeta con una nueva luz. Plutón, creo que lo han llamado, el planeta del averno. Y si cerrara los ojos, también me entraría una gota de veneno de color violeta que enturbiaría el resto.

–¿Hola?

Se encendió la luz.

Me volví y vi a mi madre.

No, era tu madre, Sammy. Era la señora Ramsey con la mano apoyada en el interruptor, pero la luz le caía desde un ángulo tan poco natural que delataba cada arruga de su rostro con la inclemencia de un rival que no olvida. Se quedó ahí mirándome como lo haría un insomne, y por un momento temí que me hubiera descubierto, que hubiera visto una expresión en mi rostro que un niño de doce años no podría tener. Sin embargo, al instante vi que lo que le llenaba el rostro no era ninguna revelación, ni lástima por un niño extraño que no puede dormir. Era pena profunda. Pues delante de sus narices tenía otra carga más en su vida, la carga de un niño subido a la taza del retrete para mirar al cielo, encima del resto de cargas que ya acarreaba. Una mujer de alrededor de cincuenta y cinco años, casi la misma edad que yo, deambulando por los pasillos nocturnos llena de pena. La comprendo mejor de lo que jamás se imaginaría.

–Lo siento. –Fue lo único que alcancé a decir.

La señora Ramsey sonrió y se le borró la expresión del rostro.

–¿Qué haces?

–No lo sé.

La respuesta que sabía que daría un niño.

–Pues ya somos dos.

La señora Ramsey cambió su posición en la puerta y miró las

estrellas también. Se le abrió el cuello de la bata, revelando toda una constelación de pecas en el pecho.

–¿Te apetece un vaso de leche? –me preguntó.

Asentí con la cabeza y la cogí de la mano.

El día que desapareció mi padre, hace muchos años en San Francisco, me desperté en mi cama revuelta para encontrarme con otra, hecha de nieve, al otro lado de mi ventana. Igual que una madre fanática de la salud que sólo te alimenta con una dieta constante de cereales y galletas saladas y que una mañana se presenta con un bizcocho azucarado porque lleva demasiado tiempo echándolo en falta, el mundo había hecho caso omiso a todas las expectativas y me había regalado un día de nieve. Yo había leído sobre la nieve, y había escuchado los recuerdos de mi padre acerca de los castillos y dragones que esculpían con la nieve cremosa danesa, de cómo había llegado hasta Prusia en trineo junto a unos amigos, pero no estaba preparado para verla con mis propios ojos. Creí que sería como un juguete olvidado en el jardín; no esperaba que la nieve borrase el mundo entero, dejando una hoja limpia y blanca. Miré las mansiones que ya no estaban, los caballos, los *surreys*, los hombres que se dirigían al trabajo, todo lo que estaba acostumbrado a ver. No había cielo; no había ciudad. Di un grito ahogado como solemos hacer ante las cosas que no son naturales.

Ya no era un niño. Había cumplido dieciséis años y era hosco, cargado de autocompasión por el destino espantoso que me aguardaba, obligado a llevar ropa anticuada para poder hacerme pasar de forma más convincente por un hombre de cincuenta y cuatro años. Hughie, por supuesto, vestía lo que quería: americanas, pantalones holgados, estampados llamativos de cachemir. Lo único que podía lucir yo era una barba tan espesa y suntuosa como la de cualquier poeta. Me encargaba de tenerla siempre bien afeitada y cortada, y cada noche me la acariciaba delante del espejo como si fuera una mascota. Por fin estaba perdiendo las canas (gracias a la ayuda de un tinte que, por suerte, me recomendó el barbero). Aun así, seguía estando lejos de ser un adolescente de verdad.

Pero a pesar de mi aspecto físico, sólo tenía dieciséis años, y por muy estudioso que fuera, y por muy solo que me sintiera, el cambio del día me emocionó tanto como al resto de los mortales, quizá todavía más. De alguna manera, parecía como si la nieve hubiese nivelado el mundo. Desde mi ventana veía a hombres vestidos con levitas y a mujeres con sombreros lanzándose bolas de nieve. Como por arte de magia, pasó un carruaje atado con tablas para parecer un trineo y en su interior había parejas riéndose bajo una manta de pieles. Me puse la ropa más andrajosa que tenía, le di un beso a mi madre, que se había quedado perpleja con una mano apartando la cortina de la ventana, y salí a un mundo que se había vuelto sordo y ciego a lo que había sido antes. Vi a padres guiando a niños aturdidos por los caminos encantados de un mundo muerto y cristalizado, pero los chicos mayores (de una edad parecida a la mía, pero hechos unos jóvenes salvajes y apuestos) estaban inspirándose en las novelas de su niñez para fabricar unas bolas de nieve que, apuntando bien, hacían saltar las chisteras de los viejos ricachones de Nob Hill. No era un mundo, esa mañana, para encontrarse viejo y cansado.

Y yo, por una vez, no lo estaba. Con mi sonrisa y mi barba teñida de color castaño de hombre hecho y derecho, no iba a ser el objetivo de los granujas. Conseguí que unos chicos me llevaran en su trineo, que habían hecho clavando unos patines a un cajón de embalaje, y me encontré volando hasta el fondo de la calle California donde los tranvías seguían corriendo sobre sus vías habituales, habiendo convertido una mañana de nieve en aguanieve y lodo.

Dicen que algunos jóvenes, mayores que yo, pusieron piedras en el interior de sus bolas de nieve y las arrojaron a políticos, a jueces del Tribunal Supremo, incluso a nuestro querido alcalde

Pond. Dicen que los despachos del recaudador de impuestos y del tasador entraron en una guerra nevada en los pasillos del ayuntamiento. Dicen que cualquier chino visto fuera del barrio chino acababa acribillado a bolas de nieve llenas de piedras y que como represalia, todo blanco que encontraran recorriendo furtivamente los callejones del barrio chino en busca de algo para fumar o de una chica de compañía recibía una paliza con cañas de bambú. Dicen que finalmente parecía que los búfalos en el parque de Golden Gate se sintieran en casa con la piel cubierta de una capa de polvo blanco, pero yo no vi nada de todo eso. Sólo sé que me topé con Hughie, yendo en trineo por el cementerio que había al lado de la misión Dolores, habiendo dejado de lado los deberes, como yo, y que juntos, anciano y jovencito, nos magullamos las piernas hasta formar en ellas un mosaico de manchas moradas y doradas, escarificamos la colina blanca y limpia, y gritamos de alegría hasta quedarnos completamente roncos.

Dicen que ese día el espesor máximo de nieve alcanzó los treinta y dos centímetros en Golden Gate. Unos diez centímetros se posaron dentro de la ciudad. Gracias a mis viajes, sobre todo durante una nevada en Colorado que me llegó a la altura de las caderas, he sabido que no fue nada, poco más que un derroche de escarcha. Pero para nosotros fue tan espesa y brillante como la suerte misma.

Cuando volví esa noche, caminando con dificultad por el crepúsculo empapado porque casi toda la nieve se había derretido cuesta abajo yendo a parar a la bahía, encontré una casa con todas las lámparas de gas bajadas y llena de miradas preocupadas. Mi madre estaba sentada en el salón trasero dedicada a la costura. A su lado había una jaula de canario, vacía como un árbol en invierno.

–Max –me dijo en cuanto crucé el umbral de la puerta–. No sabemos dónde está tu padre. No ha vuelto a casa.

–Se habrá quedado tarde en el trabajo –sugerí.

–Hemos enviado a un chico. No está allí.

Su rostro reflejaba una paciencia infinita, una expresión que había preparado horas antes para el momento en que yo llegara a casa. Vi una mancha de sangre en la punta de su dedo gordo; se había pinchado con la aguja justo antes de que entrara.

–Estoy segura de que no habrá pasado nada. Debe de ser la nieve –me informó.

Me vino a la cabeza la imagen de los jardines de Woodward, mi padre caminando en medio de los dromedarios nevados, buscando el globo enorme y plateado que tanto le había encantado. Pero sabía que era un absurdo.

Mi madre me cogió de la mano.

–No te preocupes –me dijo–. John te ha dejado la cena preparada y tienes que hacer los deberes que te puso el señor Dempsey porque mañana podrá venir...

–¿Y si nieva?

–Ya se ha derretido –me dijo con serenidad.

Vi que la gota de sangre en su dedo gordo había crecido y ahora parecía una perla roja que atrapaba la luz y le temblaba sobre la piel. Ella no hizo nada, sólo mirarme.

–Y tu padre vendrá más tarde, pero no quiero que lo esperes despierto.

–Madre.

–Tienes que dormir, hijo.

–Madre.

–Dame un beso –susurró.

Se lo di, y la barba se me llenó de los polvos que se ponía en el rostro. Después de salir del salón y adentrarme en la luz tenue del pasillo, creí oír un ruido como de agujas cuando se caen al suelo, seguido del sonido suave de un dedo gordo apretado contra una boca.

Pero no volvió a casa, nunca más.

Durante los primeros meses, vivimos con el corazón helado, como las personas que se alimentan de la esperanza. Pero las únicas pistas encontradas por la policía sólo corroboraban lo que habían sabido desde el principio: que mi padre no había ido a trabajar el día que desapareció, que llevaba su traje negro de lana y la chistera, pero se había dejado el bastón, que se había parado a comprar un puro de alta calidad en su tabaquería favorita en la calle Clay, que se había tomado un whisky en el Bank Exchange en la calle Stockton, donde había disfrutado de un almuerzo gratis, que había saludado a un juez con el sombrero delante de la Biblioteca Principal y que había desaparecido sin rastro. La línea de puntos que conectaba todos estos testigos con nuestra casa no llevaba a ningún sitio convincente; formaba una línea recta que salía de San Francisco e iba directamente al agua. No se encontró ningún cadáver ni hubo ninguna pista que hiciera pensar que pudiera aparecer alguno, y me acuerdo que pensé que era extraño que el único día en que un padre pudiera haber dejado huellas en la nieve, el mío no había dejado ni una.

Después de seis meses, sin embargo, las visitas de nuestros contables superaban las visitas de la policía. Un día se sentaron con nosotros en el salón, donde el hogar de carbón hizo que sus frentes de clase media se empaparan de sudor. Mi madre, que vestía el color morado oscuro del luto incierto, los escuchó mientras yo daba golpecitos en la mesa con la punta de una pluma (me tomaron por un pariente político oportunista).

–La situación es complicada, señora Tivoli –le dijeron.

Por lo visto, a mi padre le había gustado llevar sus finanzas con un elemento de riesgo, de forma que todo el dinero que ganaba siempre acababa invertido en alguna empresa nueva y no ahorraba casi nada. Ahora que mi padre había dejado el timón, la flota de estos proyectos pequeños pero asombrosos estaba desviándose mucho de su objetivo y algunos ya habían tocado fondo. Sumando esto a la falta de ingresos después de que se acabara la poca pensión de su empresa y al cadáver que no aparecía y que daba a la compañía de seguros el motivo perfecto para no pagarnos, los contables se vieron obligados a informarnos por encima de sus gafas grasientas que:

–Según las cuentas, podréis seguir viviendo como hasta ahora, en esta casa, durante un año. Entonces os quedaréis sin nada.

Nos dijeron que vendiéramos la casa al mejor precio que nos ofrecieran.

–Hablemos sin rodeos, Max –me dijo mi madre cuando ya se hubieron marchado–. Tienen razón.

No podía ni mirarla. Estaba abrumado por lo que los médicos de hoy en día llamarían una angustia adolescente. Apoyé la cabeza en el yeso esculpido, notando el contorno en relieve de una amapola en la sien. Mi madre siguió, el cabello soltándose de sus horquillas como volutas de humo de un puro:

–Venderemos la casa. Venderemos el canapé y el sillón isabelino del segundo salón, los relojes, las lámparas. Algunos de los muebles del despacho de tu padre, el escritorio, las sillas, la colección de mariposas nocturnas. Tal vez incluso la geoda. La plata duplicada. Conservaremos a Maggie, creo, si le apetece volver a vivir en South Park.

–¿South Park?

–¿Dónde, si no? Además, yo tendré que pasar tiempo en casa.

Durante un segundo, como si las palabras fuesen la tabla de escritura encima de una ouija, moviéndose solas, fuera de su control, adoptó el tono cantarín y extraño de la voz de mi padre.

–Hablemos sin rodeos, Max.

Me explicó sus planes con frases que parecían venir de una estrella lejana, brillantes y claras, pero ya antiguas. Alguien tenía que fijarlos, nuestros nuevos planes, de la forma más tranquila, realista y sosegada posible. Y es que un fénix estaba elevándose en el interior de mi madre o, como dirían las buenas madres de este pueblo, un milagro. Sammy, emplearé tu término burdo del siglo XX: estaba embarazada.

–Me gustas más pobre –me dijo Hughie cuando llegó el día de la mudanza.

–No somos pobres.

Apenas podía hablar con él. Me avergonzaba mucho nuestro cambio de rango. Yo estaba en el jardín, rodeado de los viejos perros decorativos forjados de hierro, y mi madre estaba delante de la ventana de arriba, mirando hacia abajo. Esta vez íbamos a vivir en el piso de arriba. Otra familia sin padre, las Levy, vivía una vida tranquila en el piso de abajo. Le di la espalda a South Park. Había cambiado muchísimo. El muro y la verja que rodeaban el parque ya no estaban, y se había convertido en un óvalo verde estampado entre unos edificios que no se parecían en nada a las casas majestuosas y antiguas como la nuestra. Los árboles del parque también parecían diferentes. Había menos arces y olmos y más eucaliptos, siguiendo la última moda absurda de plantar unos árboles que impregnaban la ciudad de olor a botiquín. Incluso había perdido su viejo nombre; algunos de los recién llegados le habían dado el nombre desalentador de «Apartamentos de Alquitrán».

Hughie sonrió.

–Bueno, me refería a como eras antes. Nob Hill no te favorecía nada. Habías empezado a parecer un presidente de banco, viejo.

–Y tú pareces un cantante de teatro de variedades.

Hughie se rió. Ese día iba de color lavanda y gris, con el mal gusto de un dandi de diecisiete años que recibe dinero para gastos personales. Llevaba, y sólo para fastidiarme, un chaleco de terciopelo que le había dicho una y otra vez hacía que pareciera un organillero. A Hughie le daba lo mismo.

Percibí un movimiento en el piso inferior. El destello blanco de un vestido que desapareció al instante. No quería que nuestras vecinas salieran hasta que nos hubiéramos instalado. Esas inquilinas del primer piso eran las últimas personas que me apetecía conocer. Vi que en el tiempo que llevábamos fuera se había formado un nido de avispas debajo del alero.

–¿Sabes qué va diciendo mi madre por ahí? –le pregunté a Hughie.

–¿Qué?

–Que soy su cuñado.

–¡Pues vaya tontería! O sea que se supone que es la esposa de tu hermano.

–Que soy su cuñado que ha venido del este para ayudarle a llevar la casa. Ahora que papá se ha ido.

–Pues vaya tontería. Si antes vivías aquí. ¿Quieres decir que la gente no te reconocerá? Es decir, el monstruito.

–No me reconoce nadie. Cuando me fui de aquí, medía un metro cincuenta y tenía el pelo blanco. Ahora mírame.

Acababa de cumplir diecisiete años, medía un metro ochenta y tenía un aspecto verdaderamente presidencial, pero como me ponía la ropa de mi padre, creía que asumía parte de su glamour europeo y metía los dedos gordos dentro de los bolsillos del chaleco, pavoneándome.

–Creo que he mejorado –añadí.

Hughie me guiñó el ojo.

–Yo también lo creo, Max. Pronto serás un anciano bien apuesto.

–Y tú serás el feo.

Hughie trató de aplastar una avispa que pasó por su lado y entonces se volvió hacia donde estaba mi madre, mirando por la ventana. La avispa se alejó volando.

–¡Hola, señora Tivoli! –gritó.

–No grites, so feo –le dije.

–No soy feo –me informó, alisando el chaleco.

Mi madre se despabiló de la quietud de su puesto, pasó una mano por encima del pelo y saludó con la otra.

–¿Cómo se encuentra? –me preguntó Hughie, sin dejar de mirar a mi madre mientras ésta se alisaba su mejor vestido negro, el que se había puesto para presentarse en su vieja casa, igual que cuando uno se viste para ir a una cena, sabiendo que también va un viejo amante. Se metió en la oscuridad de la habitación.

–Pagana –contesté.

Eso le picó la curiosidad.

–¿En qué sentido?

Le di una patada al césped seco.

–Se echa las cartas del tarot. Cada noche deja encendida una lámpara de espíritus en su dormitorio.

–Bueno, supongo que todavía le quedarán muchas cosas por decirle a tu padre.

–No creo. Ella no habla. Se limita a escuchar.

–¿Y él qué le dice?

–Nada –dije con firmeza–. No está muerto.

Hughie asintió con la cabeza y miró de nuevo hacia el parque con los brazos cruzados.

–Estoy de acuerdo.

Habíamos formulado nuestra propia hipótesis, que no compartía la policía, sobre lo que le había pasado a mi padre, algo que les estaba ocurriendo a muchos hombres por esa época. Estábamos convencidos de que se había metido en un bar en la costa berebere, se había tomado una cerveza en la que le habían puesto alguna droga y se sentía atontado. Entonces lo habían dejado caer por una trampilla a la cubierta de un barco Whitehall que esperaba abajo. De ahí lo habían llevado en la más oscura de las noches hasta un clíper que los aguardaba justo a la salida del Golden Gate, donde habían pagado por él. Mi padre se habría despertado en medio del océano soleado, con rumbo al este, un nuevo miembro de una tripulación de balleneros. El capitán les gritaría órdenes contra el viento predominante y los tripulantes, con sus coletas y tatuajes, pasarían por su lado, echando un vistazo a su nuevo compañero. Un viaje de vuelta a su propia juventud escarchada de sal. Es decir, lo habían narcotizado y lo habían embarcado por la fuerza como tripulante en un ballenero.

Pero aunque no lo admitiera, tenía una hipótesis todavía más obscena y fantástica. Me imaginaba que se encontraba atrapado por algún hechizo nórdico y que no podía llegar a nosotros. En mi cabeza veía un viejo fantasma que venía por el cabo de Hornos a atosigarlo y que, igual que Merlín que se vio encerrado por Nimnue dentro de los anillos de un roble, mi padre estaba sentado en un anillo verde de fuego, esperando que yo pronunciara las palabras exactas que rompieran el encanto. ¿Y cuáles serían?

–¡Jap!

El ruido venía de detrás. Una chica de aproximadamente mi edad había salido de la puerta del piso en la primera planta pero ahora se encontraba retorciéndose de dolor en el césped. No tenía ni idea de qué le ocurría. Llevaba un vestido largo de encaje blanco y tenía la mano aplastada contra el cuello, esperando, como si escuchara pasar los segundos. Hughie y yo nos quedamos mirando tras su extraño grito. Entonces, lentamente, aterrorizada, quitó la mano del cuello. Primero me mostró el doloroso «beso» que tenía en él. En segundo lugar, extendió la mano que contenía el cuerpo líquido, negro y dorado, de una avispa.

–Alice, ¿estás leyendo estas hojas? ¡Eres tú!

No era la primera vez que veía a una chica, por supuesto. No sólo desde mi ventana infantil donde las observaba, con sus vestiditos de señorita, mientras señalaban los pájaros con el dedo, sino que en Nob Hill las había visto camino a la escuela, lanzándose piedrecitas a patadas, riéndose. Había visto a las jovencitas que volvían a casa después del toque de queda en los faetones de sus pretendientes. Incluso había visto a algunas besuqueándose en el parque hasta que, percatándose de la presencia de un anciano fisgón, se habían ido con sus parejas a esconderse entre los arbustos. Y me había enamorado de las chicas de cada día: la del quiosco, con ese brillo que le bailaba encima de los labios; la chica de los ojos tristes que vendía piñas apiladas en forma de pirámide; la hija del carnicero alemán que lo acompañaba hasta la puerta trasera de nuestra casa y traducía lo que decía. Pero nunca les había dirigido la palabra. Como mucho las saludaba con la cabeza desde la cocina o intentaba ocultar mi sudor nervioso tirando unas monedas al suelo y saliendo por patas. Era emocionante, una auténtica agonía.

Todavía no conocía a ninguna chica de verdad. Todos los chicos están preparados, listos para el amor a los diecisiete años. Y yo, encarcelado dentro de ese cuerpo tan horrible, estaba destinado a enamorarme de la primera que se cruzara en mi camino.

–¡Me ha picado!

Y tú a mí, Alice, la primera vez que te vi. Y la peor suerte de mi vida: mi corazón me dejó paralizado.

Hughie corrió a su lado.

–¿Estás bien?

Parpadeó y la pústula que tenía en el cuello empezó a hincharse.

–Nunca me habían picado. –Fue lo que dijo.

–Te pondrás bien –repuso Hughie–. Échate.

Se negó y se quedó allí sentada mirando el envenenador que tenía en la mano.

–Cómo duele.

–Pues...

–Más de lo que me hubiera imaginado. Una vez una avispa picó a mi madre y creí que estaba haciendo aspavientos pero... ¡duele de verdad!

–Se te está hinchando, además.

Entonces volvió esos ojos castaños y suaves, esos ojos siempre jóvenes, hacia mí.

–Señor, su hijo es muy amable.

Traté de hablar, pero no me salió nada. Era un anciano mudo y ella apartó la mirada de mí.

–¡Madre! –gritó, volviendo a fijarse en la avispa–. Pobrecita.

–Uf –dijo Hughie, levantándose.

–¿Piensas dejarme aquí? –preguntó.

Justo en ese momento, yo estaba abriendo la boca para pronunciar las palabras que desde hacía un minuto no conseguía sacar. Se dio cuenta y me miró. Pestañeé. Ya está, salieron por fin:

–No... no es mi hijo.

Pero las palabras se perdieron en un grito que venía de un lado de la casa. Miré, pero solamente vi a otra mujer, a una madre. Alice, tú desviaste la mirada y ni siquiera me oíste.

Me gustaría decir que fue el destino, pero en el fondo debería reconocer que fue la suerte quien te plantó en mi jardín justo en el momento en que tenía el corazón más sensible. Supongo que tuve suerte de que fueras tú y no otra persona más cruel. Sin embargo, Alice, si hubieses sido cualquier otra persona, hubiera vuelto a amar, y mucho, antes de llegar a esta edad avanzada. Pero bajo la maldición de tus ojos nunca he podido.

–¡Señor Tivoli!

Su madre salió corriendo de la casa y se arrodilló a los pies de su hija. Le puso un trapo en el cuello tenso, apretándole esa piel tan sensible con la eficacia instintiva de una enfermera. Era una mujer espléndida, y se movía con mucha naturalidad alrededor de su huesuda hija mientras la chica bufaba y forcejeaba. La señora Levy llevaba vestidos de los últimos años de la viudez, y tenía la cuidada belleza de una mujer mayor. Vestía conforme con su rostro, con un collar de perlas, y sacando provecho de las cosas que no envejecen: un polisón discreto doblado para lucir su figura femenina y una blusa entallada arrugada que destacaba su pecho impresionante. No soy bueno acertando la edad de la gente. ¿Cuántos años tenía Alice? ¿Cuarenta y cinco, cuarenta y seis? Tenía la tez oscura y el rostro con forma de avellana, con el nacimiento del pelo bajo, y los labios sin pintar. Me estaba mirando de hito en hito con esos ojos femeninos de color castaño oscuro.

–Señor Tivoli, cuánto me alegro de conocerlo, por fin. No te muevas, Alice, tampoco está tan frío.

¡Alice! Ya sabía su nombre y eso la convertía en dos veces la chica que había conocido antes.

–Espero que le guste la antigua casa de su hermano, a nosotras nos encanta, ¿verdad? ¿Y tú qué estabas haciendo, tontita? Si las aplastas, pican. En fin, esperemos que no se te hinche, y si lo hace, que te sirva de escarmiento. Alice, estate quieta. Mira, te has mojado todo el vestido y tendremos que ponerlo a secar. He conocido a su cuñada, señor Tivoli. Es una señora encantadora, pero triste, tan triste...

Hughie se rió disimuladamente.

–Es cierto, señor Tivoli, tu cuñada es encantadora.

Fue una escena dirigida completamente por la madre de Alice. Cada instante que pasé allí, delante de su hija, la chica se me hizo cada vez más clara, cada vez más grande. Miré cómo parpadeaba para reprimir las lágrimas, roja de rabia y suspirando con la cabeza apoyada en su madre. Pero la señora Levy me estaba empujando hacia la dirección opuesta a la que yo quería ir, privándome de mi derecho de tener un corazón de colegial, sustituyéndolo por los colgajos curtidos de un anciano, una persona que Alice, con su picadura, jamás iba a amar.

–Alice, estate quieta. Te presento al casero, el señor Tivoli. Es de los veteranos de South Park, ¿verdad, señor Tivoli?

Estaba desmigajándome delante de su hija. Noté que el sombrero me apretaba mucho y se me ocurrió que quizá no fuera el mío; debí de haber cogido otro en alguna que otra fiesta.

–Para nada veterano, señora Levy –dije, antes de mirar a Alice–. Hola, Alice.

Pero Alice ni se inmutó. Estaba con la mirada fija en otro lado. La mujer se rió, y sonó como una escala musical descendente y separada, como una sarta de perlas.

Finalmente, Alice se dirigió a mí:

–Espero que no hagan tanto ruido como el matrimonio que había antes. Parecían vacas.

Su madre la atacó con un siseo de reptil.

–Además, señor Tivoli –añadió la viuda –, he visto las alfombras maravillosas que han traído de su casa en Nob Hill. Tendrán una casa tan suave y encantadora...

La señora Levy sabía manejar las conversaciones con carisma. Y yo, con mis diecisiete años, sólo podía seguirla a donde me quisiera llevar. Hablé de alfombras, alfombras de Bruselas, de su color y su tacto, y casi conseguí saborearlas en la lengua mientras seguía aquella conversación polvorienta y confusa en lugar de preguntarle a Alice por sus estudios, sus clases de piano y sus viajes. Podría haber estado escuchando la voz de Alice. Sin embargo, tuve que contenerme mientras esa dulzura miraba hacia otro lado, cada vez más ensimismada. El dolor de la picadura debió de disminuir con los cuidados de su madre o el rugido apagado de mi voz y mi querida y joven Alice se estaba hundiendo, hundiendo cada vez más en una vida imaginaria que yo anhelaba compartir.

–... creo que una casa con alfombras es más acogedora.

–¡Uf! –dijo Alice.

–Y también he visto que tienen canapés adamascados –dijo la señora Levy, orgullosa como si fueran suyos–. Estoy admirada, señor Tivoli. Parece que se interesa mucho por el hogar, para ser hombre, claro.

¡Pero no soy un hombre! Eso es lo que quería decirle pero la señora Levy había hecho una pausa educada, y seguidamente pasó a preguntar por la persona que tenía a mi lado, de quien me había olvidado por completo.

–Me llamo Hughie Dempsey –dijo Hughie, con su galantería habitual, ladeando el sombrero a la señora Levy y a su hija, que seguía parpadeando y embelesada.

–Ah, Hughie –repitió Alice.

–Es un amigo íntimo de la familia –dije.

La señora Levy estaba ayudando a su hija a levantarse, rodeándole la cintura, de la misma forma en que uno lleva flores cortadas a un florero.

–Maravilloso, maravilloso. Debería llevar a Alice a casa y mirarle el cuello. Espero que le veamos de visita por aquí, señor Dempsey. Y por supuesto, señor Tivoli, en breve les invitaremos a usted y a su cuñada a cenar.

Reverencias, gestos con la cabeza y sonrisas, y mientras la chica volvía a su casa del brazo de su madre, preocupada de nuevo por el veneno de la picadura, me quedé tan inmóvil como nuestros perros decorativos de hierro. Detrás de nosotros, se oía un alboroto que venía del parque, y a través de mi aturdimiento, distinguí a un hombre que caminaba, agitando una bandera de aviso. Un coche a vapor estaba dando una vuelta de exhibición, ante los gritos y abucheos de los espectadores, pero la sensación de maravilla no tuvo efecto alguno en mí, pues estaba intentando concebir una manera de entrar sin mi madre en el piso inferior de mi casa cuando Alice estuviera sola y convencerla de lo que realmente era.

A mi lado oí la voz divertida de Hughie.

–Señor Tivoli. Si no me equivoco, lleva usted mi sombrero.

De repente, la vida se convirtió en preciosos cristales rotos. No hubo instante en el que no sintiera el dolor de la presencia de Alice debajo de los pies, y a veces, cuando me encontraba en el salón escuchando los comentarios de mi madre acerca de nuestras cuentas, u otra invocación cansina en la noche junto a la lámpara de espíritus, me movía de un lado a otro de la alfombra preguntándome: «¿Alice estará debajo de mí ahora mismo? ¿Y ahora?». De modo que me movía por el salón como un caballo en un tablero de ajedrez, esperando que cuando me colocara directamente encima de Alice, cuando se estableciera una línea recta y trémula entre nosotros, percibiría cómo subía el calor de su cuerpo, el olor de su pelo hasta mi casa.

Hughie pensaba que me estaba portando como un memo.

–No pienses en ella –me decía–. Sólo tiene catorce años. Lleva el pelo suelto y seguro que todavía juega con muñecas. ¿Qué va a saber ella del amor?

Entonces lanzaba otra carta hacia el sombrero en el otro extremo de la habitación, pretendiendo, como solemos hacer a los diecisiete años, que en materia de amor ya lo sabía todo.

Pero no había quien me detuviera. Alice nadaba como una sirena en los fondos pantanosos de mi cabeza. Me quedaba tumbado en la cama con la ventana abierta, esperando oír su voz gritándole a su madre desde la cocina: «¡Me voy a volver loca en esta casa!». Entraba como el más dulce de los venenos en mis oídos. O si oía pasos lejanos, la imaginaba con aquellas medias negras y ese vestido blanco, metiendo el dedo en un pastel de chocolate recién hecho para luego intentar ocultar el delito. Tramé toda clase de artimañas durante aquellas semanas y meses mientras la escuchaba debajo de mí, cantando para sí como una mujer fantasmal, o despertándose de una pesadilla con un grito. Se me ocurrió que podría ofrecerme a hacer algún arreglo en su casa. Normalmente, por supuesto, llamábamos a unos hombres locales para el mantenimiento en general de la casa, pero quizá consiguiera convencer a mi madre de que yo era el más indicado para hacerlo. Hughie se encogió de hombros cuando se lo comenté y se sorbió la nariz como para decir que con un poco de suerte funcionaría. Alguna tarea sin importancia, una miradita detrás del revestimiento de la pared en busca de ratones, un retoque de pintura. Cualquier cosa que me permitiera estar cerca de ella.

Pero eso no quería decir que las cosas fueran bien cuando la tenía cerca. Seguí cada uno de sus movimientos con una precisión de astrólogo: sabía que cada mañana a las ocho iba al Colegio de Niñas de la señora Grimmel con un lazo en el pelo y migas de pastel pegadas a los labios, y que volvía cada tarde a las dos; en ocasiones no volvía hasta mucho más tarde, en el *surrey* amarillo de otra familia que tenía dos hijas con el pelo oscuro y gafas. Y fueron las únicas ocasiones, con sus amigas, en las que veía a Alice realmente feliz, agitando los brazos para abrir las aguas y dejar paso a su historia, porque después de decirles adiós con la mano desde los adoquines oscuros del número noventa de South Park Avenue, siempre se giraba hacia la casa con el típico semblante hastiado del final de la infancia y con el paso reacio de un *golem*. A menudo traté de hallarme en el jardín justo en el momento en que pudiera llegar a casa, pero nunca conseguía escoger el momento exacto y mi madre siempre acababa llamándome para hacer alguna tarea.

Una vez lo logré. Me coloqué al lado de la verja de hierro fingiendo que la arreglaba. Acababa de volver de una entrevista de trabajo en Bancroft's, un empleo que iba a conservar durante más de veinte años y que consistía en archivar documentos para una enciclopedia de treinta tomos sobre la historia de Occidente que iba a publicar el señor Bancroft. Miré por la calle y vi a Alice, malhumorada, dando pisotones por el pavimento de tres al cuarto. Durante un segundo, la luz se me hizo blanca y cegadora.

–Hola, señor Tivoli.

–Hola, Alice. ¿Cómo te va en la escuela?

Ya tenía los ojos lo bastante despejados para ver que llevaba mi peinado favorito: tirabuzones de caramelo adornados con una azucena. Me sonrió con un dejo de sorna en la comisura de los labios.

–Una idiotez, señor Tivoli –dijo ella–. Como siempre.

–Lo... lo siento.

–Pero bueno, he decidido no casarme nunca.

–¿Cómo...? ¿Nunca?

Negó con la cabeza y suspiró.

–Nunca. Estamos leyendo a Shakespeare y pienso que *La fierecilla domada* es una verdadera tragedia. Eso sí que es un desperdicio de una buena mujer.

–Sí –dije, aunque no la había leído.

–La señorita Sodov no está de acuerdo conmigo y he tenido que volver a escribir todo mi trabajo. ¡Es de locos! Ésa sí que es una fierecilla.

De repente, cambió a un tono de complicidad:

–Señor Tivoli, había una cosa que quería preguntarle...

–¡Max! –gritó mi madre desde la puerta de casa–. ¿Qué haces allí? No le pasa nada a la verja. Hola, Alice, no te entretengas allá con Max. Creo que tu madre tiene algo importante que decirte.

Alice puso los ojos en blanco, gimió y entró pesadamente en casa. Mi madre se quedó ahí, sonriendo, sin la más remota idea de lo que acababa de hacer. Durante unos momentos, conspiré para cometer un matricidio.

Hay una mentirijilla en todo esto. He dado a entender que mi corazón era una especie de camelia que flotaba en un cuenco de agua pura y clara cuando en realidad era una cosa oscura y deformada. Para mí era un auténtico suplicio ver cómo Alice pasaba por debajo de mi ventana cada mañana y que no se volvía ni una sola vez para mirar hacia arriba, fuera por curiosidad o por ternura, a la gárgola encaramada encima de ella. Y cada noche no me la imaginaba precisamente con los cabellos llenos de estrellas mientras estaba echado en la cama. No, mis pensamientos volvían de forma obsesiva a un único y vil instante.

Sucedió una noche, después de cenar. Yo había salido sigilosamente al jardín trasero y me había escondido en un rincón porque era incapaz de leer ni de pensar, y había sentido la necesidad de ir a los rosales y estrujar una de las florecitas en el puño. Ya llevaba un rato llorando cuando llegaste tú. Alice, llevabas una camisa y unos pantalones. Creo que estabas preocupada porque se te había caído algo ese mismo día, un prendedor o un broche valioso, y tenías miedo de que tu madre te riñera. Así que habías salido disimuladamente por la puerta trasera, cerrándola con cuidado, y habías venido corriendo hasta la oscuridad del césped, susurrando, buscando entre cada brizna, haciendo caso omiso a cómo ibas vestida. Yo permanecí sin respirar en mi rinconcito oscuro. De rodillas, con los brazos extendidos como un gato, buscando a tientas entre la hierba, veía por el cuello de tu camisa un paisaje rosáceo de piel. Tú te revolviste y te retorciste en tu nube y yo me revolví y me retorcí en la mía. Vi cómo estirabas y tensabas las piernas mientras escarbabas y te sacudías esperanzada. Los pantalones femeninos eran una prenda de lo más taimada en aquellos días, abiertos hasta la entrepierna con telas que se solapaban, y por un segundo te moviste con el descuido suficiente para dejar que el velo se corriera, permitiéndome vislumbrar las venas azules de tus muslos. Un gato saltó al jardín y te quedaste paralizada, la camisa deslizándose por un hombro. Entonces, abandonándote a tu suerte, imaginándote seguramente que todavía estabas a tiempo de decir una mentira, fuiste corriendo hasta la puerta trasera, la abriste, creando un cuadrado luminoso, y entonces la cerraste, creando uno oscuro. Me pasé toda la noche buscando tu joya, cariño, pero sólo encontré una horquilla, un huevo de pájaro y dos matas de hierba donde habías colocado las rodillas.

¡El tormento que me causó esa noche! El azul de aquellas venas tiñó todo lo que tenía a la vista, y cada noche tuve que erradicarte del mundo sólo para poder dormir, sólo para poder sobrevivir un día más. Sammy, tápate los oídos. Es algo que hice del modo más evidente, de la forma más característica de los adolescentes. Estoy convencido de que pensarás que no ha habido nadie como tú en el mundo, que los jóvenes de mi época, ahogándose en el amor, se ataban las muñecas con cadenas hasta el amanecer. Pues no, nosotros también sucumbimos como todos los jóvenes. Discúlpame la grosería, Alice, pero era grosero, y espero que te halague ahora que tú también eres mayor, imaginarme en la cama, con la vista fija en mi recuerdo como una postal francesa, mirando cómo la luz de las estrellas entraba gota a gota en la oscuridad de tu ropa.

No bajé por el enrejado para mirarla a hurtadillas a través de la ventana; no colgué un espejo discretamente de un árbol para poder ver cada una de las sagradas cien veces que se pasaba el cepillo por sus dulces cabellos cada noche, mientras se miraba aburrida en la luna del tocador; no entré a escondidas en la cochera para tocar el asiento del que ella acababa de levantarse, sintiendo el calor asombroso que había dejado allí mi niña inquieta. Me imaginé todas estas cosas pero no hice ninguna de ellas. No, me quedé inmóvil encima de la alfombra tratando de percibir la vibración de su alma (malditas alfombras de Bruselas), aferrándome al recuerdo de lo que creía iba a ser lo más parecido al amor que iba a encontrar en mi vida.

–No seas tan pesado –me dijo Hughie un día que salimos a dar una vuelta en nuestras bicicletas destartaladas–. Ya encontrarás el amor. Encontrarás un amor mucho mejor de lo que ella pueda ofrecerte, eso te lo digo yo. Escucha, voy a prestarte unos libros para que los leas, pero tendrás que devolvérmelos cuanto antes. Creo que mi padre sospecha que se los he cogido.

Los leí. No tenían nada que ver con el amor, pero me tuvieron despierto hasta altas horas, noche tras noche. Uno de ellos, que el señor Dempsey debió de comprar para su colección para convencerse de que se trataba de una especie de estudio, resultó ser un tratado sobre la espermatorrea y pasé una semana completamente aterrorizado, pero el resto me supusieron una gran fuente de conocimientos y fascinación. Disfruté sobre todo de los dibujos. Se los devolví todos a Hughie y no hablamos de ellos, sino que nos limitamos a intercambiar una mirada conocedora. Había conseguido distraerme, al menos, pero no había conseguido acercarme más al amor.

La oportunidad que buscaba vino de la misma señora Levy. Desesperado, con el corazón dolido y el rostro rojo y feo por la falta de sueño, decidí que tenía que arriesgarme. Necesitaba otra imagen que pudiera acariciar en mi habitación. En un arrebato, opté por la idea de ayudar con los arreglos de la casa y bajé al piso inferior en mangas de camisa, el nudo de la corbata mal hecho y un plan todavía sin desarrollar de una necesidad de examinar una gotera en la habitación de su hija.

–¡Señor Tivoli!

La señora Levy se quedó parada en la puerta abierta, esbozando una sonrisa y tocándose el pelo, que llevaba con la raya al medio y recogido con un descuido sorprendente en un moño a cada lado de la cabeza. Con un par de apretones de su mano experta consiguió poner las cosas en su lugar y seguidamente se apartó ligeramente de la puerta, avergonzada o indicándome que era bienvenido en su casa. El sol le enrojeció el rostro. Iba vestida de un color verde poco apto para una viuda y un polisón anticuado en la parte trasera de la falda. La señora Levy parecía consciente de su artificialidad y se enderezó un poco. Aunque llevara a cabo estos pequeños pero profundos retoques durante los primeros momentos que la vi en la puerta, consiguió distraerme de sus maniobras iniciando una conversación amena e inteligente:

–... algo del atardecer se me antoja realmente shakespeariano, ¿no cree? ¿Será porque estamos en medio de una arboleda, como Arden? Me pregunto si alguna vez cambiará esta sensación. Me pregunto si de aquí a cien años habrá gente en sus puertas, mirando los árboles con aquella sensación cómica de estar enamorada.

Había vuelto a transformarse en la señora Levy de siempre y dio una interpretación suave de su risa: descendente, como una sarta de perlas.

–Estoy diciendo sandeces. Pase, por favor, señor Tivoli. Estoy segura de que a Alice le encantará verle también.

–He venido a echarle un vistazo a la pintura –empecé a decir, pero de repente me encontré dentro de la casa, en mi viejo pasillo, pintado ahora de colores más sombríos y dividido por diferentes clases de papel pintado, frisos y grecas, de modo que me pareció como si acabara de encontrarme con un viejo amigo todo acicalado para algún acontecimiento, una cena estatal o un banquete especial, y que estuviera tan cambiado que tuviera que parpadear con embarazo y mirar hacia otro lado, negándome amablemente a reconocer a esa persona extraña pegada al rostro querido. No encontré ni rastro de mi infancia allí dentro. No tenía nada que ver con caminar por la tumba de una pirámide del pasado, chocando contra mis viejas reliquias, sino que se me antojó algo muy nuevo. Otra persona se había encargado de romper y reparar esa figura de porcelana; se trataba de un museo de Alice. Pues ahí estaba.

–Alice, ha venido el señor Tivoli a comprobar... ¿la pintura, ha dicho? Ven a saludarlo, hija, y ¿qué te parece si nos lavamos las manos antes? Gracias.

Alice llevaba el pelo castaño oscuro recogido; parecía una mujer. Se levantó del sofá y dejó el libro (*De la Tierra a la Luna*, la misma distancia que nos separaba en esa misma habitación, mi amor).

–¡Caramba! Usted por aquí, señor Tivoli –dijo con sorna y me dio la mano.

Fueron unos gestos de lo más normales, presentados a mí como al resto de los mortales. Busqué ansiosamente alguna señal de que me estuviera ocultando algo en toda esta rutina a lo que pudiera aferrarme, pero acto seguido volvió a sentarse en el sofá y cogió el libro. Llevaba un vestido muy extraño hecho de un satén muy fino y con un lustre gastado que seguramente habría pasado desapercibido a la luz de una vela. Había unos cabellos pegados a la tela, oro bruñido colgando de una manga. La luz le iluminaba vetas en el cabello, que llevaba con la raya al medio y enroscado de forma muy elaborada alrededor de la cabeza como si estuviera a punto de asistir a una cena. No eran las mismas prendas que llevaban esa misma mañana cuando mi madre y yo las habíamos visto de camino al templo. Habían estado hurgando en el armario. Habían estado jugando con sus cabellos. Ahora ya sabía a qué se dedicaban las mujeres solitarias todo el sábado.

–Las dos estáis muy bonitas –dije, e hice una mueca, tratando de quitarme la arpillera de la lengua.

La señora Levy le lanzó una sonrisa de complicidad a Alice, que finalmente se hizo humana en mi presencia: se ruborizó. Se tocó el pelo, suspirando, y miró hacia todos lados, esquivándome a mí y a su madre, como si buscara alguna ruta de escape de la habitación en la que la habían pillado jugando con su anciana madre a ponerse guapas. Esto lo había provocado yo, había conseguido encenderle una llama debajo de la piel. Agarré el momento, clic, y lo enrosqué en el relicario esmaltado de mi corazón.

La señora Levy se sentó, y me indicó que yo también me sentara. Se volvió hacia su hija incandescente.

–¿Sabes, Alice? Una taza de té nos sentaría de maravilla ahora mismo, ¿verdad?

–¡Puf! –dijo Alice, y miró el libro, enojada.

La señora Levy me miró afectuosamente. Estaba completamente inmóvil y encantadora, con las rodillas a un lado para que el vestido le cupiera en la silla, y vi que ya había aflojado el polisón del vestido para que cayera con más naturalidad. Debía de ser un vestido viejo, alguna antigualla de sus días de noviazgo con el señor Levy años atrás en Filadelfia, un vestigio reluciente de su juventud y su vanidad.

Y siguió mirándome, intentando comunicarme algo desde la profundidad de sus ojos. Yo miré hacia atrás a donde estaba Alice, que estaba enfurruñada en el sofá, y luego hacia su madre con esa sonrisa misteriosa.

–¿Dónde está Tillie? –pregunté refiriéndome a su criada.

La señora Levy movió la cabeza.

–Una emergencia familiar. Alguien se ha muerto, creo, o está a punto de morir. En Sonoma, así que nos hemos quedado solas.

Inclinó la cabeza hacia un lado y parpadeó. ¿Qué pretendía decirme?

–¿Y si preparo yo el té? –osé.

La habitación dio un suspiro de alivio. La señora Levy se rió de nuevo y su hija soltó un bufido divertido, sacudiendo los espirales de ébano de sus cabellos, retorciendo las vetas de luz por toda la cabeza.

–¿No sería maravilloso, Alice?

–Oh, sería estupendo, madre. Sensacional.

Su madre le lanzó una mirada asesina.

–Se lo agradezco, señor Tivoli.

Entré en la cocina, totalmente perplejo. El servicio de té ya estaba colocado en una bandeja de plata. Encendí el gas de la vieja cocina donde me había sentado de pequeño al lado de John *el Chino* mientras regateaba el precio del pan y el pescado con los vendedores que llamaban a la puerta trasera. Herví el agua y preparé el té. La señora Levy me hizo compañía en la cocina, tarareando algo en voz baja. Y entonces, sin ninguna ayuda, sólo el aliento de sus ojos de perla, dispuse el juego de té en el salón justo delante de donde estaba sentada Alice, que me brindó un suspiro de agradecimiento antes de abalanzarse sobre el pastel de cerezas. Me recosté. Me di cuenta de que llevaban toda la tarde sentadas en el salón, distrayéndose con su pelo y sus trajes, cansadas, sedientas y medio hambrientas.

Era un bobo; conocía tan poco mundo que no sabía qué podría representar el sábado judío para las Levy. Hughie, que de alguna manera sabía de estas cosas, me informó que mis chicas Levy tenían que acudir a los no judíos para que les hicieran todo lo que ellas no podían hacer por sí mismas. Calentar o incluso servir el té estaba completamente prohibido, me dijo, encogiéndose de hombros. Otro conocido de Hughie sabía todavía más, porque ganaba unas monedas trabajando en el templo Beth El de *shabbos-goy*[1], como decía él.

–Me pagan para que apague las velas –dijo sonriendo–. O para que recoja entradas. Es de locos. Y es que ni siquiera me pagan. Me dejan el dinero allí en una pila, como si se lo hubiesen olvidado.

El muchacho en cuestión (pelirrojo, enjuto, que le caía bien a Hughie pero cuyo nombre he olvidado) me contó que su libro sagrado prohibía a las Levy disfrutar ni siquiera de una vela que hubiéramos encendido alguno de nosotros, a no ser que la hubiéramos encendido por nuestro propio placer antes de que ellas hubiesen entrado en la habitación. Me imaginaba a Alice, a oscuras en su dormitorio esperando que apareciera yo, fingiendo que había encendido la vela para mí. Se quedaría allí sentada, midiendo mi propio placer ante la llama antes de disfrutarla ella. ¿Y esto no sería nada menos que el amor? Era lo más cerca que me atrevía a imaginar.

En realidad, me encargaba de muy pocas de estas tareas para las Levy. Su criada, Tillie, aunque fuera de origen irlandés católico, era una verdadera clarividente en su casa. Comprendía que cualquier miradita de soslayo, cualquier escalofrío quería decir que había que echarle más leña al hogar o que había que subir un poco las lámparas de gas. Sabía cuáles de los suspiros querían decir té, qué sacudidas del pelo querían decir que era hora de llenar la bañera, y aunque en ocasiones oía los gritos furiosos de la señora Levy cuando la sorprendía revolviendo una salsa de carne con la cuchara de la leche, y veía cómo la madre furiosa salía pisando fuerte a enterrar el objeto profanado en el jardín, Tillie les procuraba la misma comodidad de clase media que disfrutábamos nosotros, en el piso de arriba, con nuestra libertad protes-

1. En yídish, «persona no-judía del sábado». *(N. de la T.)*

tante de poner a hervir el té del sábado cuando quisiéramos. A pesar de todo, me pregunto hasta qué punto llevaban su piedad. Desde entonces he visto que algunas de sus costumbres eran excepcionalmente relajadas y que ninguna de las dos creía realmente en Dios. Pero mantuvieron el ritual del sábado, aunque en realidad, pocas veces requerían mis servicios.

Pero a veces el recuerdo se invierte. Las cosas que hacíamos cada día quedan reducidas a motitas y acontecimientos sin par, encuentros fortuitos, crecen como borrones de tinta sobre el papel. Así que por muy pocas que fueran las ocasiones en que las Levy necesitaran mi ayuda, son precisamente éstas las que mejor recuerdo de mis años en South Park mientras ellas vivían en el piso inferior. Solía pedirle a Hughie que viniera conmigo para darme más confianza, y una vez incluso nos acompañó a una cena en casa de las Levy en una de las pocas salidas que hizo mi madre durante los últimos meses antes de que naciera mi hermana. Los tres nos vestimos con esmero y tomamos unos sorbitos de jerez antes de bajar al piso de abajo y la verdad es que me divertí como nunca porque, sin saber cómo, con la presencia de Hughie para distraer a las madres con sus chistes, Alice por fin empezó a fijarse en mí. Sentada entre mi amigo y yo, hizo caso omiso del joven y se dedicó a dibujar letras con las patatas. Yo intenté remedarla con las mías, y aunque sabía que se trataba de un juego infantil, fingí que me estaba enviando mensajes, y si prestaba la debida atención, deletrearía una llamada urgente de amor.

–¡Alice! ¿Se puede saber qué haces? Y señor Tivoli, debería darle vergüenza. Un hombre de su edad. Pero en fin, supongo que podré perdonarle si me cuenta la historia que hay detrás de esa cadena que lleva en el cuello.

Alice se inclinó hacia delante y me tocó el collar.

–Mil novecientos cuarenta y uno. ¿Qué quiere decir?

–Nada.

–¿Es el año en que se acabará el mundo?

Hughie la interrumpió y dijo que era la cantidad de diligencias que había atracado cuando era Black Bart. Eso hizo que las mujeres se rieran y se olvidaran de mi pequeña lápida dorada, que oculté bajo de mi fular. Aparté la mirada de la conversación. Había varios espejos entre las ventanas del comedor y tenía varias vistas, del jardín trasero, donde un gato de color melado estaba cruzando el césped, y de cada uno de nuestros reflejos.

Y ahí estaba mi madre, con sus perlas y un vestido de color carbón con chaqueta a juego que había arreglado siguiendo un patrón del *Libro de las damas de Godey*. El aire de paciencia elegante que tenía era tan acusado que más que parecer una mujer que pasaba por dificultades económicas, parecía una duquesa que había huido de su país vestida con el uniforme de su criada. Ahí en la ventana estaba el gato, caminando sigilosamente por la hierba. Y ahí estaba la señora Levy, con la cabeza cubierta de tirabuzones romanos, inclinada hacia delante con la cabeza apoyada en sus manos cerradas, acariciando a todo el mundo con sus ojos inteligentes, como si de un ritual se tratara. Se volvía para mirar con esos ojos brillantes de girándula, ora a mi madre, ora a mí. Ahí, en la siguiente ventana, la cola ardiente de un gato con una misión. Hughie, colorado y un poco sudoroso, llevaba un traje de color crema como si fuera un soldado rebelde o un hombre a punto de ir de almuerzo en el campo. No paraba de tocar y ajustarse su pajarita, que llevaba un nudo curiosamente pequeño, con un gesto o bien de incertidumbre, o bien de orgullo. A través de la ventana, vi al gato encima de la verja, cerniéndose, considerando saltar en la oscuridad al jardín de al lado. Y ahí estaba Alice. Iba vestida con sencillez, el cuello tan largo como una pluma, el pelo recogido y femenino. No paraba de toquetear los pendientes que le habían prestado con sus dedos pulidos y de apartarse de las bromas de Hughie como si fuera un atizador candente. Me quedé inmóvil intentando disimular que la veía: ahí estaba Alice, de perfil en el espejo, mirándome, por fin. El gato dio un brinco y desapareció, una llama camino a otro infierno.

Debería explicar las manchas de tinta. No son lágrimas, sino que anoche tuvimos una tormenta.

En San Francisco nunca tuvimos tormentas, de modo que espero no delatar demasiado dónde me encuentro si digo que las colinas al este de esta ciudad plana actúan como redes, recogiendo la electricidad como enjambres de anguilas. No estoy acostumbrado a las tormentas, y suelo ladrar y encogerme como el perro de la familia. En cierto sentido, me va bien, dado que me ayuda a mantener mi fachada infantil, pero no es la clase de niño que quisiera ser. Yo quiero ser como tú, Sammy, la clase de niño que grita, un niño valiente. Pero aquí estoy bajo la cama con *Buster*, los dos erizados y temblando hasta que la señora de la casa venga a encender las luces. ¿Te parece muy anticuado el aborrecimiento que siento hacia la electricidad?

Anoche la tormenta me robó a mitad de un sueño. Volvía a estar con Alice, volvía a estar enamorado. No pienso entrar en detalles, doctores. Me limitaré a decirles que era un estanque de nenúfares lleno de diferentes Alice, viejas y jóvenes, con delantales y vestidos y perlas y yo estaba feliz en mi sueño hasta que lo apuñaló un trueno sangriento.

–¿Alice? –grité sin pensar.

–Calla –gritó Sammy desde la litera de arriba, y volvió a quedarse dormido.

Una centella atravesó el techo. El perro y yo nos quedamos helados, esperando que llegara el fin del mundo. Una espera, una espera, nunca se puede estar lo bastante listo cuando ¡zas!, viene a buscarte, fresco como el odio.

Me imagino que chillé un poco. Sammy se quejó y me profirió un insulto.

Buster se había metido en mi cama, enjuto y tiritando como un diapasón, mirándome con sus ojitos de niña pequeña. Olía a basura, pero ahora no podía echarlo, así que lo estreché entre mis brazos. Se mostró muy agradecido, de forma operística, pero se puso tan nervioso que perdió pie y se cayó encima de mí, de forma tan perruna que los dos gañimos y nos agitamos bajo las sábanas, avergonzados, antes de que nos sorprendiera el siguiente toque de la cacería de zorros. Un relámpago, un rugido. Parecíamos un par de idiotas.

Se encendió una luz en el pasillo. Al menos no se había cortado la corriente todavía.

–¿Estáis bien, niños? –dijo la voz de tu madre.

–¡Sí! –dije.

–Cabeza de pato se está meando de miedo –dijo Sammy.

Se acercó a mí y me abrazó. Olía a sueño y a crema y a manta eléctrica chamuscada. Me arrulló un nombre de niño al oído. Entonces me dio tres palmaditas en el brazo y se fue, llevándose a un *Buster* todavía trémulo, y sentí, por una vez, que quizá todo hubiese valido la pena.

–Por el amor de Dios –dijo tu voz, Sammy, desde arriba.

Suspiraste y volviste a dormirte inmerso en los ronquidos que tan bien conozco. Un trueno me llenó de un temblor largo y apagado.

Seguiré escribiendo. No son lágrimas. No lo son.

La señora Levy siempre procuraba avisarme cada vez que se ausentaba Tillie. Tenía muchas maneras de hacerlo pero la más frecuente era una tarjeta con una esquina rasgada. Cada sábado cuando volvíamos y mirábamos el tarjetero de plata en el pasillo, anhelaba encontrar su mensaje allí. Y en cuanto encontraba la tarjeta, bajaba al piso inferior y, la mitad de las veces, las encontraba en algún apuro desesperado que requería un poco de ayuda de la mano de un no judío para rectificarlo.

Un viernes por la noche, por ejemplo, después de cenar con Hughie en la calle Market, donde habíamos vislumbrado a mamá Simpatía, la bruja vudú, Maggie abrió la puerta y me mostró el tarjetero, sabiendo que siempre esperaba con ansia encontrar un mensaje. Creo que se olía que tenía algo que ver con una chica.

Cuando vi la tarjeta me emocioné, pero antes fui a saludar a mi madre en el cuarto de coser y a intercambiar versiones de cómo había ido el día. Su grapa de coser en forma de pájaro sujetaba otro vestido dorado más recién teñido de negro. La escuché, asintiendo con la cabeza y finalmente me retiré y fui corriendo a la puerta de las Levy, pero no contestó nadie. Llamé unas cuantas veces y justo cuando iba a darme por vencido, oí una voz reluciente que venía del otro lado de la casa:

–¡Señor Tivoli! ¡Estamos aquí detrás!

Y ahí estaban, envueltas en el frescor de una noche de verano en San Francisco, vestidas con prendas de abrigo. Se me antojó una escena triste: habían arrastrado el confidente del salón hasta el jardín y estaban sentadas en él, bordando a la luz de la luna. La señora Levy llevaba unas pieles preciosas que nunca había visto, uno de aquellos sombreros enormes que solían llevar las damas en los años ochenta, un tornado oscuro de plumas y unos guantes claros de ante que no hacían juego. Alice también llevaba pieles, una piel de foca que le iba muy grande y una gorra de piel que, bajo la luz de la luna, hacía que sus ojos parecieran objetos preciosos traídos del otro lado del cabo de Hornos. Cuando me vieron, dejaron sus hilos y se rieron. Más tarde descubrí que llevaban horas allí.

No me quedó claro qué había sucedido. Sabían que Tillie estaba fuera visitando a un familiar moribundo, de modo que Alice había encendido las lámparas de gas justo antes de que se pusiera el sol y se habían sentado a comer una buena cena de carne de pecho asada típica del sábado. Entonces, quizá porque se habían quedado sin gas o porque había entrado una ráfaga por una ventana abierta, se habían apagado todas las lámparas y se habían visto obligadas a salir a la oscuridad y al frío. Ni siquiera habían encendido una lumbre. De modo que allí estaban, demasiado cansadas para ir a visitar a unos amigos pero demasiado aburridas para quedarse sentadas en una habitación oscura, hablando con los espíritus taciturnos de mis abuelos a través de las paredes. Habían reunido los abrigos de piel más cálidos de la familia y habían llevado el confidente hasta el jardín iluminado por la luz de la luna, donde habían continuado con sus actividades de la tarde, riéndose y contándose historias en el aire fresco de la noche.

–Creo que iré a encender el gas en vuestra casa –dije, habiendo aprendido la manera de formular estas cosas.

–¡Oh, no! –objetó la señora Levy, esta vez con un tono más serio del habitual–. No, así estamos de maravilla. Vaya a buscar un abrigo, señor Levy. ¿Y verdad que una taza de café caliente nos sentaría de maravilla, Alice?

–Sí, sí –jadeó Alice a través de sus pieles.

Subí a casa y encontré mi mejor levita con ojales de seda negra enroscada; pensé que quizá brillaría bajo la luz de la luna. Preparé café y lo vertí en el juego de samovar galvanizado oriental que estaba encima de la mesa. Cuando volví a salir, vi que la señora Levy se había levantado del confidente y se había colocado en un foco de luna donde su abrigo de piel parecía erizarse con todo el instinto de su pasado animal.

–¡Qué gallardo está, señor Tivoli! –dijo, apoyándose en un árbol y sonriendo como si estuviera a punto de cantar un aria.

Serví el café en las extrañas tazas de vidrio que usaban en su casa y las damas se inclinaron hacia delante con un gesto idéntico e inquietante, como si fueran a coger una flor, y se pusieron a sorberlo. Hice unos ruidos de placer y ellas volvieron a reírse, libres de disfrutar del café que tanto habían estado deseando. La señora Levy me hizo un gesto fantasmal:

–Por favor, siéntese al lado de Alice, es una bolita de calor.

–No quisiera...

–Es que este abrigo me pica –explicó Alice.

–Por favor, siéntese, señor Tivoli. Ha estado trabajando todo el día y ahora toda la noche, también.

Creo que los confidentes ya no existen. Algún dios menor debió de ser castigado por traérnoslos a la tierra. Un confidente, como el que me encontré bañado en la luz de la luna esa noche, es un sofá en forma de «S», hecho de dos sillones que miran hacia lados opuestos pero que están unidos en medio por un brazo. Tienes que intentar imaginarlo: dos amantes sentados oreja con oreja, guante con codo. Así que cuando fui a sentarme, siguiendo las instrucciones de la señora Levy, y miré a mi Alice cubierta de pieles que le picaban, me encontré más cerca de ella de lo que había estado en mi vida. El viento empezó a soplar y uno de sus cabellos le salió flotando por debajo de la gorra, estirándose en el aire, y se depositó en mi labio inferior, donde se quedó pegado como un sedal. Noté cómo el anzuelo sangraba dentro de la boca. Alice o no se percató, o le dio igual, porque se limitó a sonreír.

La señora Levy estaba posada al lado del árbol, las pieles abiertas, revelando un alejamiento escarlata de la viudez que había tenido lugar en las últimas semanas. Estaba rodeada de jazmín en plena floración.

–Otra noche shakespeariana, ¿verdad, señor Levy?

No me atreví a moverme ni a hablar. Me quedé mirando fijamente a la madre, parpadeando. Me di cuenta de que había luna llena esa noche y que sus movimientos proyectaban sombras por encima del césped como si fuera de día. Se me ocurrió, mientras hablaba, que estaba directamente encima de todas las cucharas que había enterrado.

Entonces me sonrió la suerte. Se oyó un ruido desde la parte delantera de la casa y la señora Levy hizo una reverencia teatral antes de hacer lo impensable: dejó a su hija sola con el vecino, este señor amable y anciano.

La primera en hablar fue Alice.

–Creo que quizá nací en una época equivocada.

–¿Cómo?

Intenté hablar con suavidad para que no se desprendiera el pelo de mi labio inferior.

Desvió la mirada hacia otro lado, hacia la luna, que estaba alcanzando su altura máxima encima de los árboles. Entonces dijo:

–Esta noche, por ejemplo. Me encanta esta noche.

–Esto, sí...

–Nada moderno. Ninguna lámpara de queroseno apestosa, ninguna lámpara de gas. Eso te hace daño en los ojos. Nada de grupos de gente congregada alrededor de un estereoscopio o un piano para cantar otra ronda de «Reloj de pie», por el amor de Dios. Ojalá cada noche fuera iluminada por la luz de las estrellas y las velas, y que no hubiera nada que hacer. Tendríamos tanto tiempo...

Temía que en cualquier momento se volvería y que el pelo se caería de mi labio, desacoplándonos. Quería decirle algo para que continuara hablando y mirando la luna; quería retrocederme a su edad más sencilla, pero no se me ocurría nada. Me quedé inmóvil, mirándola a los ojos.

Alice continuó hablando con voz ligeramente ronca:

–Es difícil imaginarse una vida tan diferente. Nos pasaríamos el día pensando en la luz. Ya sabe, cuando se hiciera oscuro en invierno y no hubiera mucha luz, tendríamos que hacerlo todo antes de que se pusiera el sol. En fin, no debía de haber farolas en los caminos en aquellos días, ¿verdad? ¡Qué miedo! Y por la noche no podían leer a no ser que encendieran una vela, y debían de ser muy parcos en el consumo de velas. No como nosotros. Cada uno tendría que hacer sus propias velas, y si te gustara leer, valdrían su peso en oro. Seguro que no quedaba más remedio que leer. ¿Qué más podían hacer, si no? Tenían tan poca ropa bonita que nunca salían de casa. No tenían salones ni tonterías como los terrarios, ni los caleidoscopios ni las funciones de linternas mágicas. No había nada de todo eso. Sólo había... gente. ¿Se imagina?

Alice se quedó callada y finalmente me atreví a decir algo:

–Iban a bailes.

Negó con la cabeza, sin dejar de mirar la luna.

–No, me refiero a hace muchos años. Me refiero a antes de que existieran las lámparas de queroseno y no me refiero a noches especiales de bailes, sino noches como ésta. Las que acabamos agotando con un juego de salón.

Por fin mi joven amor me miró y se me encogió el pecho de miedo.

–¿Cómo es posible enamorarse a la luz de una lámpara de gas? –le pregunto.

–Ah, pero eso pasa –dijo una voz detrás de nosotros.

Había vuelto su madre.

Alice todavía me estaba mirando.

–¿Era así, señor Tivoli? ¿Cada noche con velas y horas larguísimas? ¿Cuando era niño?

–No –respondí en voz baja.

–¡Alice! El señor Tivoli no es tan mayor. ¡Por favor! Nosotros también teníamos lámparas de queroseno cuando éramos pequeños. Y pianos.

Alice parpadeó durante unos momentos y volvió a mirar la luna.

–¡Qué lástima! Estoy en el tiempo equivocado. Me gustaría que cada noche fuera así.

La señora Levy parecía sonreír.

–A mí también me encanta la luz de la luna.

Alice consideró lo que había dicho.

–Y la oscuridad, también, y el frío –dijo–. Y el silencio.

La última palabra le salió casi como una orden y los tres nos quedamos callados. Alice cerró los ojos y aspiró el aire de la noche y esta acción tan insignificante, la contracción de sus hombros bajo el brillo aceitoso de la piel de foca, desprendió el pelo invisible. Me quedé solo de nuevo. La señora Levy estaba de pie delante de mí, apoyada en un árbol. Estaba mirando las estrellas y veía cómo se le formaba el vaho en el aire frío justo delante de su cara, como una máscara fantasmal. Los tres respirábamos, los tres llevábamos las mismas máscaras. Parecía una especie de obra de teatro, con la luna llena y las pieles y los sombreros y el pequeño público compuesto de cucharas a nuestros pies. No sabía qué querría decir. Vi cómo la señora Levy agachaba la cabeza y sonreía. Vi cómo Alice respiraba con la boca abierta mirando las estrellas, las mejillas manchadas de color. Vi mi mano vieja apoyada en su manga, desesperada por pulsarle un mensaje en un código secreto. Vi cómo la luna se le había caído dentro de la taza de café, donde estaba retorciéndose como una mariposa nocturna. Vi cómo Alice se inclinaba hacia delante, los labios en forma de un beso silencioso, y soplaba la superficie surcada del café para que se enfriara. Entonces vi cómo explotaba la luna.

Horas más tarde, después de encender las lámparas de gas y llevar el confidente hasta el salón de la casa de las Levy, después de encender un fuego en su hogar y las velas de corta duración en sus habitaciones, subí a casa y encontré a Maggie de pie, en una postura parecida a la del pájaro de la grapa de coser de mi madre, con una nota cerrada en la mano:

> Max: No aguanto más. Ven al jardín a medianoche.
> La chica de abajo.

Hay situaciones que son tan imposibles, tan milagrosas, que cuando te ocurren, ni siquiera te sorprendes. La total imposibilidad ha hecho que te las imagines demasiadas veces en la cabeza y cuando te encuentras en ese camino iluminado por la luna que tanto has ansiado, se te antoja irreal pero a la vez, de algún modo, familiar. Lo has soñado, por supuesto; te lo conoces como un recuerdo. De modo que no vacilé ni un instante. Cogí la nota de Maggie y la lancé al fuego. Cambié la ropa que llevaba por unas prendas más elegantes y ennegrecí un pañuelo húmedo limpiando el hollín del día de mi rostro. Me acordé de la luna en la taza de café.

Me estaba esperando en el jardín. La luna se había puesto; sólo veía el resplandor blanco que salía de debajo de las pieles. Estaba sentada en el banco debajo de los árboles. Las ramitas crujieron bajo mis pies en la oscuridad del jardín y ella se levantó, en silencio, observando cómo me acercaba. Un coche de bomberos ululaba a lo lejos con fuerza «a todo meter». Un cactus de floración nocturna se estaba luciendo para nadie en especial. Me acerqué todavía más y oí cómo jadeaba, vi cómo tenía las manos juntadas y entonces, cuando ya me había acercado lo suficiente para que me viera con claridad, me agarró del brazo y me susurró algo antes de besarme. Yo me quedé inmóvil y callado y estupefacto. Cuando vio el miedo en mis ojos, la viuda fue incapaz de aguantarse la risa. Dejó caer la cabeza hacia atrás y la soltó, esa sarta de perlas. Querido lector, sólo tenía diecisiete años.

Mi querida señora Levy está muerta, enterrada al sur de San Francisco en el cementerio judío de Colma. Murió a los setenta y tantos años de edad, tras padecer una larga enfermedad en Pasadena, donde su hija bondadosa la atendió casi a diario. La piel se le volvió manchada y lívida y no permitió ninguna visita en los últimos años. Le dio por cubrirse la cabeza con su velo de viuda cada vez que venían sus abogados con más documentos para firmar. Murió sin un céntimo, y me imagino a una Alice más madura llorando al lado del lecho de su madre, agarrando una mano tan seca que se le caen los anillos de los dedos. La mano fría de mi primera amante.

Procuraré ser discreto. Hay que tratar a los muertos con ternura; los muertos ya no pueden defenderse. Sólo te diré que se portó de forma amable y generosa conmigo durante las semanas que pasamos juntos en la oscuridad del jardín y, más de una vez, en los peligros nocturnos de nuestro South Park. La ingenuidad del viejo señor Tivoli la aturdía y la conmovía y creo que confundía mis temblores y mis cambios de humor con el enamoramiento, porque cada vez que acabábamos y yo me quedaba tumbado, temblando en el suelo, la señora Levy me miraba de hito en hito y, durante un rato se le saltaban las lágrimas. Era una mujer, no una niña, y por muy sola que se hubiera sentido en ocasiones, nuestras noches no eran desesperadas para ella. Se trataban sencillamente de «un poco de miel para mi corazón», como solía susurrarme al oído. Señora Levy, usted nunca me lo confesó, pero sé que seguramente me amó. Fue muy bondadosa conmigo y yo la traté muy mal y sé que ahora se encuentra en algún infierno, toda sonrisas, tomando medidas para mi asiento de fuego personal.

¿Por qué lo hice? ¿Por qué, cuando mis pobres ojos entrecerrados miraron al jardín y vieron no el dulce rostro de Alice entre la fucsia sino el de su madre, no reculé hasta casa? Nos hubiéramos ahorrado el sufrimiento, hubiese sido fácil atribuirlo a los nervios, o mejor aún, al decoro que exigía que no se hablara más de las mujeres en jardines oscuros. Y es que no ocurrió nada mágico. Las hebras de la luz de las estrellas no me paralizaron. Podría haberme marchado en cualquier momento. Pero yo era joven. Ella pensaba que yo era un hombre de negocios viejo con un corazón de mariposa, pero sólo era un chico normal y corriente de diecisiete años que no sabía lo que era olerle los cabellos a una mujer tan de cerca, ni sentir una mano que le acariciaba la piel, ni ver un rostro desencajado de deseo. Es como si se tratara de otra clase de amor, el hecho de ser amado. Se trata del mismo calor, pero viene de otra habitación. Se trata del mismo sonido, pero sale de una ventana alta y no de tu propio corazón. Las personas valientes o despreocupadas no comprenderán. Tú, Sammy. Pero a algunos, los jóvenes o los viejos o los que se encuentran solos, quizá se nos antoje un sucedáneo aceptable y algo mejor que lo que ya tenemos. No estamos enamorados, pero estamos con alguien que lo está, y los sueños sobrantes de sus días son exclusivamente para nosotros.

Piénsalo: nunca me habían besado. Y la sensación que tenía, basándome en mi vida de anciano, era que ninguna mujer iba a tocarme ni a amarme jamás. No estaba preparado para mi cuerpo; los libros de Hughie me habían enseñado qué era cada cosa pero no lo que podía sentir, y todo ocurrió con más rapidez de lo que mi mente apagada podía asimilar. Desde el momento en que la señora Levy me agarró del brazo debajo de los árboles, actuó sin vacilar, dado que mi mera presencia allí indicaba que estaba dispuesto, pero yo, cargado de dudas, no supe estar a la altura de sus manos y sus besos y sus pequeños susurros como pájaros doblados en mis oídos. No estuve a la altura del calor que me quemaba debajo de la piel, ni de los rasguños de sus uñas mientras me desabrochaba la camisa y me dejó desnudo ante la noche. El cuerpo, esa araña pálida, aturde la mente. La envuelve en seda y la cuelga en un rincón para que el cuerpo pueda ocuparse de sus cosas libremente. Me desperté para encontrarme tendido en medio del polemonio, sin apenas aliento, con la señora Levy sentada encima de mí, mirándome complacida, con el pecho descubierto y resplandeciente bajo la luz de la luna, acariciándome el pelo y susurrando:

–Eres un buen hombre, Max. No te preocupes. Hace tiempo que no tocas a una mujer, ¿verdad? Max, eres un hombre muy, muy bueno.

En la escalera y las cartas seguía siendo el señor Tivoli pero entre sus brazos me convertí en Max, su querido Max, su Max galán, su Max fuerte y fogoso. Nunca había oído pronunciar tantas veces mi nombre, de tantas maneras, todas ellas dulces y buenas, como si ese nombre, que siempre sabía a tachuela dura en mi boca, fuera tan sustancioso que sólo pudiera disfrutarse en voz baja, con cautela, en la antecámara de mi oído. Fue la primera y una de las últimas veces que oí pronunciar mi nombre de esa manera, porque aunque haya habido mujeres que me han jadeado algún nombre al oído, pocas veces ha sido el de Max. Sammy, ¿tú ya lo has oído? Te habrán dicho tantas formas de Sammy: el Sammy de «entra ahora mismo», el Sammy de «qué divertido eres», el Sammy de «sal a jugar», el Sammy de «ahora no me molestes», pero ¿ya eres lo bastante mayor, leyendo esto, para haber oído ese Sammy tan diferente y sorprendente que sale de la boca de una chica enamorada? Por una vez, no es alguien que te llame ni que te informe ni que se dirija a ti; no se trata de hablar. Lo está diciendo por placer, porque aunque te tenga delante de ella, el hecho de decir tu nombre no invoca a los Sammys del pasado que haya abrazado, sino a un Sammy futuro que imagina que la seguirá besando de esa manera. De modo que la señora Levy evocó un Max futuro, un hombre fuerte que iba a estar siempre tendido entre el polemonio con la respiración entrecortada, y como era una sensación completamente nueva para mí, acepté el nuevo Max sin más y me convertí en él durante una temporada, pues seguí respondiendo a sus notas y, después de un tiempo, llegué a reconocer la señal de las persianas en su ventana: una subida, la otra bajada. Un guiño en la noche. Y para un joven atrapado en un cuerpo de anciano, Dios, ¿eso no te parece motivo suficiente?

Por supuesto que no me olvidé de mi Alice. Tuve que hacer un esfuerzo sobrehumano para no dejar escapar el «ahliss» de su nombre al oído de la señora Levy, y lo consideré una especie de homenaje que el rostro de Alice a menudo bailara como una lámpara de hadas en mi cabeza mientras yo temblaba entre los brazos de su madre. Por otro lado, mi situación me permitía acceder con más facilidad al piso de abajo, y Hughie y yo (mi cómplice Dempsey siempre me acompañaba) pasamos muchas veladas trinchando un pedazo de carne asada dura y sobreviviendo a la versión de la señora Levy de *Listen to the Mockingbird*[1] para luego deleitarnos escuchando a la más joven de las Levy interpretar canciones de marcha de la guerra de la Independencia en el piano. *Peas! Peas! Peas! Peas!*[2] cantábamos. Alice sacaba la lengua mientras aporreaba las teclas, Hughie cantaba a voz en cuello y daba puñetazos en el aire para paliar su aburrimiento, la señora Levy soplaba cada palabra como un beso para mí, y el encantador señor Tivoli pasaba las páginas y armonizaba con una sonrisa. Me colocaba de manera que tenía una mano en la música y la otra apretada de forma decorosa contra la espalda de encaje de Alice, donde sentía los botones de su columna debajo de los botones de su vestido y, con cada *Peas!* maravilloso, la dulce convulsión de su cuerpo.

Mi madre no solía acompañarnos a estos acontecimientos. Pasó las últimas semanas de su embarazo en la cama y cada día se tomaba varias dosis de whisky para preservarse de los peligros de la histeria. Antes de bajar a estas veladas en casa de las Levy, le llevaba la cena y le contaba, como siempre, cómo había ido mi día en la barriga de ladrillo de la ballena Bancroft, cómo el anciano gracioso de los cabellos canos me había vendido el *Call* en el que había leído sobre los tres anarquistas de Haymarket Square que todavía esperaban morir ahorcados. Juntos, como siempre, mirábamos las tarjetas que había en el tarjetero. Me echaba las cartas de tarot. Yo le leía una revista *Cosmopolitan* y aunque fuera perfectamente capaz de leer sin mi ayuda, siempre cerraba los ojos y escuchaba. Más tarde, después de los juegos de salón y antes de revolcarme en el polemonio, subía a darle un beso en los labios y a apagar la vela humeante a su lado.

1. *Listen to the Mockingbird*, de Septimus Winner (alias Alice Hawthorne), es una canción popular, que ahora se canta más como una canción infantil. Aunque fue escrita en 1855, se hizo muy popular en 1905. Se dice que fue una de las canciones favoritas de Abraham Lincoln. *(N. de la T.)*
2. *Goober Peas* quiere decir «cacahuetes». Se trata de una canción popular que se cantaba en los campos confederados en la Guerra Civil. *(N. de la T.)*

Cuando mi madre se puso de parto, tuve que abandonar la casa y Hughie y yo acabamos bebiendo jarra tras jarra de cerveza en un viejo bar de banqueros. Del techo brotaba algo que se parecía a una serpiente hindú de papel que se enroscaba de forma interminable hasta una cesta y que los clientes cogían de vez en cuando para saber las últimas noticias internacionales. Hughie lucía un bigote nuevo e iba vestido completamente de negro. Era su uniforme en el Invernadero de las Flores, el invernáculo del parque donde trabajaba.

«¿Has visto la Victoria Regina?» era su nueva frase para conquistar a las chicas, refiriéndose al enorme nenúfar que cuidaba, y ellas siempre se sonrojaban. Tienes que entender, Sammy, que en aquellos tiempos, decir algo así era de lo más picante.

–¿Cómo va la leviatán? –me preguntó esa noche, empleando como de costumbre su término descocado para referirse a mi amable vecina.

–Ya estamos...

–Los chicos del invernadero quieren saber si es verdad lo que se dice de las chicas judías.

–¿Se lo has contado a los chicos?

–No he entrado en detalles. Pero ¿es verdad que son tan apasionadas?

–Hughie, es la única que conozco. De hecho, no tengo ni idea de cómo son las chicas. La señora Levy es toda una mujer.

–No me digas que le sigues llamando señora Levy.

–Ya me gustaría llamarle Alice.

–Venga, no empieces. Piensa en cosas agradables. Cuéntame de tu señora Levy...

Estaba atormentado por el sentimiento de culpabilidad. Podría dar a entender que todas estas maniobras formaban parte de una estrategia para acercarme más a Alice, pero cada vez que la veía en el césped, arrancando hierbajos de entre sus heliantos marchitos, cada vez que volvía esa carita fruncida de preocupación hacia mí, me sentía hueco por dentro. Yo estaba traicionando justamente lo que pretendía conservar. Estaba deshilando desde un extremo todo lo que había tejido desde el otro. «¡Qué griego!», me decía Hughie. Supongo que se trataba de una historia harto conocida; supongo que no fui el primero en echar a perder el amor, pero eso nunca importa, ¿verdad?

Confesé a Hughie todas las cosas que no puedo contarte a ti, no por afán de alardear ni por mi orgullo adolescente, sino porque no escribía un diario en casa de mi madre y tenía que garabatear mis vivencias en mi amigo. Por ejemplo, le conté cómo la señora se preparaba para nuestras veladas introduciéndose una especie de esponja con un hilo largo para poder sacarla después, o cómo finalmente me entregó un artilugio hecho de intestino de cerdo para mi propio uso. A Hughie le fascinaba. Después de todo, era mi mejor amigo y todo esto le desconcertaba tanto como a mí. Lo único que sabíamos del sexo era lo que habíamos leído en los libros de su padre y ahora ya sé que estaban llenos de aberraciones. ¿Y yo, qué era pues? ¿La señora Levy hubiese aflojado la faja para un chico de diecisiete años? Lo que la atraía era precisamente mi deformidad, mi moderada monstruosidad. Sí, Hughie siempre estaba al corriente de toda mi vida. Bien, de casi toda.

Los señores de la cinta del teletipo se quejaron y gruñeron por la noticia de un dique que se había roto al este del país, anegando una población en diez metros de agua y matando a miles de personas. El camarero me preguntó si mi hijo y yo querríamos otra ronda:

–No es mi... –empecé a decir.

–A mi padre le va a hacer falta otra jarra –dijo Hughie, sonriendo.

Seguidamente me dijo:

–Vamos, bébetelo, papá. Hay algo que tengo que decirte.

En ese preciso instante, en su habitación en lo alto de la casa, mi hermana vio por primera vez la luz. Me alegra poder informarte que nadie chilló salvo la recién nacida y lo único que se ahogó fue la inquietud de mi madre. Mina vino al mundo toda roja, reluciente, tosiendo y dando bocanadas como un pez dipneo y cuando le cortaron el cordón y la condenaron a la misma soledad que el resto de nosotros, dio un grito y mi madre vio a través de la niebla verde de las pastillas de cloroformo que había llegado su bebé. Delante de ella vio a una niña que se haría bella y que perdería esa belleza, que heredaría la gracia, pero también el mal oído y la figura imperfecta de su madre, que sonreiría y entrecerraría los ojos demasiado a menudo y se pasaría las últimas décadas de su vida intentando allanar las arrugas en el rostro a base de cremas hasta que finalmente tiraría la toalla y se pondría un collar de perlas para disimular la papada; delante de ella vio la tristeza habitual del mundo.

Y yo también me estaba haciendo mayor mientras escuchaba lo que tenía que decirme Hughie. Lo que me contó desató una sensación de soledad en mí que no me había esperado. Allí estaba Hughie, sentado, vestido de negro, un hombre serio contándome un hecho serio, parándose sólo para aceptar su cerveza tibia y quitarle la espuma de un soplo. Entonces se volvió de nuevo hacia mí con los ojos dulces de un gato de templo:

–No te enfades –insistió, tamborileando con los dedos en la barra, justo debajo de una maraña de corazones e iniciales grabados–. No significa nada para mí, te lo juro.

Desde arriba, el papel, como una estela de humo, bajó en espiral hasta depositarse en la cesta, como si volviera de nuevo a su lugar de origen ardiente, como si aparte de mí hubiese algo más en el mundo que corriera hacia atrás. Pero no es así; el mundo se cae hacia delante cuando se desploma.

Fueron unas palabras concisas. Un racimo de vidrio. Verás, mientras yo había estado retozando en el jardín con la señora Levy, mi Alice se había enamorado. Así de sencillo, así de brutal. ¿De quién? De Hughie, por supuesto. ¿De quién iba a ser?

Señores doctores, voy a ponerles al corriente:

He sobrevivido a un reconocimiento general esta misma tarde. Procuro hacer todo lo posible por evitar a los médicos, sobre todo desde que me he hecho niño, pero la tormenta de la otra noche me ha dejado con dolor de garganta. He intentado disimularlo con pastillas para la tos y sonrisas, pero tragar la comida de la señora Ramsey ha pasado de ser una pequeña tortura a ser una imposibilidad. Lo único que me sale son quejidos y muecas de dolor. El perro me tiene pánico. Y tú, Sammy, te has dedicado a mofarte de mí sin piedad. De modo que me han llevado a un pequeño bungalow en la zona más acaudalada de la ciudad, un sitio sin ventanas pero con carteles de películas y un carrete de gasa para entretenerme. La señora Ramsey, esa mujer tan amable, me ha colmado de su preocupación, me ha dado un beso seco y me ha dicho que volvería a buscarme. Durante casi una hora me he quedado solo con la gasa y la enfermera de cartel de película. Ya he memorizado las almenas nevadas de su gorra.

El doctor Harper ha resultado ser un hombre jocoso con el mismo aspecto de madera teñida que los protagonistas de Hollywood. Ha inspeccionado mi garganta con los ojos entrecerrados durante un rato antes de dirigirse a mí:

–¿No te encuentras bien?

–No es nada. Sólo me duele la garganta.

Ha negado con la cabeza y ha hecho unas anotaciones.

–No. Se trata de algo completamente diferente. Nunca he visto nada semejante.

Y una risita.

¿Sería posible? ¿Que medio siglo de médicos que me habían extraído sangre, que me habían hecho ampollas, que me habían purgado, que me habían hecho sudar y que me habían electrocutado, no hubiesen sido capaces de descubrir lo que este hombre había visto en un abrir y cerrar de ojos? Me he visto sometido a los seguidores de Rush, Thomson, Graham, Fletcher y

Freud. ¿Era posible que me hubiera vuelto como un viejo róbalo que, tras tantos años de escabullirse de entre lazos espinados, se ha vuelto vago y acaba en las redes de un colegial? Soy un anciano; no entiendo el mundo tal y como es, y me parece perfectamente posible que el nuevo siglo haya encontrado unos rayos X, Y o Z capaces de sondar un anciano como yo. ¿Pero aquí, en esta pequeña localidad en las llanuras? He reprimido mi impulso de confesarlo todo y me he estado quieto como un niño.

–Tengo que tomarte las medidas, vejete –me ha dicho con una sonrisa misteriosa.

Me ha atravesado un escalofrío. El médico me ha medido, me ha pesado, me ha medido varios huesos, me ha escudriñado los oídos y los ojos y ha escuchado con atención la radio desentonada de mi corazón. Yo también he tomado nota de las medidas pero sabía que él no se había dado cuenta de que me he encogido cinco centímetros en el último año, ni de que he perdido una cantidad proporcional de peso y ahora sólo tengo un puñadito de genitales del tamaño de un caracol. He mentido acerca de mi historial médico, y me he inventado una operación de hernia de muy pequeño, bronquitis crónica y unas cuantas alergias, sólo para embarazarle el juego. Durante la visita, ha intentado animarme con bromitas, pero yo tenía la cabeza en otra parte, flotando por encima de todo aquello, aterrorizado por si la obstrucción en mi garganta fuera aquella pista, como en los libros de detectives para niños, que siempre delata a nuestro joven héroe al enemigo.

–Está clarísimo, jovencito. Vamos a llamar a mamá y a papá.

–No es mi madre. Y mi papá está muerto.

–No me digas –ha dicho, azarado por primera vez en toda la visita.

–¿Qué va a decirle?

Ha sonreído y me ha despeinado con la mano.

–Pues se lo voy a contar todo.

Entonces han pasado diez minutos largos en su despacho y yo me he encontrado una vez más en la sala de espera, muerto o muriéndome de alguna enfermedad, intentando ingeniar una manera de interrumpir su reunión. Se me ha ocurrido simular un ataque de fiebre amarilla, pero me he dado cuenta con una risa apagada de que sólo conseguiría delatar mi verdadera edad: esa enfermedad había sido erradicada antes de 1900. Justo en ese momento, he oído unas risas adultas en el pasillo que se me han antojado sacadas de alguna película de cine y han salido juntos, mi señora Ramsey con un aspecto joven, sonriente y radiante. Se me ha entregado un caramelo verde envuelto en papel. La señora Ramsey le ha apuntado el título de una novela que quería recomendarle. El doctor ha cogido la nota, le ha guiñado el ojo y se ha despedido de nosotros con un gesto serio de la mano antes de volver a desaparecer. En un santiamén nos hemos encontrado de nuevo en la calle, bajo el sol siempre fresco de mi nueva casa. He guardado el caramelo en el bolsillo junto a las pastillas que he rateado con sumo cuidado de la sala de reconocimiento. Entonces me ha dictado el fallo.

Con médicos como el doctor Harper en el mundo, nunca correré peligro. Resulta que me ha encontrado los primeros indicios de lo que los médicos llaman parotiditis, es decir: paperas. Una enfermedad de niños. Y si ese matasanos tiene razón, me esperan unas glándulas hinchadas y días de fiebre en mi habitación. Pero tiene que estar equivocado. ¿Dónde se han visto paperas en un hombre de sesenta años?

Después, he acompañado a la señora Ramsey a comprar. A mí me ha comprado una chocolatina, unos patines y una pistola plateada del ejército de juguete muy parecida a una que tenía Hughie de pequeño. Para ti, Sammy, ha comprado un paquete de chicles Ruf-Nek que tanto te gustan. Para sí misma, ha estado curioseando en el pasillo de cosméticos, riéndose y disfrutando como una niña de todas las pócimas antes de escoger un tono erótico de pintalabios y dos tipos de lápiz de cejas. Ha examinado las fragancias con el ceño fruncido hasta que finalmente una dependienta con los párpados de color rosa le ha informado que su colonia favorita ya no está de moda y tendrían que hacer un pedido especial. Le he preguntado cómo se llama. «Rediviva», me ha respondido la señora Ramsey con un suspiro. He sacado la receta del médico que he realzado con mi propia falsificación y me la ha tomado con diligencia. Entonces nos hemos recorrido un camino fácil hasta el mostrador de la farmacia donde este soldadito se ha convertido en el propietario orgulloso de potasio, quinina y una preciosa botella azul de morfina. Vivimos en una época dorada.

Pasó casi una semana antes de que le pidiera que te rompiera el corazón. El tuyo, Alice, tu corazón de melocotón magullado. No lo hice por despecho; lo hice por pura necesidad.

Ahora, en retrospectiva, hubiese sido mucho más sensato dejar que Hughie corriera a sus brazos y la colmara de diamantes baratos y claveles, que le susurrara cosas empalagosas al oído; no hay nada que haga cambiar el corazón de una chica como un principiante. Lo hubiese plantado en menos de quince días, creo, y no porque Alice fuera boba ni veleidosa, sino porque a veces nos da miedo cuando la bomba que estamos colocando nos estalla en las manos. Y si lo hubiera hecho así, ¿qué hubiese ocurrido? Seguramente habría acabado odiando a Hughie, y por lo tanto a mí, por asociación. Se hubiera enamorado del siguiente chico guapo que viera, en alguno de esos bailes que tanto aborrecía, hubiera salido con él para encontrarse una tarde brumosa, sola, esperándolo en una esquina, y de todas formas se le hubiese roto el corazón. Al menos así lo gestionaba alguien que se preocupaba de ella.

Hughie estuvo de acuerdo en hacerlo tal y como se lo pedí. Mi plan era que se encontrara con ella en el Invernadero de las Flores, donde a Alice le había dado por visitarlo cuando salía del colegio, y que le rompiera el pequeño corazón con el mismo golpe seco que uno emplea para partir una geoda. Tenía que ser suave pero firme, sin dejar ningún jirón de amor colgando en su pecho. Alice tenía que purificarse de aquella sensación ridícula para poder sentirse abierta a, e incluso agradecida, por el amor de un hombre aparentemente mayor y más atento. A Hughie le asombró el plan; le pareció un acto increíblemente cruel para una chica tan guapa.

–¿Guapa? –pregunté, receloso–. ¿No habrás...? ¿Le has hecho algo para que se sienta de esta manera?

Lo negó y aceptó cumplir con su cometido. Mi primera idea era esconderme detrás de un helecho para observar mi obra de teatro, pero Hughie me dijo que se pondría nervioso y que lo más seguro era que acabara metiendo la pata. De modo que me mandó a casa y allí esperé que Hughie mandara recado de que había dejado el camino libre para mi llegada. Me senté en el salón e intenté leer en vano. Me preparé un juego de cartas, pero perdí una y otra vez. Finalmente encontré uno de los cachivaches de mi padre, una cabeza de mono revestido de vidrio, y me lo quedé mirando durante más de una hora, descubriendo en su aspecto grotesco un escape efímero del mío.

A las cuatro, sonó el timbre y oí que Maggie hablaba con alguien en el pasillo. Le había dicho que estaba dispuesto a recibir a quienquiera que no viniera a visitar a mi madre. Poco después, alguien golpeó la puerta del salón: era Maggie, que venía a decirme que tenía una noticia urgente. Le hice un gesto con la mano y serví dos copas de whisky, una para mí y otra para Hughie. Me serené y miré por la ventana a dos ardillas que se habían declarado la guerra. Entonces oí una voz desdichada:

–Señor Tivoli, necesito que me aconseje.

Era Alice.

A los diecisiete años no tenemos corazón. Creemos que sí; creemos que tenemos la maldición de llevar una cosa sagrada, hinchada que se retuerce ante el nombre que tanto adoramos, pero no es un corazón porque aunque esté dispuesto a sacrificar cualquier cosa del mundo (la mente, el cuerpo, el futuro, hasta la última hora solitaria que tiene), no se sacrificará a sí mismo. A los diecisiete años, no es un corazón. Es una abeja reina gorda que murmura en la colmena. Ojalá hubiese tenido el valor, cuando Alice entró en el salón con ese aspecto tan anegado y desesperado, cuando cayó de rodillas y sollozó de esa forma tan ardorosa sobre la lana de mis pantalones, ojalá hubiese tenido el valor de mandarla de nuevo a los brazos de Hughie. De acariciarle el pelo (cosa que hice) y sujetarle la barbilla con mi mano áspera (eso también) y decirle que Hughie se moría de ganas de besarla; al fin y al cabo, él era joven y ella era un matorral de belleza. De decirle «te querrá» y «hay formas de conseguirlo» y volverme hacia la luz inclinada del salón mientras ella se limpiaba la cara y parpadeaba y se preparaba para la siguiente ronda. De soltarla. Pero carecía de corazón. ¿Cuándo lo desarrollamos? ¿Veinte, treinta años después de cuando nos hace falta?

En cambio, lo que hice fue observar la cabeza que temblaba encima de mis rodillas; me quedé mirando el surco pálido entre las trenzas como aquel que busca el nacimiento de un río. Esperé el momento de tocarla y entonces lo hice, y ella no me quitó el brazo del hombro ni la mano de la cabeza, sino que se descargó todavía más en mi regazo. Sin siquiera saberlo, los dos estábamos evocando a su padre, cada uno con nuestro rol correspondiente, Alice con sus sollozos desvergonzados, el señor Tivoli con sus palabras de consuelo, hasta que sus resuellos y suspiros me indicaron que casi había acabado.

Empezó a hablar:

–Ha pasado algo con Hughie, señor Tivoli.

Deslicé un dedo en el lazo de la cinta que llevaba en el pelo.

–Lo sé –dije.

Entonces añadí en voz baja, demasiado para que me oyera:

–Llámame Max.

–Se ha portado como un monstruo, un monstruo. Me ha dicho que...

–¿Qué te ha dicho?

Con un pequeño tirón, conseguí soltarle la cinta del pelo. Me estremecí. Ella ni se dio cuenta.

–Me ha dicho... que quiere que seamos amigos. Idiota. Ha dicho que no quiere estropear un momento dulce.

Sorbí mi whisky, nervioso. Hughie había modificado el guión que le había dado; había tratado a mi Alice como a cualquier chica que pudiera encontrarse por la calle.

–¿Dónde estabais? –pregunté en voz baja, curioso por saber qué más habría añadido.

Sorbió la nariz y se incorporó un poco, dejando caer mi mano; el hechizo se rompió.

–Estaba en la Victoria Regina, como siempre. Siempre nos vemos allí. Normalmente puede escaparse unos minutos y allí se está tranquilo y puedes quedarte mirando los nenúfares. Yo estaba... Me he armado de valor y le he preguntado cuándo pensaba invitarme a salir. Y él me ha dicho... ay, me ha dicho que sólo tengo catorce años. Y que no le interesan las chicas como yo. Las de catorce años. No de la manera que yo quiero. ¿Chicas como yo? ¿De verdad hay otras chicas como yo?

Esto se alejaba un poco del guión, pero tampoco mucho. Me imaginé que a Hughie le debió de entrar un poco de miedo escénico, allí con su uniforme entre aquellas hojas de nenúfar enormes, y que debió de susurrarle lo primero que le vino a la cabeza. Posiblemente le habría dicho algo más cercano a la verdad de lo que yo había planeado.

–¿Qué más?

Algún recuerdo la hirió e hizo una mueca de dolor.

–Me dijo que me quería como a una hermana. No soy tonta, señor Tivoli.

–Max. No, no lo eres, Alice, para nada...

–Ya sé qué quería decir. Quería decir que nunca podrá amarme. ¿Verdad? O... quizá quería...

–No, no, Alice, ven y siéntate a mi lado...

–Es que no consigo entenderlo –mascculló.

Volví a tocarle el hombro. Y entonces cometí un error:

–Mejor que te olvides de él, Alice.

Se apartó de mí y vi que me detestaba. Ocurrió tan rápidamente; en cuestión de segundos pasé de ser un amigo comprensivo, casi un padre, a ser un viejo que no sabía nada del amor, nada de la pasión, un hombre que sólo podía ofrecerle su propio veneno patético. Pero ver ese odio en sus ojos; creí que se me había ido para siempre y que ninguno de mis planes la haría volver. Hughie podría romperle el corazón cien veces pero si le decía a mi Alice que lo olvidara, que se buscara a un chico dulce y cariñoso que estuviera más cerca de ella (quizá más de lo pudiera imaginarse), me expulsaría de su vida. Volvería a convertirse en esa muchacha huraña del piso de abajo que nunca pensaba en mí. Esos ojos, ensartados de tanto odio que se le evaporaban las lágrimas: hubiese hecho lo que fuera por cambiarlos. De modo que farfullé mientras ella me miraba. Y entonces descubrí qué era lo que ella había venido a oír.

–Tranquila, hablaré con él, le diré... Te mencionaré...

–¿De verdad?

–Le haré ver lo hermosa que eres.

–¿Él cree que soy hermosa?

–Así es. Piensa que eres una chica encantadora.

–Vaya.

–Sí, la chica más encantadora que ha visto en su vida.

–La más encantadora... –repitió.

Alice salió de mi salón mucho más feliz que cuando entró. Salió cargada de todas las promesas estúpidas que le había hecho, sólo para retenerla a mi lado un ratito más, sólo para forzar la situación para poder hablar y crear un secreto entre nosotros, pues esto había que ocultárselo a su madre a toda costa. Asentí con la cabeza, los labios fruncidos. Cuando se fue, me dio un beso en la frente y olí el algodón suave que le rodeaba el cuello. Pensé que era más que una especie de confidente para ella, más que alguien que compartiría su secreto: era su único camino al amor. Igual que había dependido de mí para que le hiciera un fuego de sábado, ahora también dependía de mí para que le dijera alguna palabra que la reconfortara. Y aunque sabía que la sonrisa que esbozaba al salir no era para mí, y que durante la noche que iba a pasar en vela no aparecería mi rostro barbudo, yo también formaba parte de todo aquello. Era un sirviente de su corazón. Cuando somos muy jóvenes, intentamos vivir a base de lo que nunca podrá ser suficiente.

Alice, ¿qué piensas ahora que lees esto, ahora que eres mayor? Tú sabes dónde va a parar todo esto y estoy seguro de que tu versión de los hechos discrepará mucho de la mía. Una en la que quizá te retrates de forma más perdida e inocente, un pedacito de cristal Alice que suena en la ventana, u otra versión repleta de detalles que jamás sabré: cómo Hughie se rió de tu ingenio; las hojas gruesas y eróticas de la Victoria Regina; cómo echabas de menos a tu padre con rabia; la sensación extraña de ese viejo que te deshizo el lazo que llevabas en el pelo. Mientras que en mi versión Hughie no es más que el hombre que por casualidad tapó la luz, en tu recuerdo estoy seguro de que lo amabas por razones específicas, como solemos creer. Tú seguirás calentándote las manos a las brasas de ese primer amor y nunca conseguiría convencerte, ahora que eres mayor, de que sólo fue una cuestión del azar.

Se lo conté todo a tu madre, ¿lo sabías? Claro que se lo conté. Le dije, como si fuera un secreto entre los dos, que tú estabas enamorada de Hughie y que él no te merecía. No era mentira, pero fue una crueldad. Sólo pretendía que resoplara y suspirara si alguna vez mencionabas a Hughie. Ahora que lo pienso, lo único que iba a conseguir era hacer que lo amaras todavía más.

Una noche, te noté diferente. De esto te acordarás. Una noche, Maggie te hizo pasar y parecías una hija de piedra cuando entraste en el salón. No te sentaste en la alfombra ni te ruborizaste; esa noche no tenías sangre. Escogiste el viejo sillón de mi padre, te arreglaste la trenza, me miraste de hito en hito, y en tono desprovisto de acusación me dijiste:

–No me ama.

Rechazaste cada una de mis palabras con la mano, no sin un dejo de dolor, y no dejaste de repetir lo que ahora tu inteligencia no podía ocultarte más. No te quería. No, por supuesto que no. Había sido evidente desde el principio. Llevabas un collar chillón de niña y unos zapatos baratos que se te deslizaban de los talones. Sacaste un cigarrillo de un ridículo como si quisieras decir: «Ya soy una mujer que hace estas cosas». A la edad de catorce años, toda una mujer que hace estas cosas. Me callé y dejé que edificaras esta otra mujer del humo, que crearas su existencia a través de tus exhalaciones allá mismo en el salón. Hubo un silencio mientras se giraba, toda cabello y tendones, a la luz oblicua de la luna. Cuando se hubo marchado, fui yo el que se desplomó llorando en el suelo a tus rodillas. No sabría decirte por qué. Fuiste tú quien me tocaste el pelo y me susurraste cosas que, como siempre, no me sirvieron de consuelo ninguno.

Entonces oí que murmurabas algo que nunca he podido olvidar:

–Me siento tan vieja.

Levanté la cabeza.

–¿Cómo?

Negaste con la cabeza, echando del nuevo el pestillo a tus pensamientos.

–No puedes sentirte vieja –te dije.

Te meciste un poco en el sillón sin quitarme la mano de la cabeza y encendiste otro cigarrillo. La habitación te sostuvo en la curva de alguna sombra. La edad que reflejaba tu rostro no parecía que fuera a envejecer nunca. Dijiste:

–Es como si flotara por encima de mi cuerpo. Y me observo a mí misma, mis gestos ridículos, cómo pongo el agua a hervir para hacer el té, cómo saco pelusa de la trenza que llevo en el vestido, quejándome de que se ensucia enseguida, cómo me siento junto a mi madre para leer las tarjetas de visita. Me cuesta tan poco ser yo misma, y llevo tanto tiempo haciéndolo, siendo tan pequeña, haciendo estas pequeñeces. Pero casi toda yo estoy flotando por encima, observando. Como si no fuera mi cuerpo. Una parte de mí sabe algo y no soporta la idea de decírselo al resto.

Me quedé inmóvil, aturdido, notando el ardor en tus palabras. Una mujer cuyo cuerpo no le pertenecía, flotando por encima de su vida. Creí que tú me entenderías. Tú comprenderías cómo era la vida para el chico enfermo y retorcido en el tiempo que estaba enamorado de ti. Te miré mientras fumabas, como si el humo pudiera conservar la frialdad en tu rostro.

–Hay algo que quiero decirte, Alice.

–No me apetece hablar.

Pero ya era demasiado tarde. Ya había empezado a pronunciar lo que mi madre me enseñó a no decir nunca. No obstante, las primeras palabras se me antojaron como las de un hechizo, la clase de palabras que pretenden levantar una maldición.

–Tengo que decírtelo. Sólo quiero que me escuches. No tienes que decir nada. Sólo te pido que me escuches.

Bajaste la mirada de la lámpara de gas y vi que tus ojos volvían a estar vivos, por un instante, y creo que esperabas que te dijera algo acerca de Hughie; creo que incluso después del último rechazo, después del último «no», seguía habiendo una remota posibilidad de que se convirtiera en un «sí».

–No soy... lo que tú crees, no lo soy. Sé lo que parezco.

Estaba hablando con brusquedad, entre resuellos. Me estaba atragantando con esa necedad, pero seguí:

–Alice, tengo... tengo diecisiete años. ¿Comprendes? Alice. Sólo soy un chico.

Sentí cierto éxtasis cuando vi que se te desplegaba la mirada. Creo que nunca me habías considerado como otra persona en la habitación y aquí me tenías, el que te había escuchado todo este tiempo, el mensajero de un amor renunciado; aquí me tenías, arrodillado ante ti en la alfombra; y todo este tiempo me había sentido tan desdichado como tú.

–Sólo soy un chico.

Vi una tristeza que batía en el fondo de tus ojos, un insecto moribundo detrás de una pantalla.

–¿Me crees?

–Sí.

Lo recordarás: me sujetaste el rostro entre las manos y con los pulgares, me secaste las lágrimas de las mejillas. La sangre había vuelto a tu rostro; tenías los ojos anegados en lágrimas, como los míos; volvías a ser mi Alice de antes y debías de pensar, «que uno de nosotros sea feliz». Y allí en el salón, me penetraste con la mirada y supiste lo joven que era, más joven que tú; me sujetaste el rostro con fuerza y actuaste como adivina para los dos. Frunciste los labios que contenían algo amargo y entonces, muy poco a poco, te inclinaste hacia mí y me diste un beso. Lo recordarás: fuiste tú quien me besaste esa noche en el salón. Noté la última espiral de humo que contenía tu boca y me supo a una palabra, a un «sí». De otra parte de la casa oímos el «oh» ondulante de un bebé. Me besaste y no te apartaste ni cambiaste de parecer, sino que bebiste de mí como una niña sedienta. Yo fui el primero en decir que te amaba. Lo recordarás.

A primera hora de la mañana siguiente ya me apetecía verla. No podía esperar. Lo cierto es que no había dormido desde que me había susurrado: «señor Tivoli, señor Tivoli», y se había levantado para arreglarse el pelo y tranquilizar su respiración fatigosa (algo sí que desperté en ella, por lo menos) antes de marcharse. Me quedé sentado donde estaba, escuchando los llantos de mi hermana en la noche, y por supuesto, en mi imaginación continué mi noche con Alice hasta llegar a un extremo permisible para cualquier hombre moral. Entonces dejé el cilindro en su caja y volví a tocar cada momento una y otra vez en la caja de música de mi cabeza.

Tumbado allí en la cama, repasé una vez más la escena que llevaba ensayando desde el amanecer: lo que iba a decirle a Alice. Sentía la misma rabia que un adicto siente hacia sí mismo, la rabia de un hombre reformado que se despierta para encontrarse con la evidencia de la noche anterior: una pipa de opio chamuscada, un vial de éter frío y con residuos. Sin embargo, en su interior, royendo más allá de sus primeros reproches, siente el amor de aquellos objetos tan deseados y antes de poder impedirlo, el brazo se le extiende hacia el otro lado de la cama. Me urgía verla. ¿Por qué le había dicho que la quería? Me podría haber costado todo. Pero no, racionalicé, no. Necesitaba que le hablaran del amor, como todo el mundo. ¿Verdad? ¿Ella no lo necesitaba también? Dios mío, le había dicho que sólo era un chico y ella me había creído. ¿O no? Quizá porque se le antojara tierno o porque para ella era tal y como lo había vivido: un viejo baboso que le empapaba la cara con sus besos repugnantes. Pero por mucho que intentara buscar entre los detalles de su rostro a la luz de la lámpara de gas del anochecer, la perdía cada vez más. El pasado ya me había dado la espalda y no había forma de consultarlo con él.

Conspiré lo mejor que pude. Iba a sonreír y bromear y hacer como si la noche pasada no fuera nada especial; iba a mostrarme como ella, es decir perplejo ante los momentos humanos enmarañados como el nuestro. Iba a disculparme; no, eso me delataría. Haría ver que era una broma privada entre los dos. El anciano, el vecino viejo, una broma privada. A no ser, por supuesto, a no ser que pudiera percibir en su rostro algún indicio de esperanza. Me levanté, ansioso de verla cuanto antes, aunque sólo fuera para saber qué me iba a deparar el destino.

–¿Señor Tivoli? –me dijo la voz de Maggie desde el otro lado de la puerta.

–¿Sí?

–Le traigo el café y una nota.

Un sobre de color amarillo claro en la bandeja de plata, al lado de las tostadas. Una de las esquinas estaba manchada de café. Fulminé a Maggie con la mirada y salió de mi dormitorio. Una nota de Alice, pensé con alivio. Qué cobarde era. Ahora no hacía falta que me enfrentara con ella. Con unas pocas líneas podría descifrar qué había significado ese primer beso para los dos. Y así empezaba:

> Max,
>
> Eres un monstruo de la peor clase. Eres un criminal falso y traidor. Eres un viejo enfermo, vil y malvado, y no puedo creerme que alguna vez me hayas importado. Que me hayas traicionado a mí no es nada. Que hayas seducido a la madre no es nada, que me hayas gastado no es nada. Puedes desechar mi corazón viejo y roto si quieres, no me importa. Pero Max. Has tocado a mi hija, a mi Alice. Y como esta madre vuelva a verte, no lo dudes: te arrancaré los ojos.

Tardé mucho tiempo en atar todos los cabos de lo que había pasado. Alice, a última hora de la noche, debió de llegar a casa, un torbellino lloroso de confesiones. Y la señora Levy, con su camisón negro, sentada en el sofá escuchándola, sintiendo que el corazón se le rompía en pedacitos en su pecho. Sólo alcanzaría a ver a un anciano, a su amante, manoseando a su hija con besos babosos. ¿Cómo iba a comprender que se trataba de un chico de diecisiete años, como en una canción, robándole un beso?

Pero tenía la cabeza en otra parte. Estaba leyendo con rapidez, intentando resolver cómo iba a actuar ahora. Quizá una confesión detallada, con la enfermedad y todo, con mi madre de testigo. Quizá pudiera pedirle a Hughie que hablara con Alice una vez más. Y la señora Levy, pues, quizá pudiera seguir teniéndola subyugada. Unas palabras perfectas y tal vez me salvara. De modo que seguí leyendo.

Más palabras de odio, recargadas, sacadas de las profundidades de la rabia de una madre. Algunos fragmentos fastidiosos sobre la policía, retirados al momento. Y entonces ese último párrafo que me dejó helado:

> Te adjunto un talón para el último mes de alquiler. Ya me he encargado de todos los muebles, pero no hay nada que delate adónde vamos. Oh, Max, sólo puedo asegurarte una cosa: jamás volverás a ver a Alice. Ni a mí, mi amor a la luz de la luna.

Palabras recargadas, sí, pero por fin comprendí qué había hecho. Haberle quitado la ropa noche tras noche y haber escuchado sus risitas en mi oído. Su amor a la luz de la luna. Nunca me había parado a pensar en ella, cegado con todas mis inquietudes sobre Alice. Era una mujer adulta, de otro mundo, y nunca se me había ocurrido que quizá fuera tan frágil como su hija. Y sin embargo está bastante claro que destrocé a la pobre señora Levy. Que la despojé de lo que quizá fuera el último amor en su viejo corazón.

Desde delante de la casa oí los caballos que respiraban y luchaban contra sus riendas. Presa del pánico, corrí hasta la ventana vestido sólo con mi ropa de dormir. Ese sonido de mi infancia de los cascos y las ballestas y el cuero, ese ruido tan conocido de los carruajes, y desde la ventana vi cómo se alejaba un landó alquilado. Negro y opaco, traqueteó lentamente a través de la luz, las ventanillas de mica desenrolladas, permitiéndome ver dos rostros. Allí estaba. Mi amor, mi dulce niña, temblando en la jaula del carruaje, vestida con ropa de viajar, una bolsa en el regazo, los ojos cerrados a la nube de polvo de su futuro. Y así acabó la primera vez que amé a Alice.

Sammy: te escribo esta carta desde las primeras líneas; te escribo y tú estás en esta misma habitación. Estás dormido a mi lado en esta cama, murmurando a través de algún sueño poco profundo, igual que *Buster*, que tiembla a través del suyo allá en el suelo. Si ves que escribo con letra temblorosa, es porque resulta que el doctor Harper tenía razón, después de todo: a la edad de casi sesenta años, tengo paperas. Y tú, mi pobre Sammy, te has contagiado también.

Primero, la señora Ramsey me palpó mis glándulas increíblemente tumefactas y me mandó a solas a «el cuarto de la costura», como suele llamarlo, a sufrir en soledad entre los retales de sus vestidos sin terminar. Veo estampados de cerezas y corales y geishas yacentes, ¿o serán las invenciones de mi fiebre? ¡He estado tan triste en esta enfermería, escribiendo mi diario, entrando y saliendo como un faro de esta fiebre abrasadora! Pero hoy me he despertado para encontrarme con una puerta felizmente abierta y otro niño pequeño que entraba con la ayuda de un empujón.

–Mejor que os lo saquéis de encima de una vez por todas –te ha dicho tu madre mientras te arrastraba hacia la cama, pobre Sammy.

–¡Jolines! ¡No me metas con la cabeza de pato! –has gritado.

–Sí, con la cabeza de pato. Venga, para dentro –te ha dicho ella.

Entonces te ha arropado, a pesar de tus quejas, entre estas sábanas todavía calientes de mi enfermedad. Esa sabiduría popular que dice que es mejor tenerlo de niño que de hombre, pues supongo que todo está invertido en mi caso. Me acuerdo de hace cincuenta años cuando mi madre me llevó a dar un paseo en carruaje y me echaron en una cama de plumón con un Hughie candente e irritable. Otro caso de paperas, pero en aquella ocasión yo no era ningún niño y no me contagié. Me acuerdo de que los quejidos y los rezongos de Hughie me impidieron leer el último número de *Boys' Life* en paz y que me quedé toda una semana a la vera de mi mejor amigo hasta que recuperó un nivel de cordura suficiente para echarme, en perfecta salud, de su cama. Pero tú, Sammy, brillas con más intensidad.

Estás dormido a mi lado, con la misma fiebre que yo. Esta mañana, tras otra exploración de nuestras gargantas del jacarandoso doctor Harper, nos hemos quedado mirando el techo y hemos intentado dar nombres a las sombras que hemos encontrado en él. Nos gusta intentar adivinar por los ruidos en el pasillo qué está haciendo tu madre, y de los ruidos que vienen del exterior, de qué están discutiendo los vecinos ridículos, y tú te inventas unas historias fantásticas que alivian nuestros cerebros ardientes. Nos han prohibido comida agria, de modo que comemos gachas día y noche hasta que acabamos hartos. Vuelvo a ser tu amigo, Sammy, el único barco junto al tuyo que navega este mar en concreto, pero la verdad es que estoy preocupado. Cuando me despierto de un sueño bochornoso, te encuentro mirándome con curiosidad. Espero que no haya estado murmurando. Espero que mi fiebre no me haya delatado demasiado.

Pero qué casualidad tan afortunada la de este virus. Poder tumbarme tan cerca de ti, Sammy; poder sincronizar mi respiración con la tuya. Hay padres que han viajado la misma distancia por menos; padres moribundos, que hemos dado la vuelta al mundo por menos, sólo para echar una ojeadita, sólo para oír las voces transportadas de nuestros hijos.

II

30 de mayo de 1930

Espero que me perdones el intervalo entre estas páginas. Por fin me he recuperado de mi enfermedad y me encuentro una vez más en la escuela.

Resulta humillante, por no decir más, tener que recitar las tablas de multiplicar con esta pandilla de niños del Medio Oeste. Cinco por doce, sesenta. Pero lo más duro es mantener mi voz lo más baja posible, la cabeza gacha, para que la maestra, una mujer de exactamente mi misma edad, no se fije en ese niño raro que garabatea la confesión de su vida. No soy el único niño que se esconde de esta manera. Algunos de los alumnos más pobres, con zapatos de cartón y la cabeza llena de liendres, se sientan en la última fila conmigo y miran a través de la ventana, o a la pared desde donde nos vigilan siete presidentes cromolitografiados, cada uno con su peinado distintivo. Tratamos de fundirnos con el enlucido; somos los fantasmas de la clase.

–¿Cuál es la capital de China? –nos pregunta la maestra en voz alta.

Nosotros temblamos y nos quedamos callados y contestamos, como era de esperar:

–Francia.

Una sonrisita de sorna de la adulta, una carcajada de los niños buenos en las primeras filas, entre ellos mi querido hijo, y pasamos a la clase de historia. Y ahora pienso seguir con la mía también.

Pero antes, Sammy, quisiera hacer constar que me quieres. Algo en esa fiebre tan larga debe de haber consumido tus dudas y, tras pasar por el horno de nuestro lecho de enfermo, vuelvo a ser tu amigo del alma. Me pasas notitas mientras nuestros antepasados vierten té en una bahía de Boston. Parpadeas y finges narcolepsia mientras los casacas rojas atraviesan estados distantes. Me dejas ver los dibujos que haces con tus lápices, las maravillas automotrices que producirías, todos los tubos relucientes y los chismes plegables, mientras Valley Forge engulle a sus víctimas congeladas. Esta mañana te ha tocado ser el encargado de la tinta y, con seriedad, has llenado nuestros tinteros de cerámica hasta el borde antes de dejar caer alegremente una rana minúscula dentro del mío. Hasta que ha muerto, asfixiada por el negro de humo, ha salido dando saltitos, dejando un estampado tan exquisito encima de mi libreta, como un granizo de rosas oscuras que cae del cielo, que trataré de dejártelo dentro de estas memorias, como única evidencia de que no te miento, Sammy. Tu padre estuvo a tu lado desde el principio, marranote. Y a veces incluso lo querías.

Sigamos.

Tras la marcha de Alice parecía una cosa muerta.

Cumplí dieciocho, diecinueve, veinte años. Entré en la primera etapa fría de la adultez y desaparecieron las canas. Cada mañana fui a trabajar a Bancroft's, donde pasaba el día tosiendo por culpa del polvo de los libros y volvía a casa tarde cada noche, el hombre de mi propia familia. Me encargué de mi madre y de mi hermanita Mina, de los recibos y los detalles del segundo piso del número noventa de South Park Avenue. También me encargué del primero, ese piso con ruiditos fantasmales debajo de nosotros, y de los nuevos inquilinos. Como no eran judíos, nunca me llamaron los sábados para prepararles una taza de té olvidado ni para encender una lumbre desatendida. En cambio, me convertí en distribuidor de pintura y cera para los muebles, el jefe del deshollinador.

La desaparición de Alice me llevó a una obsesión maníaca de los detalles de su huida y el descubrimiento de alguna pista. Hablé con los otros Shabbos goys que me había encontrado y les di la lata hasta que me prometieron preguntar en las otras casas judías y el templo que habían frecuentado las Levy tan acicaladas los sábados. Mandé a Hughie a acechar las tiendas de ropa donde la madre Levy solía comprar, echando indirectas de lo más coquetas sobre su tía desaparecida y su hija encantadora. Me encontré levantando las tablas del suelo en el dormitorio, convencido de haber oído el crujido de un escondite. En resumen, perdí el juicio. Pero no hubo rastro.

Hughie intentó ayudarme. Me llevó a ver a Lotta Crabtree, toda corcho quemado y pelucas escandalosas, que interpretaba sus parodias a voz viva de Jenny Lind; me compró tamales en la calle Market, batidos de fresa en Slaven's, baños de leche en Anna Held's en el Baldwin y una miradita de cinco centavos a la gran luna llena una noche de borrachera en la calle O'Farrell.

Pero Hughie ya tenía sus propios problemas. Con veinte años, ya no era el guardián larguirucho de la Victoria Regina, esa vulva vegetal que tenía que desempolvar con un plumero largo, sino que se había convertido en otra cosa completamente diferente. Ahora sorbía coñac en bibliotecas cálidas e inventaba versiones obscenas del estribillo de *Goober Peas* que cantaba a cuatro voces a sus amigos que, para aguantarse de pie tenían que rodearse el cuello con el brazo. Hughie bordó sus iniciales en sus viejas camisas chillonas y compró otras nuevas, más llamativas pero más elegantes. También compró cuellos, corsés y polainas nuevos además de varias prendas brillantes de tweed. Hughie adoptó un estilo de hablar perspicaz y cruelmente discutidor, una sonrisa torcida seductora y unas cuantas locuciones («¡Dioses!» y «¡cisnes!» y «exfluncticación») que nos dejaban perplejos. Rebosaba toda la emoción de alguien que acababa de obtener permiso para entrar en un gran país, todos los tics y manías del orgullo y el resplandor de una persona feliz y aliviada. Y es que, sin haber dicho ni una palabra a nadie, sin haber mencionado esperanza ni matrícula ninguna, Hughie había obtenido una beca para estudiar en Berkeley y se había convertido en una cosa rara en mi South Park: era universitario.

Un giro del destino de lo más oportuno, en mi opinión, que Hughie pasara de ser el hijo de un tutor a ser estudiante estelar mientras que yo, el monstruo que antes había sido acaudalado, me sepulté cada vez más en las madrigueras melosas de Bancroft's. Pero como me dijo una vez un querido adivino, en las cartas, cada figura mira hacia atrás por debajo.

Mi barba se tornó de un color otoñal, un rubio chinchilla y lloré cuando Hughie me dijo que me la afeitara.

–Tienes que decidir –me dijo– si quieres ser viejo o joven, y creo que ya llevas bastantes años haciéndote pasar por viejo.

Fue un desastre. Aunque la barba había provocado que muchas chicas me rechazaran por mi semblante de abuelo, el bigote se les antojaba risible. Ahora parecía uno de aquellos viudos que se peinan los cuatro pelos que les quedan por encima de la calva para disimular y que se tiñen la piel para parecer bronceados en invierno. Un vejestorio gigoló, un chiste. A mis veintitantos años, la cintura se me estaba volviendo cada vez más delgada y me parecía cada vez menos a un *burgermeister* en un cuadro de Bruegel, pero eran cambios que resultaban artificiales e imposibles de comprender para aquellos que me conocían desde hacía más de un año. «¿Llevará corsé?» oía que se preguntaban entre risitas en el trabajo, de modo que pedí un cambio de puesto y acabé el resto de mi carrera profesional en Bancroft's solo, escondido detrás de libros viejos. El gusto de Hughie a la hora de vestirme no podría haber sido más desatinado, y tras ir a dar una vuelta un día soleado, orgullosamente vestido con una de sus invenciones (en mangas de camisa, una gorra y un pantalón blanco estrecho con cinturón), me di cuenta de que antes me iban a tomar por funámbulo que por caballero. Mi madre, por supuesto, me dio la razón. Su rostro silencioso me repetía: «Sé lo que piensan que eres, sé lo que piensan que eres». Volví a mis levitas y mis sombreros de copa y me escondí, una vez más, bajo el anonimato de los ancianos. Iba a ser viejo hasta que fuera joven, ni un día antes.

Durante muchos años, mis únicos compañeros fueron mi hermana, mi madre y Hughie. Me convertí en el sacerdote de Alice y mantuve vivas las ascuas sagradas para su vuelta. Más adelante, cuando vi que no lograba averiguar nada acerca de su paradero y los años seguían pasando sin ella, me convertí en el viudo de mis propias esperanzas. Como muchos hombres que me precedieron, como mi propio padre desaparecido, creo, y quizá como mi querido Hughie, me insensibilicé a la vida.

Y allá estaba Mina, mi hermanita hermosa y normal. A los seis, siete, ocho años, nunca se desvió de las tablas de la estatura y peso típicos, tocaba el pianoforte con todo el talento correspondiente a una niña de su edad (¡ninguno!) y, en pocas palabras, nunca fue ni precoz ni especialmente inteligente. Lo único que sabía dibujar con cierta gracia era nuestro caballo de carruaje, *Mack*, que nunca dejaba de temblar. Todo lo demás acababa pareciéndose a un desprendimiento erizado de paramecios. Era educada, hasta cierto punto, pero también le gustaba gritar de rabia antes de irse a la cama. En realidad, sus cambios de humor no se semejaban en absoluto a nada remotamente adulto, sino más bien a los lados del dado de un estafador, es decir, pasaba de la piedad beata al respeto remilgado a las lágrimas amargas a la ira salvaje y volcánica, y era capaz de medir estos humores según le convenían. El quid de la cuestión es que no era una persona real. Los niños de verdad jamás lo son. Era una farsante que se esforzaba por ser humana y era, por tanto (y ruego al impresor que lo ponga con la fuente más sencilla posible), una niña normal y corriente.

A pesar de que nos hubiese tocado semejante bendición en casa, yo nunca tuve la oportunidad de ser un hombre normal y corriente. Recuerda que para el resto de South Park yo seguía siendo el cuñado de la señora Tivoli que estaba viviendo los últimos años de soltería cumpliendo con su fastidioso deber. Mi madre no tardó en resolver que no podíamos arriesgarnos con una criatura pequeña, y menos con la cotorra de Mina, así que mi propia hermana me conoció como el tío Max.

–Mina, dale un besito al tío Max antes de que se vaya. No, ahora no hagas un mohín, cielo. Muy bien.

Ella nunca me llamaba tío Max, por supuesto, porque de alguna clase extraña de catequesis concluyó que, como Adán, tenía el deber de otorgar a cada hombre y animal su propio nombre. Empezó llamándome tío Alubia, luego, gracias a una serie de revisiones, me convertí en Alubio, luego Alubito, y finalmente mi nombre definitivo: Bibo. Cada mañana gritaba mi nombre con alegría: «¡Bibo!». Y lo mismo ocurría por la tarde cuando volvía a casa, a voz en cuello mientras cenábamos y quería que le pasara la salsa, o con tristeza cuando le quitaba un florero de sus manos destructoras, o bien en tono de recuerdo melancólico por la noche cuando le subía la colcha hasta la barbilla y le cantaba, cosa que adoraba.

Le envidiaba su juventud. No puedes imaginarte lo que suponía oír cómo la llamaban sus amiguitas desde el otro lado del parque, ver cómo ella les respondía con un chillido igualmente vital y comprender, con un sobresalto, qué quería decir la niñez para ella: el hecho de pertenecer. Era tan nueva en el mundo y sin embargo, ya formaba parte de él. La naturaleza la había favorecido y ni se le ocurría que pudiera haber alguien que no la quisiera, de hecho, ni siquiera sospechaba que pudiera haber una sola persona en el mundo que no quisiera a otra, y eso la convertía en una criatura tan envidiable que a veces incluso la odiaba. Cada mañana me quedaba en la puerta de su habitación, mirando cómo sus ojos parpadeaban ante un día tan regular y bendito como el anterior. Y junto a todo lo demás, por supuesto, oculté estas astillas esporádicas de odio bajo la piel.

–Buenos días, pequeña –le susurraba.

–¡Oh, Bibo!

Soy un monstruo bondadoso, por supuesto. No privo al mundo de sus cosas bonitas. De sus Minas.

Mi madre también había cambiado con el paso de los años. Ella había tenido una educación esmerada, la habían adiestrado a ser amada, así que nunca pude echarle en cara que ejerciera su derecho de nacimiento. De vez en cuando aparecían hombres por casa: el dueño de un bar con un bastón dorado y una sonrisa llena de empastes de goma vulcanizada, un actor que llevaba peluca. Fueron bastante agradables pero no tardaron en desaparecer. En lugar de refugiarse en un hombre, el último de los cuales la había abandonado de forma tan despiadada, se volcó en su hija. Mina se convirtió en la razón de ser de mi madre y eso, por supuesto, entrañaba ganar dinero. Así que mi madre se puso a trabajar.

Durante un tiempo mantuvo su ocupación en secreto. No estaba bien visto que una mujer trabajara y la profesión que escogió era fuera de lo común. Sus clientes solían visitarla mientras yo estaba en el trabajo y Mina estaba en alguna de sus clases de baile, pero es imposible guardar un secreto durante mucho tiempo en San Francisco. Las primeras pistas fueron las plumas que encontraba en el salón que habían caído de sombreros carísimos pertenecientes a señoras mucho más ricas de las que mi madre solía recibir. Y entonces, una mañana apareció una señora extraña en la puerta y me dijo que tenía hora.

–¿Con quién?

Llevaba un conjunto caro de pieles.

–Con madame Tivoli.

–Con madame... –repetí.

Mi madre ya venía corriendo hacia la puerta.

–¡Llega temprano, llega temprano! –dijo, y se deshizo rápidamente de la mujer.

Volvió al salón y fue allí donde finalmente me encaré con ella.

–Madre, ¿qué está pasando aquí?

–Nada, osito.

Pero yo era el hombre de la casa.

–Dímelo ahora mismo.

Y lo hizo. Con una voz falta de vida, insinuando una rabia demasiado grande para expresar, me explicó exactamente por qué una señora rica había venido a verla de aquella forma tan misteriosa por la mañana, y por qué esperaba otra esa misma tarde. Y tras decírmelo, me entregó su tarjeta como prueba y me dijo:

–Que sea la última vez que me hables en ese tono. Y ni se te ocurra decirme que te parece bochornoso ni que te sientes disgustado o avergonzado... No tiene nada que ver contigo. Tiene que ver con Mina. Y ahora lleva el té a la cocina y ve a despertar a tu hermana. Si no estará de mal humor todo el día.

Se sentó de lado en la silla como si todavía llevara polisón. Pertenecía a una generación que había aprendido a sentarse de esa forma en su juventud y seguía haciéndolo por costumbre y porque todavía creía que esa pose tan anticuada era la esencia de la belleza. Las mujeres que se sentaban así ya están todas muertas.

Su tarjeta de visita lo decía todo, tan extraña y sencilla como una luz eléctrica: *Madame Flora Tivoli, vidente*. Tras pasar tantos años sentada en el cuarto de coser tratando de hablar con el pasado, con su marido perdido, con su infancia perdida, su hijo que crecía hacia atrás en el tiempo, ahora, por el bien de su hija buena, bella y normal, iba a ganarse un sueldo en comunión con el futuro.

En cuanto a Hughie, seguíamos más unidos que nunca y también nos metimos juntos en nuestras propias aventuras. Éramos hombres jóvenes, a pesar de lo que podía insinuar mi apariencia, y vivíamos cerca de uno de los lugares más crudos, sucios y bulliciosos en la tierra: la costa berebere de San Francisco. Se encontraba al este del barrio chino, donde había estado la vieja plaza de la ciudad, lo bastante cerca del muelle para que los marineros salieran tambaleándose de sus barcos, se gastaran todo el dinero en bebida y putas, y volvieran tambaleándose antes de que amaneciera. El tipo de lugar donde los bares ofrecían un billete de veinte a cualquiera que avistara a una camarera con las braguitas puestas. Desde que éramos niños nuestros padres nos habían advertido que no nos acercáramos y en la iglesia, los pastores hablaban en voz baja acerca del vicio que corría por ahí, y los líderes locales no paraban de inventarse toques de queda para mantener alejados a los jóvenes. Claro que nosotros íbamos en cuanto podíamos.

Nuestras primeras excursiones a la costa berebere fueron unos fracasos inocentes. Éramos un par de simplones y cuando una camarera rubia despampanante nos ofreció la llave de su casa para visitarla después del trabajo, no dudamos en aceptarla.

–¿Puedo confiar en vosotros, señores? –nos preguntó mordiéndose el pintalabios de la boca y nosotros asentimos con credulidad.

–Bueno, no puedo daros la llave sin más, así que ¿qué pensáis darme para que pueda confiar en vosotros?

Le ofrecimos dinero, y finalmente quedamos en darle veinte dólares. La camarera nos sonrió, dejó la llave encima de la mesa y nos susurró su dirección. Hughie y yo estábamos rebosantes de alcohol y risitas cuando llegamos a la pensión a las dos de la mañana, pero a las dos y media ya estábamos sobrios y solemnes. La llave no encajaba en ninguna cerradura en todo el edificio y ya habíamos dado la vuelta a media manzana, probando cada una de las puertas, cuando la gente empezó a gritar desde las ventanas y caímos en la cuenta de que nos habían engañado. Más adelante, de camino a casa después de tomar unas copas, veíamos a jóvenes como nosotros probando de abrir puertas por toda la ciudad y entonces nos tocaba a nosotros reírnos de la lujuria y la locura juvenil.

Todavía recuerdo un detalle de aquellos días embriagados que me hacía perder los estribos: en cada bar, en cada taberna de mala muerte, vi anuncios de los proveedores de Klondike para la nueva fiebre del oro: Cooper & Levy. Levy, Levy, ese nombre que resplandecía en mi cara cada noche. Lo interpreté como un emblema de mi propia demencia, un mejunje de sustancias químicas en mi cerebro. ¡Qué rabia: todavía no podía olvidarla, ni siquiera aquí!

Una noche, los compañeros de Hughie de la universidad (que creían que yo era su tío) nos llevaron a un burdel de verdad. No recuerdo cómo era por fuera; todos parecían iguales. Había que llamar a un timbre y entonces aparecía alguna mujer negra y dulce que te conducía hasta un salón que se abría amplio a tu izquierda, y allí (siempre era igual) te encontrabas con una habitación decorada con tanta exuberancia y de forma tan llamativa que parecía que estuvieras entre los ricos de Nob Hill que, coincidiendo tanto en gusto como en presupuesto, compraban los muebles en las mismas tiendas que las madamas de la calle Pacific. Una vez dentro del salón, salía la dueña de la casa a recibirte. Siempre se trataba de mujeres encantadoras como solían ser las mujeres de antes. No eran delgadas y quebradizas, Sammy, como las que te gustan a ti, y siempre eran rubias.

–Señores, ¿cómo desean que les plazca esta noche? –nos preguntó.

Llevaba un vestido largo y amarillo cubierto de una malla fina y negra perfilada con unas hojas grandes, como si se le hubiesen quedado pegadas durante una tormenta. Entre sus pechos temblorosos vi un colgante en forma de cardo. Era robusta como una botella pero se movía con una ligereza agradable, sobre todo la forma que tenía de llevarse la mano a la mejilla, como si estuviera llevando a cabo algún encantamiento privado debajo de la oreja. Uno por uno nos desvalijó los bolsillos con los ojos y creí percibir una sensación de alivio en ella; sólo éramos unos cuantos chicos jóvenes y fáciles de complacer.

–¿Qué os parece una virgen? –ofreció con picardía–. Tenemos una chica muy dulce con nosotras. Ahora mismo se está bañando, así que tardará un poquito. Claro que os saldrá mucho más...

–No, gracias –repuso Hughie con aspereza.

No era la primera vez que nos echaban el mismo anzuelo.

Parpadeó y sonrió. El latigazo de desafío de Hughie pareció divertirle. No, me equivoco: le conmovió, le ablandó. Nos brindó un tono nuevo, más grave, con una sonrisa borracha.

–Pues entonces chicos, quizá podamos llegar a un acuerdo más apropiado. He instalado unos agujeros en su habitación. Un caballero de campo acaba de ir a su encuentro, pero está bastante excitado y no sé si va a aguantar mucho, de modo que os podría hacer un buen trato.

Un buen amigo de Hughie, Oscar, un tipo alto y con aspecto de dragón, le dio las gracias y rehusó la oferta en nombre de todos, aunque Hughie parecía nervioso e intrigado. La mujer intentó engatusarnos para que tomáramos cerveza en botella y medias pintas de alcohol a un precio muy elevado, y entonces nos enseñó el Wurlitzer fascinante que tenía en el aparador, que sólo aceptaba peniques y monedas de cinco centavos. Se trataba de otra forma de derrochar dinero en un burdel y sólo nos llegaba para una cosa. Hughie dijo lo que uno siempre decía en estos sitios:

–¿Nos permite ver el surtido?

La mujer, madame Dupont se llamaba, se volvió y gritó lo que las madamas llevan gritando en San Francisco desde siempre:

–¡Tenemos compañía, chicas!

Los otros chicos se habían vuelto para mirar cómo bajaban las chicas por el arco iris de la escalera, pero sin saber por qué, yo me había quedado cautivado por madame Dupont. Cuando miró hacia arriba a sus rameras, satisfecha con su colección de juventud, proyectaron una sombra que le hizo enflaquecer el rostro y le oscureció el tocado, y en un instante la reconocí. El colgante en forma de cardo. Debí de hacer un ruido; se volvió hacia mí, el rostro alabeado por el tiempo como si mirara a través de un cristal deformado, y estuve a punto de soltar una carcajada cuando me di cuenta de quién había sido esta mujer tan orgullosa y empolvada.

–¡Así que has estado enamorado, Max! –observó Mary, ya que seguro que ya habrás adivinado que se trataba de mi vieja criada chismosa que, con un acento ligeramente desplazado hacia el sur al francés y el pelo rubio de bote («decidí volver a su color natural», como decía ella), ahora se hacía llamar madame Dupont.

–¿Cómo?

Los chicos ya habían subido arriba, habiendo tomado su tiempo para escoger entre las chicas que, en esta casa en concreto, llevaban negligés de satén hasta justo debajo de la cadera y gorros largos de dormir como si acabaran de levantarse de sus camas sensuales. Esperé el último timbrazo de la caja antes de revelarme a mi vieja criada. Durante un instante se le desmoronó el maquillaje y la vieja sirviente irlandesa se alzó como una bruja gaélica de un lago, pero enseguida se asomó de nuevo la madame y me estrechó la cara entre las manos y me besó, dejando manchas de leopardo en la frente. Me regaló una botella de champán (todo un lujo, pues era uno de sus artículos más lucrativos) y me informó que yo había estado enamorado.

–¿Cuántos años tienes ahora, Max?

–Tengo veinte años.

–Veinte años. Dios, todavía pareces... es decir, es impresionante. Si no lo llego a saber, hubiera pensado que eras un hombre de mi misma edad –dijo, sonrojándose y llevándose un dedo a la nariz–. Claro que tampoco paso mucho de los veinte.

Había vuelto el viejo acento, brotando como un cardo salvaje.

–En serio, tengo veinte años.

Alzó la cabeza y mi vieja criada había desaparecido. Volvía a ser una mujer con un corazón irrompible. Las perlas se le hundieron en los pliegues de la piel, aquellas señales de belleza que antes llamábamos Aros de Venus.

–¿Debería envidiarte, Max?

–¿Cómo?

–Deberías haber sido mujer –dijo, examinándome con la misma atención con la que seguramente examinaría a cada una de las chicas en el piso superior que, igual que ella, habían huido de trabajos domésticos mal pagados, u hombres, o familias–. Lo sé, y de primera mano. Una mujer, lo único que tiene es su juventud, y si es lista, invertirá en ella y sacará todas las joyas que pueda ganar. Yo tengo un zafiro de un príncipe, Max, y me lo regalaron cuando tenía veintiséis años. Sí, cuando trabajaba para tu familia. Cuando tus padres iban a pasar el fin de semana en el hotel Del Monte, yo subía a hombres a mi habitación para ganarme un plus. No te escandalices. Todas las criadas lo hacen, hasta las de buena familia.

Intenté llevar la conversación hacia donde yo quería.

–¿Cuándo dejaste de ser criada, Mary?

–¡Criada! ¡Vaya pregunta! ¡Ja! Querrás decir sirviente. Después de que tu abuela me echara a la calle.

–Pero si te vi en el muelle de Meigg.

Ladeó la cabeza.

–¿Y llevaba un vestido de criada?

–¿No te acuerdas? Iba con mi padre y tú tenías un lirio...

–Eso no es más que un viejo truco, Max. Cobré mucho más haciéndome pasar por criada de lo que jamás gané cuando lo era de verdad. A los ricos les gustaba ligar conmigo. Así me busqué la vida hasta que logré entrar en una casa. Y entonces conseguí ésta cuando murió madame Dupont. En fin, estábamos hablando de ti.

–¿Has tenido una vida dura, Mary?

Me fulminó con la mirada.

–No tienes derecho a hablar de mi vida. Sea como sea, poco iba a hacer con los restos que me dejó tu familia.

–Yo no...

–¿Está muerta tu abuela?

Asentí con la cabeza y le conté que también había desaparecido mi padre y que mi madre y yo, tras nuestro cambio de fortuna, vivíamos en la vieja casa de South Park.

–Supongo que no lo sabías. Vivimos en mundos completamente diferentes.

–Hombre, no tanto. Tú estás en este salón, yo estoy en este salón. Yo diría que se trata del mismo mundo.

–Yo... este...

Volvió a cambiar de tema.

–¿Más champán, querido? –me preguntó sonriente.

Y así fue durante todo el rato que estuve hablando con ella, con la vieja y alegre Mary que se asomaba y desvanecía como las farolas que habíamos visto a lo largo de la calle Pacific esa misma noche, brillando y disipándose con las ráfagas de niebla. Tal vez se había convertido en eso, precisamente: un retrato con truco que parpadeaba entre las mujeres que podría haber sido.

–Te estaba diciendo que hubiera sido mejor si fueras mujer. Habrías sido fea de joven.

–Ya era feo de joven.

–Y sigues siendo joven, pero para una chica, sería una suerte. Ya me gustaría haber sido fea. Las chicas feas no tienen que preocuparse por casarse ni por tener hijos, a no ser que se desesperen. Y tú no te desesperarías, Max, porque sabrías que tu mejor momento de belleza te queda por delante. Que tu encanto de verdad te vendría cuando fueras viejo y sabio. Ser atractivo y feliz a la vez.

–No soy ninguna de las dos cosas.

–Así es la vida, chico. ¿Debería envidiarte?

Su mirada, avivada por la luz de su colgante de diamantes, se rompió con la llegada de un individuo extraño al salón. A primera vista, parecía una señora de limpieza encorvada, pero no tardé en darme cuenta de que se trataba de un hombre que llevaba un vestido a cuadros, un pañuelo, un delantal y un gorro. Entró con un plumero y un cubo de la basura. Madame Dupont se levantó sin inmutarse y le plantó un beso en cada mejilla antes de darle instrucciones explícitas acerca de las habitaciones que requerían más atención. Lo trató como si fuera un sirviente querido y el individuo, que tenía el mismo aspecto soso y bigotudo como cualquier hombre en la calle Market, asintió con la cabeza con lealtad mientras le hablaba. Cuando hubo terminado, el hombre le entregó una moneda de oro y abandonó la sala. La moneda apenas tuvo tiempo de brillar antes de que se la metiera en el bolsillo con la misma rapidez que un mago. Entonces se volvió hacia mí, sonriente pero formal.

–Ya lo ves, Max. Ahora la gente me paga para ser mi criada. Las cosas cambian, chico.

No volvió a sentarse a mi lado. Recogió las copas vacías y dijo:

–Nunca quiero volver a verte por aquí.

Estaba recogiendo el salón sin siquiera mirarme. Aquellos adornos y cursilerías tan horribles de su profesión volvieron a sus tristes lugares habituales; limpió una huella dactilar de la parte trasera dorada del arpa automática. Y dentro del burdel de madame Dupont, las barras volvieron a cerrarse detrás de las ventanas, preparándose para el próximo timbrazo, la próxima entrada de la criada negra y el próximo grupo de hombres risueños. Habló mientras seguía ordenando el salón:

–A una mujer como yo le gusta pensar que siempre ha sido como es. Y el día que pase de ser una mujer mundana a una dama mundana, yo misma creeré que siempre lo fui. Que no te vuelva a ver por aquí.

Cogí el sombrero del perchero. Me lo coloqué encima de mi cabeza de anciano y, no sabría explicarte por qué, me puse a llorar. Los monstruos también lloran. Mary se ablandó enseguida.

–Soy demasiado bruta –dijo con el ceño fruncido, cogiéndome del brazo–. Pero es por tu aspecto, como un policía que pretende cerrar un trato. Vamos, no te lo tomes así. Mira qué desdichado eres. ¿Te correspondió ella? No, por supuesto que no. Ni a ti, ni a ninguno de nosotros, nunca es así. Bueno, vamos. Voy a buscarte una chica, aunque nunca sirva de nada, Max. Y la próxima vez pagarás como el resto.

Y fue fiel a su palabra, por supuesto. Pagué cada una de las muchas veces que acudí a su burdel a lo largo de los años.

En un santiamén me encontré en la escalera, dejándome guiar hasta el rellano donde me esperaba una jovencita sonriente con ojos felinos. No la recuerdo con nitidez. Tenía una pluma larga y no paraba de moverla perezosamente en el aire. Levantó una mano y me hizo señas con un dedo. Recuerdo que me sentí atraído hacia ella como por arte de magia, pues seguía siendo joven, triste y ansioso de que me reconfortaran.

–Max –oí a mis espaldas y me volví para mirar hacia abajo a Mary.

Curiosamente triste estaba mi vieja rubia, y ¿quién sabe por qué? Quizá se debiera a la oportunidad perdida de mi condición, la penuria de la edad cuando avanza, o quizá sólo fuera por el aire triste de polvos dorados que la rodeaba.

–Ya sabes que me alegro de que hayas venido –dijo por fin mi vieja criada, con la barbilla levantada a la luz del gas–. Toda mi vida he creído que el tiempo no estaba de parte de nadie.

Me he visto interrumpido por la fortuna y debo escribir lo que ha pasado. Sammy, se trata de una noticia maravillosa: es posible que pronto sea tu hermano.

La señora Ramsey, ese encanto de mujer, todavía no ha dicho nada, pero durante una de mis noches largas en vela (la vejez no premia todas las salchichas de frankfurt que me dan de comer), decidí hurgar en su escritorio. No creas que fuera la primera vez que se me había ocurrido, pues llevo años ejerciendo de delincuente juvenil, pero hasta hace poco no descubrí dónde guarda la llave. ¿Ya la has encontrado, Sammy? ¿O eres de esos chicos, esos chicos felices, que no sientes curiosidad por todos los secretos que se guardan a su alrededor? Si es así, explicaría cómo he podido mantener en secreto este diario desde hace tanto tiempo. En cualquier caso, encontrarás la llave en el cajón de ropa blanca debajo de la mantelería de Navidad. Allí la encontré anoche, acompañado de *Buster*, que me siguió sumiso hasta el despacho.

Allí, en el escritorio, encontré algo asombroso: unos formularios de adopción. Ha empezado a rellenarlos, al menos ha escrito en mayúsculas su nombre con su letra formal y victoriana. Creo que mi fecha de nacimiento la debe de haber dejado perpleja; sólo hay una raya de tinta como si se lo estuviera pensando y el peso de la pluma hubiera caído encima de la página. Intentaré despistarla en lo que se refiere a mi cumpleaños: se supone que cumpliré trece años en septiembre. Puse los formularios debajo del morro de *Buster* y los olió con admiración a la luz de la luna.

–Voy a conseguirlo, *Buster* –le susurré, acariciándolo entre los ojos, haciendo que los cerrara de placer–. Voy a estar junto a mi hijo.

Un gruñido de placer del perro.

¡Hermanos! ¿Te haría ilusión, Sammy? ¿Compartir tus pantalones cortos? ¿Romper tu trineo? ¿Que te haga los deberes en nuestro paseo enérgico por el aguanieve de febrero? No vale la pena preguntártelo, ni siquiera en la intimidad de tu habitación, ni siquiera cuando estamos tendidos como submarinos bajo la medianoche con sus rayas de cebra. Tú eres la clase de chico, Sammy, lo eres, lo eres, la clase de chico que romperá el corazón de cualquiera que te lo entregue.

Así que esta noche he celebrado un poco; un error. Habiendo estudiado el terreno de esta casa a fondo en mis andanzas nocturnas, ya sabía dónde se encontraba el escondite de la ginebra de contrabando y me he preparado un pequeño Martinez (así se llama en San Francisco, donde se hacían originalmente con marrasquino, un ingrediente que se ha perdido junto con la «z»). Lo he sorbido de un vaso de zumo mientras mamá preparaba la cena. ¿Y por qué lo he hecho, si hacía tiempo que no probaba ni gota de alcohol? No lo sé, mi lector tenaz. Quizá el viejo estuviera cansado.

El alcohol me ha vuelto más cálido y amable. Durante la cena, he estado sonriendo en silencio, mirando demasiado profundamente a los ojos de mi futura madre. No he podido dejar de pensar en aquellos formularios, la posibilidad de tener una familia, una casa. La señora Ramsey me ha mirado con los ojos entrecerrados, preocupada, y me ha devuelto la sonrisa. Cuando te has puesto a contar chistes, Sammy, yo me he reído junto a tu madre, pero por alguna razón los dos me habéis mirado extrañados. Y entonces he descubierto que estaba sentado con los pies encima de la mesa, el vaso de zumo alzado encima de la cabeza, desternillándome de la risa como una ramera en un bar. Mi querido lector, estaba borracho como una cuba. Me he calmado y he adoptado una pose más sobria, pero estaba perturbado. Está claro que este nuevo cuerpo que tengo nunca ha oído hablar de un Martinez.

Por suerte, la señora Ramsey ha ido a buscar el helado y cuando ha vuelto, ha sacado el tema de mi estancia con ellos. No cabía en mí cuando me ha mirado y me ha dicho:

–Oye, jovencito, hace tiempo que estás con nosotros, ¿verdad, Sammy?

–Ni que lo digas –ha rezongado él, chafando el helado con la cuchara.

–Y os lleváis bien, ¿no, pecadores? ¿Cuando os quedáis cuchicheando hasta tarde? Sabéis perfectamente que os oigo.

–El que cuchichea es él. Mientras duerme. Si es un bicho raro.

–Ya vale, Sammy –ha dicho la señora Ramsey.

–¿Y qué digo? –he gritado, demasiado fuerte, creo.

Sammy ha puesto helado en la cuchara, lo ha sorbido ruidosamente y me ha imitado el rostro con una habilidad pasmosa.

–¡Quédate, por favor, quédate, quédate!

El helado se me ha enroscado en las entrañas como una serpiente. He decidido que lo mejor sería reírme, pero he perdido el control y me he convertido en una hiena maníaca.

Sammy se ha reído con sorna.

–¿Y a ti qué te pasa, cabeza de pato?

La señora Ramsey me ha clavado la mirada con un interés avispado y entonces ha soltado una risa desconcertada.

–¡Dios mío, si está borracho!

Ha encontrado mi vaso y en él ha olido a sus viejos amigos, la ginebra y el vermut. A Sammy le ha entrado su propio ataque de risa. Luego me han llevado hasta el fregadero donde he recibido un sermón corto y una cucharada de pimienta negra para cubrir mi lengua espantosa y aquí estoy, «castigado sin salir» una semana.

No me supone gran castigo, este cabeza de pato pocas veces se aventura a salir, pero he caído en desgracia, y lo peor, lo peor de todo, ha sido cómo me ha mirado: la tormenta espesa de la duda. No de mi comportamiento, sino del suyo, por haber considerado, aunque sólo fuera por un instante, acoger a este bicho salvaje en su vida. Oh, señora Ramsey, repiénselo. No sabe qué distancia he tenido que recorrer para llegar hasta aquí.

Tengo que dejar de escribir. Está claro que todavía estoy borracho.

La mañana siguiente. Un poco de resaca. No todo se hace cada vez más joven conmigo. Sammy, por extraño que parezca, está muy cauto conmigo y creo que le impresiona que haya encontrado la ginebra. No, no pienso decirte dónde la guarda. Deja que garabatee una pequeña historia antes de que este dolor de cabeza acabe conmigo.

–Tenemos que ir, viejo –me dijo Hughie una noche mientras tomábamos unas cervezas–. Será la última vez.

Habían pasado años y los dos habíamos cambiado, más viejo, más joven respectivamente. Estábamos sentados en un bar cerca del piso de soltero de mi amigo, soplando la espuma de nuestras cervezas negras. Era un lugar de encuentro habitual, en aquellos años antes de que nos distanciáramos, pero esa noche Hughie tenía un objetivo. Sacó un periódico y, a pesar de que ya fuera todo un hombre, vi una angustia juvenil en su rostro cuando me mostró un artículo en la página tres.

–Tenemos que ir –me dijo, parpadeando y estremeciéndose del recuerdo.

Fue el Hughie de antes, un Hughie joven y con la nariz colorada como una fresa, el que me informó que iban a derribar nuestros jardines de Woodward.

Los jardines llevaban mucho tiempo cerrados. El profesor Martin había hecho su última ascensión hacía años, levantándose del suelo dentro de su gotita metálica ingrávida ante el asombro de aquellos últimos niños, lanzando sus últimas rosas de papel a la última multitud que saltaba a sus pies. Entonces una desgracia todavía sin esclarecer hizo reventar la tela ondulada de su nave y lo envió, un pedacito de purpurina que revoloteaba, a su muerte contra el suelo. Ningún ascensionista le sustituyó. Y tampoco hubo monos que sustituyeran a los que habían ocupado la casa Familia Feliz que, tras años de hostigar a los victorianos orgullosos con su *commedia dell'arte* pagana, fueron encontrados una mañana envueltos en un abrazo colectivo de la muerte. El mismo Woodward murió a finales de los ochenta y fue gracias a la furiosa lucha interna de sus hijas que los jardines siguieran abiertos para los pocos acróbatas y lanzallamas que quedaban, para los últimos que quisieron visitar el dromedario cuya joroba se había quedado calva de forma barberil. De modo que se trataba del último espectáculo: una subasta de cada pedazo de yeso y lo que habían llamado «el traslado de los animales».

Sabía perfectamente qué quería decir: se trataba de la última posibilidad que me quedaba de verlo antes de que se lo llevaran, a mi viejo *Jim Hocico Rasgado*, el salvador de mis fantasías digamos infantiles.

Llegamos justo a tiempo para ver el coyote encogido de miedo en el anfiteatro triangular. La tribuna estaba llena de hombres, conllevando las suaves serpentinas de la lluvia, y Hughie y yo tomamos asiento y miramos cómo un hombre joven armado de un bozal se acercaba al animal enjuto y cubierto de barro. «El traslado de los animales» era una especie de rodeo, o algo por el estilo. Habíamos venido a ver cómo ataban, acorralaban y encerraban a nuestros animales favoritos para llevárselos a sus nuevas casas. Para nuestra sorpresa, el coyote ni siquiera se movió; se quedó paralizado mientras el hombre se acercaba muy lentamente. A cada momento creíamos que oiría los aullidos de la manada en su sangre, pero no fue así. Se quedó temblando bajo la lluvia y olisqueó una piedra. Inclinó la cabeza para que le pusieran el bozal y se lo llevaron por la tribuna, lamiendo la mano de su nuevo amo.

No nos hizo demasiada gracia. La próxima fue la leona, que había sido subastada a un miembro de una sociedad secreta china (tú hubieras dicho que era un «mafioso», Sammy, y lo hubieras admirado como un héroe). La leona y el oriental entraron juntos en la pista, como si estuvieran llevando a cabo algún ritual romano extraño, y me sorprendió mucho la pereza en el andar del pobre animal y el objeto que sacó el chino del bolsillo del traje: una pistola. La llevó al rostro suave y bizco de la leona y disparó una sola vez. El animal cayó redondo en la desgracia del fango. Hizo lo mismo con el jaguar y la hiena, aunque ésta intentó atacarlo y emitió unas gárgaras antes de rendirse, reducida a una pila contra el muro. Hughie y yo nos quedamos helados de la impresión.

–Dios mío, es una matanza.

–Hughie...

–Los están eliminando uno por uno.

–Quizá sólo maten a los más salvajes –dije, mirando al chino que estaba ordenando que se llevaran a la hiena, arrastrándola por las patas, el pellejo antes manchado ahora incrustado de polvo–. Quizá sea una forma de que nosotros no corramos peligro.

Pero un minuto fue suficiente para demostrar cuán equivocado estaba. Habían sacado a *Jim Hocico Rasgado*.

No quería que mi oso se hubiera vuelto tan lento ni tan viejo. No quería ver cómo arrastraba los pies por las tablas de madera cuando abrieron la puerta; no quería ver cómo se balanceaba por el placer olfativo y senil que le producía la comida que le habían preparado (suficientes zanahorias y carne de caldo para una guarida llena de osos), ni quería verle la boca cuando miraba hacia nosotros y bostezaba, mostrando cómo sus dientes de anciano se habían gastado casi hasta las encías. No quería ver cómo parpadeaba con los rayos de sol que se asomaban, ni cómo lamía el aire hasta que decidió reclinarse contra una roca falsa a disfrutar del calor. Su guarda había lanzado un pedazo de cuerda dentro del corral y *Jim* no dejaba de mirarla mientras intentaba dormitar, y finalmente decidió que merecía la pena investigarla, pero yo no quería ver cómo daba manotazos al cáñamo anudado con curiosidad hasta rendirse a un impulso juguetón innato, ni cómo se sentaba sobre las ancas y se ponía a lanzarla de una pata a otra como si fuera un día cualquiera de su vida. No sabía qué tipo de pena debía sentir por *Jim Hocico Rasgado;* al menos él no era consciente de si era joven o mayor. Sencillamente era una pata con una cuerda. Le trajeron hígado en una fuente de plata pero no le hizo ni caso. Volvió a salir el sol haciendo que le resplandeciera el pelaje. Unos momentos más tarde, salió el alemán con la pistola.

La multitud se puso a chillar. Hughie y yo estábamos golpeando el aire con nuestras voces, tratando de impedir que lo hiciera, pero el resto de los hombres gritaban consejos: «¡Acércate más!». «¡Mueve el hígado!» «¡Apunta a la cabeza, la cabeza!» «¡Dale en las patas!» *Jim* ni se inmutó, pues ya estaba acostumbrado a toda clase de multitudes, pero el alemán se puso nervioso. Trabajaba de carnicero en North Beach y tenía intención de vender la carne de *Jim* a restaurantes especializados para obtener una ganancia cuantiosa. Con esa barba y las manos agrietadas, antes me lo imaginaba en un cuarto interior con una fregona ensangrentada en la mano que bajo cinco gradas de espectadores medio borrachos. Permaneció con las piernas separadas en la pista, mirándonos con la pistola en la mano a su lado.

–¡Callad, vosotros! ¡Ya sé todo lo que tengo que hacer! –gritó a la muchedumbre con fuerte acento–. ¡No necesito consejo! ¡Yo le clavo directo en las posaderas!

Y eso fue precisamente lo que hizo, justo en el momento en que *Jim* dejó caer su lengua delicada a la fuente de hígados. El carnicero amartilló la pistola, temblando de nervios, y tras espirar bruscamente, le disparó, dándole en la zona de las ancas. El viejo oso dio un rugido largo y ronco y empezó a dar vueltas, tosiendo y gruñendo. La sangre empezó a salir a chorros, dejando una floritura en las tablas. El alemán se lo quedó mirando sobresaltado mientras la multitud gritaba alegremente al oso como aquellos que gritan a las mujeres desgraciadas que se suben a los alféizares de los edificios altos, exhortando que ocurra algo, algo terrible, lo que sea. *Jim* se percató de la multitud y se puso a gañir como una foca. Algunos hombres se rieron. Entonces, mi viejo amigo cogió la cuerda entre los dientes y se dirigió a la entrada de su cueva y se metió dentro. Encima del escenario, había dejado una estela larga y roja de sangre.

La marabunta empezó a gritar consejos, enloquecida. El oso se había ido a hibernar de la muerte. El alemán se había quedado paralizado, salvo un tic nervioso en el labio. La hora de la batalla se le estaba agotando y el público no estaba dispuesto a consentirlo. «¡Asústalo para que salga de ahí!», gritaron, y «¡Deja que duerma!» y «¡Ya está muerto! ¡A por él!». Un hombre gritó «¡A cantar, viejas zapatillas doradas!», y la muchedumbre vomitó carcajadas, dado que eso es lo que el público solía gritar a los juglares aburridos. Pero nadie se movió en el foso a nuestros pies.

Años después, cuando hablábamos del tema en una tienda de campaña en algún lugar en Nebraska, Hughie, calvo con las sienes canosas, y yo, rubio y juvenil, llegamos a la conclusión de que la imagen que nos había quedado grabada en el recuerdo no era de cuando *Jim* salió a toda prisa de la cueva un minuto después, aterrorizando al pobre pistolero alemán y tambaleándose a ciegas por el perímetro del escenario. Y no era de cuando mi oso se ciscó en el suelo después de que le acribillaran de nuevo a balazos, ni de cuando se desplomó formando una montaña atemorizada de gañidos. Tampoco eran los diez minutos que pasamos mirando cómo su sangre se escurría por la madera, formando un charco en una pila de hojas antes de empaparlas y seguir deslizándose hasta la pared, esa eternidad espeluznante que tardó *Jim* en desangrarse del todo. Lo que mejor recordábamos era el escenario antes de que volviera a entrar, con la sola presencia de un cazador y unas salpicaduras brillantes de sangre. Una escena sacada de una ópera infantil. Recordábamos cómo el sol iluminó el serrín del punto exacto en que *Jim* iba a hacer su salida a escena. Cómo todos gritábamos por él. La paja, la cerveza, la espera ilusionada a que saliera la estrella. La emoción cuando su sombra se proyectó sobre el suelo donde iba a morir.

Nos fuimos mientras *Jim* yacía sobre el suelo rodeado de una pila de su propia sangre y excrementos. No podía mirarlo más. Lo único que oí fueron los gritos que el alemán profería al público que aplaudía, y me imagino que debieron de llevarse a mi viejo *Jim* a rastras del foso en el que el animal había actuado durante veinte años. Estoy convencido de que murió desconcertado. Estoy convencido de que no guardaba ningún recuerdo de su infancia en Yellowstone o dondequiera que nació, ni de su vida en las calles con un aro en la nariz. Estoy convencido de que no sabía que se había hecho mayor ni que nadie lo quería ya. Murió en la más llana confusión, pensando quizá que todo aquello desaparecería si volvía a hacer su viejo número para el público, si mantenía en equilibrio un cacahuete en el hocico o si bramaba a los cielos, pero debía de estar cansado. O quizá creía que cuando abriera sus ojos fatigados, se encontraría en un bosque lleno de árboles y riachuelos llenos de salmones, abejas zumbadoras y osos errabundos. Pues estoy convencido de que llevaba más de treinta años sin ver a otro oso.

Hughie se casó en enero de 1898 y tres meses después se fue a la guerra. Fue una ceremonia agradable e informal que celebraron en casa de los padres de la novia en el Fillmore; la hora: las tres y media. Hughie y yo nos vestimos con levita, pantalones de cachemir a rayas, botas de charol, guantes marrones de piel de cabrito, y sombreros de copa, por supuesto (ya oigo tus risitas, Sammy). Hughie llevaba una espiga enorme de algodoncillo en el ojal que tenía la misma forma desgraciada que Prusia, que, al igual que esa nación difunta, amenazaba con invadir el resto de la levita. La novia era una belleza mofletuda con los ojos cansados típicos de una lectora ávida. Hija de un director de periódico, la joven, al igual que aquellas criaturas extrañas que existen sólo en el punto en que el agua dulce se encuentra con el océano, se vestía y caminaba como una chica de alta sociedad pero daba codazos y se reía a carcajadas como una costurera. Llevaba un vestido blanco y un sombrero, en lugar de un velo, porque poco después de la ceremonia los novios partieron en carruaje a un destino que sólo sabía yo. Me adelanté para encargarme del equipaje y pagar a los maleteros y cuando llegó Hughie de la mano de su nueva esposa, parecían completamente asombrados de sí mismos, como si acabaran de hacer algo nunca antes conseguido. El cochero dijo que los invitados habían lanzado zapatos y que uno había caído en el interior del carruaje: una señal de buena suerte. Un zapato izquierdo, según me informó la novia, era mejor aún. El cochero sacó el artículo en cuestión: efectivamente, un zapato izquierdo. Intercambiamos besos, promesas solemnes, y con una espiración de vapor, se marchó mi juventud.

¿Por qué se casó? No lo sé; por amor, supongo, o algo así. Es algo que hacen los hombres jóvenes, después de todo. Pero la boda de Hughie tenía un elemento ganado a pulso, casi como si hubiera cerrado los ojos y se hubiese zambullido hacia atrás para alejarse de su vida. Algo triste, ¿comprendes? No sé cómo describirlo. Lo único que puedo ofrecerte es un fragmento que recuerdo, uno de los muchos de la ventisca de días que vivimos juntos, de una noche que en aquellos tiempos no me pareció importante.

Yo estaba borracho y enfadado. Todo había empezado horas antes, por la tarde, cuando había llegado a casa (a pie, además, para ahorrar dinero) tras un día deprimente en Bancroft's para encontrarme con un recital de piano en pleno auge en mi salón, que estaba lleno de señoras vestidas con tafetán y sombreros rígidos adornados de plumas y un cuerpo de niñas con sus cuellos grandes de encaje. Una niña confiada estaba sentada delante de su instrumento destrozando una pieza de Mozart y observé cómo le bailaban los tirabuzones de oro blanco a la luz eléctrica antes de darme cuenta de que se trataba de mi Mina. Feliz, querida, ignorante de la vida: mi Mina. Noté una presencia a mi lado, una mujer fea vestida con un brocado cargado. Echó un vistazo a mi ropa desgastada de oficinista y dijo:

–Oiga, usted, vaya a buscar más pastel para las niñas.

Entonces se alejó de mí. No la conocía de nada, pero conocía bien el tono de voz: el de una mujer que está acostumbrada a tratar con criados como yo. Yo tenía veinticinco años.

Me fugué a casa de Hughie. Por esa época ya ejercía de abogado y era dueño de una casa que parecía sacada de un cuento de hadas; era tan absurdamente pequeña y que yo la llamaba «La Calabaza». Las calles estaban oscuras, igual que su casa, de modo que di unos golpecitos en la puerta. No hubo respuesta. Siendo su mejor amigo, tenía una copia de la llave así que la abrí y pasé. Pensé que quizá me prepararía un tentempié y un jerez.

–¿Hughie? –llamé, pero no hubo respuesta.

Entonces vi la luz trémula que venía de la biblioteca, la luz de la chimenea que oscilaba como el agua en el pasillo, y me pregunté si se habría quedado dormido. Recorrí el pasillo como un huracán y entré en la biblioteca. Era un joven tan egoísta que ni siquiera se me ocurrió que Hughie quizá estuviera acompañado.

Y lo estaba. Había una carta. La tenía cogida con las dos manos como si fuera el cadáver minúsculo de una amante, y la estaba mirando fijamente como si un nuevo aliento pudiera devolverle la vida. Una carta sencilla, un folio. Hughie sólo llevaba unos pantalones de traje, una camisa y un fular desatado. Estaba apoyado en el brazo con forma de cabeza de esfinge de su sillón egipcio ridículo en una postura de algo que se fortalece contra un desplome. Las llamas emitían una luz inquieta por toda la habitación, puliendo y deslustrando los objetos a nuestro alrededor. Oí un ruido que venía del sillón, como si mi amigo se estuviera ahogando suavemente. Reconozco que ahora sólo veo estos detalles en retrospectiva; en aquellos instantes, lo único que me preocupaba era el jerez que guardaba en el armario.

–Eh, Hughie, ¿no piensas invitar a un amigo a una copa?

Se estremeció, sobresaltado, y yo era tan idiota que me reí. Pero no estaba de cara a mí, sino de cara al fuego, y con el mismo gesto que si la introdujera en un buzón, depositó la carta con cuidado entre las llamas. Luego dio una sacudida hacia atrás y un segundo después alargó la mano como para cogerla. Pero la carta fue zarandeada por la cascada de fuego y, salvo un pequeño fragmento, ardió formando una especie de película fina que subió flotando por la chimenea en un pedazo.

–¿Y eso qué ha sido? ¿No tienes ningún tronco?

Ahora oí que se reía.

–Ve a ponerme una copa, viejo –me dijo.

–¿Quién es el anfitrión en esta casa?

–Por una vez, lo serás tú. Estoy agotado. A ver si encuentro un poco de hachís y hacemos una pequeña fiesta. Me apetece hacer una fiestecilla.

Y eso es lo que hicimos. En cuanto volví con el whisky (había cambiado de opinión, como siempre), Hughie estaba de pie y vestido, y en la mano tenía un frasquito de su hachís potentísimo y dos pipas que estaban envueltas juntas en un pedazo de terciopelo como dos comillas enormes al principio de una gran cita. Hughie estaba radiante de la lumbre. Encontró un poco de rosbif frío y algunas patatas y entonces me entretuvo hasta tarde con sus licores y su pipa. Al principio, el hachís fue lo bastante suave para sumirnos en un sopor tranquilo. Entonces miré en el interior de mi cráneo y lo que vi me pareció tan sencillo como el interior de una sombrilla, con las mismas sombras imprecisas. Los dos nos quedamos tumbados allí en nuestra soledad, juntos, como hacen los amigos, pero poco después nos inquietamos. Iniciamos un juego de cartas, pero a medida que las horas se fueron llenando de whisky y las jugadas se fueron haciendo más absurdas, volví a sumergirme en mis preocupaciones.

–Soy infeliz, Hughie.

–Yo también –dijo, sin levantar la vista.

Toqueteé la pipa que se había dejado tendida en la mesa.

–No, tú no. Tú tienes una vida afortunada. Ya quisiera yo tener tu vida.

Habló con amargura:

–Te la regalo.

No reparé en su voz. Jamás se me había ocurrido que Hughie pudiera ser infeliz y creo que a aquellas alturas de nuestra amistad, me hubiese molestado si él hubiese desempeñado un rol tan diferente. La melancolía era mi derecho de nacimiento, no el suyo. Alcé las manos en la oscuridad encima del globo de la lámpara y dije:

–Ya quisiera yo tener esta casa estúpida y tus chicas estúpidas.

Extendí una mano hacia él y seguí:

–Ya quisiera tener tu aspecto juvenil. Ya quisiera tener ropa bonita como la que lleva la gente de mi edad en lugar de... Dios, mírame. ¡Todavía llevo los bombachos de mi padre!

Hughie siguió fumando inexpresivo.

–No me apetece hablar de tu ropa.

–Tú te las apañas de maravilla. La mayoría de nosotros nos pasamos la vida suspirando por alguna que otra mujer y nada puede hacernos felices.

Me quedé callado durante un momento, considerando qué había querido decir con aquello. Me volví hacia él y dije:

–Pero tú estás contento aunque nadie te quiera.

Eso le hizo levantar la vista.

–Cállate, Max.

Me reí.

–Vamos, ¿quién iba a quererte a ti? Con esta casa de calabaza. Imagínate que ahora tuvieras a una mujer aquí gritando que dejaras de fumar. ¡Quita los pies de la otomana! ¿Dónde has dejado tu abrigo bueno? Aquí no. Ni falta que te hace –dije, saliendo de mi niebla oscura con una sonrisa–. A ti ¿quién iba a quererte? Si eres inhumano.

No dijo nada. Se limitó a desviar la mirada hacia el trocito de papel sin quemar que seguía en la chimenea, blanco como la juventud.

–Estoy rendido. ¿Me invitas a dormir aquí esta noche? Esta vez no vomitaré.

–No.

Se levantó y se acercó al trocito de papel. Podría haber leído lo que decía si hubiese querido, pero por aquel entonces no me importaba. Estaba demasiado ocupado conmigo mismo. El pedazo de papel cayó a las llamas, inadvertido, y Hughie permaneció de espaldas a mí con la mirada perdida en la lumbre. Dijo:

–Por la mañana viene la criada y luego chismorrea con los vecinos. Ya cree que soy lo bastante impresentable para que ahora encuentre un borracho en mi sofá –dijo riéndose–. Y sí que vomitarás. Te llamaré un taxi.

–Echo de menos a Alice.

–Lo sé.

–A Alice.

–De acuerdo, Max.

–Gracias, Hughie. Te quiero.

Veía todo su cuerpo perfilado contra los relámpagos del fuego. Permaneció inmóvil durante un rato y yo también, resuelto a dormir allí mismo en el sillón, donde era feliz. El fuego hablaba, parloteando como un loco, y seguidamente se tranquilizó formando una hélice de chispas. Mi amigo, tan quedo y con ese contorno de color cobre en la oscuridad, dijo algo tan bajito que no consigo oírlo, ni siquiera ahora que han pasado más de treinta años.

Hace falta demasiada imaginación para ver las penas de las personas a quienes suponemos felices. Sus batallas reales tienen lugar, igual que las de las estrellas, en alguna esfera de luz que el ojo humano no alcanza a apreciar. Adivinar el corazón de otro es una proeza de la mente humana.

Por la mañana, no iba a acordarme de casi nada de la noche anterior y Hughie nunca hizo alusión a lo que había ocurrido. Estoy seguro de que ya había oído muchas monsergas de sus amigos drogados y borrachos a lo largo de su vida y que me perdonaba, por supuesto.

Y esa primera tarde de casado, me saludó alegremente desde la ventanilla del tren. Supongo que se casó por amor, en parte, pero sobre todo se casó por miedo, como la gran mayoría de los hombres. Pero yo no soy quién para describir el corazón de Hughie. Conoció a su esposa pocos meses después de nuestra charla, la llevó de paseo en tranvías y carruajes por toda la ciudad, comieron pollo en conchas de berberechos en ese restaurante viejo y espléndido de San Francisco, el Poodle Dog, y en menos de un año ya le había pedido la mano. A mí no me consultó sobre nada de todo esto salvo el color de sus guantes (marrones, como ya te he dicho). Pero qué curiosos son los hombres: te suplicarán a voz en cuello que no los dejes solos en el bar, pero luego van y se casan sin decir ni una palabra, como si a ti no te atañera en absoluto.

Hughie fue nombrado oficial justo después de la boda y fue a las Filipinas donde su capitán tomó Guam de los españoles en una sola tarde. Entretanto, el negocio de mi madre iba viento en popa, principalmente porque tuvo la idea (o visión, como decía ella) brillante de convertirse en especialista en los muertos de la guerra de la Independencia. Vinieron mujeres a raudales, todas con sus viejas gorras de encaje, y una vez las tuviera sentadas en la penumbra del salón, mi madre evocaba los horrores de Cold Harbour: «Hay hombres muertos esparcidos por dos hectáreas a mi alrededor y yo estoy entre ellos, mamá... No tengo piernas». Entraba en tanto detalle que a menudo las señoras, pasmadas, se olvidaban de pagarle y tenía que mandarles un recordatorio por correo al día siguiente.

Cuando cumplí veinticinco años, aparentaba tener unos cuarenta y cinco: relleno y elegante con los bigotes encerados. Parecía pertenecer a la generación de mi madre. De hecho, en 1895, nos cruzamos en edad visual y, tras saludarnos con la cabeza, seguimos por nuestros caminos opuestos hacia la vejez y la juventud respectivamente.

De lo que no me había dado cuenta era de que, a medida que mi madre y Mina se estaban haciendo mayores, aquélla con su moño canoso y ésta con su risa coqueta, yo me estaba acercando cada vez más a mi edad real. Mientras que con veinte años ni me asomaba al mapa de la juventud, ahora que estaba a punto de cumplir los treinta, mi aspecto casi cuadraba con mi edad. Aunque todavía no había llegado a la flor de la juventud, me estaba aproximando a ella a mi manera monstruosa y empecé a ser objeto de más miradas de las que me habían correspondido hasta entonces de damas que me contemplaban como niñas fascinadas desde sus carruajes, tranvías y escaparates. Y dado que yo veía el mundo como un público aburrido, ansioso de que le contaran el chiste de mi vida, pensé que sólo se habían fijado en mi atuendo extraño y que sus sonrisas de orquídea rosa eran mofas de mi fealdad. No comprendí que estas señoras estaban hablando conmigo en silencio. No comprendí que mis glándulas, como aquellos túbulos que se enroscan por el lomo de los gusanos de seda, estaban hilando de mi fealdad un rostro tan joven como hermoso. Entramos en un nuevo siglo, las estaciones cambiaron pero para mí casi todo siguió igual hasta el día del terrible y afortunado desastre.

No se imagina la bendición oculta que me supone este castigo, señora Ramsey, pues ahora tengo tiempo para escribir este capítulo tal y como sucedió:

Era el mes de marzo de 1906, en las tablas de poca monta en la calle Fillmore. La mañana me vino como una sorpresa, pues hacía calor y no había la niebla típica del mes de marzo. Una mañana tan espléndida que la gente flotaba casi atónita por el parque de Golden Gate con las capotas de los carruajes bajadas. Las señoras en el paseo marítimo lucían sus vestidos de verano más claros, por primera y última vez, y sonreían en todo el esplendor de sus prendas ligeras, pero, siendo prudentes, llevaban un chal de piel bajo el brazo por si el milagro se les volviera en contra. ¡Una mañana radiante, soleada y calurosa en San Francisco! ¡Imagínate! El asombro era semejante a cuando vas a comprar, por sentido del deber, una novela escrita por un conocido insulso y poco inspirado, y te encuentras con unos pasajes de una belleza y un arrobamiento tan estremecedores que resulta imposible creer que pudieran proceder de una persona tan aburrida.

Una escena urbana como cualquier otra, excepto que, por supuesto, de una época que ahora parece haberse perdido para siempre. Había caballos de carro pesado acarreando mercancías a las casas de los ricos en lo alto de la colina. Había chinos cargados de verduras recorriendo los callejones y gritando a los cocineros en sus cocinas. Aquella tarde magnífica, las calles se inundaron de hombres y mujeres que salieron a pasear. Ese año tuvo lugar otro gran cambio en mí: por fin me afeité la barba. Salía a la calle vestido con una pajarita a cuadros y un bombín, con toda la facha de un hombre de treinta y tantos años, y feliz porque durante esta breve etapa en mi vida, tenía la edad que aparentaba.

Oí un grito en la calle. Me volví tan rápidamente que perdí el sombrero. Justo delante de mí vi un carruaje lleno a rebosar de una familia en plena merienda, y bajando la colina a toda velocidad venía directamente hacia ellos un automóvil de gasolina sin frenos. Recuerdo cómo la niña que iba dentro del carruaje se levantó y señaló la bestia que iba a matarla, un monstruo salido de algún sueño, de un libro, del galimatías parpadeante de un espectáculo de linternas mágicas. Recuerdo cómo las cintas en su sombrero de paja se enrollaron hacia atrás con el viento como serpientes a punto de atacar, y cómo la familia se congeló como un cuadro vivo mudo, el caballo retorciéndose con los ojos en blanco hacia la máquina mortal. Recuerdo cómo el conductor del coche se desplomó, dando sacudidas por los espasmos del derrame cerebral que estaba sufriendo mientras su pasajera, vestida con un camisero, pasó por encima de él de un modo francamente sexual y luchó con los mandos. Logré distinguir cómo la madre en el carruaje agarraba a su hija de la cintura e hizo ademán de lanzarla hacia la acera. El padre alzó una palma desafiante para detener la máquina que venía en sentido opuesto. No vi el momento horrible, o quizá se deba a que nuestros cerebros se encargan de borrar estas imágenes. Sólo recuerdo un sonido que no tengo valor para describir.

En fin, lo que quiero contar no es el accidente. He visto horrores humanos aún peores, y más de los que me correspondían. Lo que importa de esa tarde soleada de muerte es que me aparté, y esa elección ha convertido mi vida en lo que es. Me aparté de aquella escena horrorosa hacia el cielo caluroso, brillante e imposible y allí, perfilada de forma totalmente nítida, vi una escena calurosa, brillante e imposible:

Un ojo. Un ojo de color avellana en cuya superficie se veía reflejada la escena de muerte misma. El ojo de pestañas estrelladas de una mujer.

¿Quién? Ay, lector, mi descuidado lector.

Era Alice. El tiempo, ese amigo infiel, la había cambiado.

No de forma cruel, como estarás pensando, sino de una manera completamente banal. Ahí estaba en la calle a mi lado, más alta y con el cabello más oscuro. Los hombros anchos, el cuello largo y más blando debajo de la barbilla, el rostro redondo y terso, despejado de la gordura infantil que todavía conservaba a los catorce años. Unas arrugas finas alrededor de los ojos, como era de esperar, trazando cada una de las expresiones que le había conocido en su juventud. Estaba inesperadamente pálida y empolvada, y sin embargo, tenía una gota de sudor posada sobre el caballete de la nariz como la piedra preciosa de una novia hindú. No quedaba nada de la niña que yo recordaba. Aquel rostro tan suave y redondo, carente de dureza por mucho que bufara u odiara, ya no estaba. Aquellas mejillas tan suaves y cubiertas de vello, aquel ojo claro que parpadeaba en las frondas húmedas de sus pestañas, aquel cuerpo inquieto y sin pechos. Ya no quedaba nada de todo eso: de la suavidad, de la frescura, de la niña.

Pero aun así, estaba más difuminada y más definida a la vez. Había perdido aquella mirada soñadora, pero una claridad inactiva a los catorce años se había ido revelando con el tiempo, proporcionándole una nueva belleza. Ya no se trataba de una niña de catorce años espirando una voluta de humo hacia mi boca. Se trataba de una mujer de más de treinta años.

–¡Dios mío! –gritamos a la vez.

Por un momento creí que los dos habíamos gritado por el encuentro, pero no tardé en darme cuenta de que ella chillaba por la niña del carruaje que ahora yacía sepultada bajo un montón de caucho y madera astillada. Me volví y vi a unos hombres que corrían a apartar pedazos de metal. La pasajera había conseguido salir del coche y estaba lo bastante viva para aceptar el abrigo de un hombre y enrollárselo por encima de su falda hecha jirones. El caballo, ya en sus últimas horas de vida, había quedado atrapado bajo los restos y movía la cabeza de un lado para otro con desespero. No alcancé a discernir si había alguien más a quien pudiera salvar. Un neumático y una rueda rodaron juntos algunos metros antes de caerse formando infinitas espirales sobre el firme. No se oía ningún sonido salvo el ruido del pánico. Bien, quizá un sonido: un corazón inhumano que se regocijaba.

–Vamos –le dije, ofreciéndole la mano que, en medio del ambiente del desastre, sabía que no iba a rechazar.

Y acerté. Alice me miró fijamente con los ojos entrecerrados y entonces extendió su mano enguantada para coger la mía y nos pusimos a correr. Todavía no había tenido tiempo para saborear mi suerte, que la hubiese encontrado por fin. Después de todo, a los creyentes de verdad no les sorprenden los milagros.

Pero fíjate en este golpe de suerte: ¡no sabía quién era yo!

Fue la hora bruja de mi vida, el único momento en el que era exactamente lo que parecía, y Dios me había concedido, en ese instante dorado, el premio que más anhelaba. Encontré un saloncito de té donde refugiarnos, un sitio en el que las paredes eran rojas y con relieve de terciopelo y las cortinas estaban cerradas de modo que las sombras de los transeúntes creaban un efecto de sombras chinescas en la tela amarilla. De alguna manera, conseguimos sentarnos y pedir. Yo estaba tan anonadado por mi buena suerte que me había quedado sin habla. Aquí estaba: el premio. Poder sentarme enfrente de Alice por última vez. Oír cómo suspiraba cuando nos trajeron el té humeante envuelto en una nube de opio. Ver cómo cerraba los ojos voluptuosamente cuando probó el pastel. Fijarme en una mancha cerca de la oreja donde se había olvidado de ponerse polvos, la piel que se asomaba por debajo, la misma piel de años atrás, rosada y gloriosa. Charlamos y me sentí agradecido. Si el destino me hubiese entregado un cuerpo siempre disfrazado, y si el disfraz en sí me hubiera permitido estar cerca de mi amor, lo hubiese aceptado. Ella no tenía por qué saberlo. Y es que ella no podía amarme. Me había percatado del anillo de oro que llevaba en el dedo.

–Hoy no esperaba presenciar una muerte –me dijo llanamente después de que hubiéramos acabado nuestra charla de extraños para sumirnos en un momento de silencio.

–Nadie podría imaginarse algo así.

–Esperaba un día totalmente normal –dijo, y seguidamente me sonrió con ese viejo brillo–. Discúlpeme, sé que ahora voy a ponerme a parlotear, pero es por culpa de los nervios. Hoy he salido a comprar una cámara. He pasado una hora mirando todos los modelos que había y entonces el dependiente, que hasta entonces había sido muy amable conmigo, se ha inquietado cuando le he dicho que era para mí. Me dice: «Señorita, estas cámaras no son aptas para las damas porque tienen los dedos demasiado pequeños». Y me he enojado. He salido de la tienda como un huracán. Me ha puesto furiosa ese hombre ridículo... y ese comentario estúpido. Y en eso estaba cuando hemos visto el accidente. Echando humo. Preparando en la cabeza todo el discurso que pensaba soltarle. Y entonces... En fin.

–Yo estaba comiendo encurtidos.

¿Estaban buenos?

–Pues sí.

–¿Lo ve? Estas cosas pequeñas son extraordinarias, ¿verdad? Te despiertas por la mañana y crees que todo irá bien.

–Sí.

–O sea, no te miras al espejo pensando: «A ver, prepárate por si hoy presencias algo horrible».

–No.

Los dos nos quedamos mirando el fondo de las tazas, las charcas de marea llenas de hojas. Ya había aprendido lo suficiente de mi madre para ver la suerte de un amante en esa taza pero me la callé. Serví más té. Después de todo, para mi querida Alice, yo no era más que un desconocido.

Alice respiró hondo, se reclinó y miró a su alrededor.

–Vaya, todo esto me resulta muy extraño y violento. Sabe, debería marcharme, gracias.

Pánico. No podía irse, todavía no. Alice estaba casada; nunca podría acoplar su vida a la mía y yo no me atrevía a esperar ni que nos hiciéramos amigos, pero me sabía a poco el hecho de verla durante tan poco rato y saber que las cosas hubiesen cambiado tan poco. A pesar de todos sus miedos, exigimos muy poco a aquellos que nunca nos quisieron. No exigimos ni comprensión ni dolor ni compasión. Sencillamente queremos saber por qué.

–Debería quedarse aquí unos minutos más. Está pálida. Ha estado a punto de desmayarse.

–¿Se ha dado cuenta?

–No, esto, yo...

Alice sonrió y me miró a los ojos. ¡Ya estaban funcionando las hojas de té!

–Es espantoso cuando ves la persona en que te has convertido. Así soy yo. Soy una mujer que se desmaya.

Una risa tan brillante como el agua.

–No –dije–. No me lo parece en absoluto.

–Me he convertido en algo que antes despreciaba. La heroína de una novela barata.

Extendió los dedos y volvió a reírse como si ahora su destino fuese completo. No se parecía en absoluto a semejante heroína. Mi Alice iba vestida toda de negro con camisero y falda, un pañuelo brillante de color blanco y los cabellos estirados hacia atrás y escondidos bajo una gorra de conducir muy masculina. En el cuello llevaba un broche anticuado que reconocí porque había sido de su madre. Sabía que contenía una mecha de cabellos del señor Levy. Pero también se había puesto una especie de chaqueta que no había visto en mi vida, con las solapas grandes, entallada y bordada con espirales y arabescos orientales. No se trataba de una prenda demasiado moderna, sencillamente era estrafalaria. Las otras mujeres en el salón de té apenas podían quitarle los ojos de encima y cuchicheaban perturbadas. Alice no pareció darse cuenta. Dio un puñetazo en la mesa y dijo:

–¡Pero no debería desmayarme! ¡No debería ser esa clase de mujer! ¡Ni que fuera la primera vez que hubiese visto una muerte!

–No piense en ello. Tome un poco más de té.

Tenía la mirada fija en un rincón del salón y ella misma estaba muy lejos de ahí.

–En Turquía, hace años cuando viajé por Asia, vi a un hombre envenenado que se tambaleaba por las calles hasta que se desplomó, muerto, encima de una alfombra a pocos metros de donde me encontraba yo. Tenía la cara desencajada... de angustia, supongo. Las mujeres mahometanas estaban gimiendo de aquella manera, ¿sabe? –Hizo una imitación asombrosa, una especie de arrullo quejumbroso–. Ese día no me desmayé.

–¿Ha estado en Asia?

–Con mi marido –dijo, tocando por fin ese triste tema.

No tengo ni idea de por qué se quedó allí tomando té conmigo, por qué le contó todo esto a un extraño, pero continuó:

–Ese hombre envenenado, a veces me pregunto si se lo hizo él mismo, si él mismo echó arsénico a su té de menta. Por amor, supongo. Que no se esperaba que el veneno fuera a ser tan doloroso, tan horrible, tan estúpido y tan poco romántico. Y la moraleja de todo esto es que merece la pena investigar.

Otra risa que sonó como un carillón, y entonces pasó una cosa maravillosa: se sonrojó.

Lo que quería de Alice era modesto y fácil. No pretendía hacer que me amara, de eso no tenía ninguna esperanza, sino que respondiera a la pregunta que me había estado volviendo loco durante años después de su desaparición. Igual que el espectador que observa cómo un mago le coge un dólar de plata y hace que desaparezca dentro de un pañuelo, no me hacía ninguna falta que me lo devolviera. Sólo quería saber cómo lo había conseguido. Quería saber dónde se había metido Alice durante tantos años secretos y ocultos.

Siguió hablando:

–¿Sabe? No me apetece tomar más té. No me parece un vicio suficientemente malo. Ahora sería el momento de permitirnos un pequeño vicio, ¿no cree? Después de algo tan horrible.

–La verdad es que no tengo muchos vicios.

–Eso es porque es un hombre. Todo es un vicio para una mujer. No servirán vino aquí, ¿verdad?

Levantó un brazo para llamar al camarero y pidió un vaso de vino. No servían vino; era un salón de té y además (o eso decía con la expresión), ella era una dama y todavía era media tarde. Alice pareció molesta.

–Podemos ir a otro sitio –le sugerí.

Frunció el ceño, preparándose a montar en una cólera privada.

–No, olvídelo. Como nadie de aquí me conoce y usted es un perfecto desconocido, voy a fumar un cigarrillo. No se escandalice, me sentiría defraudada. Y no se lo diga a mi madre.

–No conozco a su madre, así que no lo haré.

–Es muy amable –dijo, y le encendí el cigarrillo.

Entonces se fijó en mi encendedor, algo que me había regalado Hughie hacía años, y en el grabado de la hoja de nenúfar.

–¿Es del Invernadero de las Flores?

Toqueteé el mechero y lo volví a guardar dentro del chaleco.

–Pues... esto, supongo que sí. Me lo regalaron.

–Vaya. El viejo Invernadero. ¿Sabe si sigue viva la Victoria Regina? ¿Sigue floreciendo?

–Hace tiempo que no voy.

Alice se quedó mirando el té con el semblante completamente inmóvil. Entonces dijo en voz muy bajita, sólo para ella:

–Llevo tantos años fuera...

Entonces se retiró a un lugar en su mente donde yo no alcanzaba. Con esa mirada, me di cuenta de que, efectivamente, era una desconocida.

No me entristeció ver cómo había cambiado Alice. Cualquiera de sus antiguos amantes hubiese podido mirar esta belleza que había pasado de tener catorce años a tener treinta y dos, llena de expresiones tan extrañas y meditabundas como ésta, y hubiese podido sentir una tristeza desvaída por lo que había perdido. Pero no sentí tristeza ninguna; yo era diferente. Pues yo era capaz de ver más allá de los aspectos más fáciles que el tiempo sustrae del cuerpo, es decir, sus ojos, su voz, su alegría. Ya conocía aquella tos que no auguraba nada bueno cuando se aburría; ya conocía el olor a semillas de anís que masticaba para disimular los cigarrillos; ya conocía el temblor de sus tres vértebras visibles cada vez que una idea la conmocionaba; ya conocía el pestañeo que quería decir que le había molestado alguna bobada; ya conocía las lágrimas que le inundaban los ojos un segundo antes de que se riera a carcajadas; ya conocía el temblor de sus llantos nocturnos, su voz de opereta en la bañera, sus uñas mordidas y sus ronquidos. Todo lo que conocía, la Alice que conocía, no podía ser tocada por el tiempo.

–Es extraño. Usted me resulta muy familiar –me dijo–. ¿Es de por aquí?

–Llevo toda mi vida aquí.

Me miró con los ojos como platos.

–No me diga que fue en South Park...

–No, en South Park no –mentí–. The Mission.

Sin ninguna reflexión previa, alguna parte de mi cerebro había decidido borrar a South Park, a mi abuela, a mis padres, a Mina y a todo lo demás. Lo hice en un instante, sin arrepentirme. De hecho, sentí un gran alivio cuando asesiné a Max Tivoli. Fue mi primer homicidio. Alice, por supuesto, no se dio cuenta de nada, ni siquiera de las manos ensangrentadas que seguían cogidas tan tranquilamente encima la mesa delante de sus narices. Su reacción fue otra: se le iluminó el rostro.

–¡The Mission! ¿Conoce un tal Hughie Dempsey?

–No, no me suena.

Ya había liquidado a mi mejor amigo también. Los cadáveres estaban amontonándose bajo nuestros pies.

–Vaya –dijo sorbiéndose la nariz y negando con la cabeza–. Pues yo tampoco iba mucho a The Mission, así que no creo que fuera allá.

Alice, siempre fuiste muy viva y cuidadosa en tu forma de tratar al género humano. ¿No reconociste a ese viejo vecino que te sonreía cada tarde cuando volvías de la escuela? ¿El viejo farsante que te preparaba el té del sábado? ¿Ese charlatán barbudo que te estrechó entre sus brazos una noche y que sabía, me imagino, a tabaco y ron? Supongo que para ti, ese viejo asqueroso podía estar muerto o muriéndose en su habitación en South Park. Enfrente de ti en ese salón de té no había nadie.

–Pero es que me parece tan... –continuó en tono soñador.

–Ha dicho que lleva muchos años fuera. ¿Vivía aquí antes?

–Nací aquí.

–Pero se fue.

–Sí –dijo, sosteniendo la taza con cuidado, como para protegerla–. Nos fuimos de aquí cuando tenía catorce años.

–Catorce. ¡Qué joven! –dije.

Una risita.

–Sí, la verdad es que sí.

–¿Y adónde fue?

–¿Perdón?

Notaba el pulso de mi corazón en el cuello.

–¿Adónde fue?

Alice pareció darse cuenta de que hablaba en un tono demasiado alto. Cuántas preguntas de este desconocido desconcertantemente familiar. Entonces, porque estaba claro que no importaba en absoluto, me lo dijo.

Lo único que alcancé a decir yo fue:

–¡Ah, Seattle!
–Quizá le conozca de allí. Es una ciudad pequeña.
–No, nunca he viajado más allá de Oakland. Pero Seattle siempre me ha intrigado.
Eso le hizo gracia.
–¿Intrigado por Seattle?
–¿Cómo fue a parar allí?
Meditó la pregunta con los dedos cerrados con firmeza bajo la barbilla. En el rostro vi una mancha de nostalgia que secó enseguida.
–Por la familia. Mi tío tenía un negocio de provisiones. Nos encargamos de todas la provisiones de los que se iban a Klondike. Es posible que haya oído hablar de nosotros: Cooper y Levy.
Cooper y Levy. ¿Tenía idea de que su escondite estaba anunciado en cada teatro de ópera y en cada antro a la vista de su villano repugnante? Y lo había visto. Me había fijado en cómo ese apellido exasperante, Levy, gritaba cada noche a los hombres por toda la costa berebere, pero había hecho caso omiso. Tuve que esperar hasta encontrarme en el salón de té para comprender que se me había brindado, y delante de mis narices además, la gran pista que había estado buscando. Sólo que había estado demasiado triste para verla.
Me limité a decir:
–Me suena ese apellido.
Sonrió y negó con la cabeza.
–En fin, eso es lo que fue de nosotras.
Se quedó mirando la taza de té.
–Cuénteme más.
Alice sacó otro cigarrillo de su ridículo y se lo llevó a la boca con altanería. Me escrutó la cara mientras le extendí una llama y dijo:
–Le contaré lo que pueda mientras dure este cigarrillo y entonces tendré que marcharme.

Llevó el cigarrillo a los labios, el cigarrillo a la llama y cuando lo hubo encendido me contó todo lo que había sido de su vida durante los años que había pasado sin mí.

–Fui a Seattle con mi madre. El buque atracó y la ciudad estaba envuelta en humo. Sólo había tiendas de campaña y edificios chamuscados, pues casi toda la ciudad se había quemado la semana anterior, así es Seattle. La tienda de mi tío estaba intacta, así que invertimos en ella justo a tiempo para la fiebre del oro en Alaska. A ver si todavía me sale.

Bajó un tono para soltar una recitación típica de tendero:

–Venta de harina de maíz, guisantes secos enteros, lentejas, faroles, lejía, embutido de verano y trineos.

–¿No vendían perros también?

Se rió.

–No, tenían que buscarse sus propios perros. Miles de hombres abandonaron sus vidas para ir allá, ansiosos de encontrar oro, tantos sueños, fue... no sé, fue aburrido. Yo me escondía en el cuarto trasero entre los sacos de grano y leía, o me escapaba con mi mejor amiga, las dos montadas en una de aquellas bicicletas antiguas y sin muelles. ¡Una vez nos encontramos con un puma que había bajado de las colinas! Tenía la boca llena de plumas verdes como si acabara de comerse el loro de alguien. Me acuerdo que pensé «pobre loro, pero al menos ha visto más mundo que yo». La verdad es que, en general, era un sitio aburrido, lluvioso y aburrido. Tuve suerte de conocer a mi marido, pues dejé de trabajar en la tienda. Hace unos años vendimos el negocio a Bon Marché y volví junto con mi madre.

Al cigarrillo ya le faltaba un tercio y crepitaba suavemente. Me percaté de un detalle que había pasado por alto.

–¿Y su marido? –pregunté.

–No vino.

–¿Por qué no?

–Murió hace cinco años.

–Es viuda. Lo lamento.

Toqueteó el broche de su madre y me di cuenta de algo que hasta el momento había sido demasiado ciego para ver: la falda negra, el pañuelo ribeteado de hilo negro, los pendientes de azabache. Todo indicaba que era una viuda que había dejado el luto hacía años. Me dio un vuelco el corazón.

–Era profesor en la universidad. Gracias a él, llegué a ver un poco del mundo. Turquía, China. E hice una carrera universitaria.

–¿Ha ido a la universidad?

De repente, se le tensó todo el semblante de ira y se echó atrás.

–¿Qué se piensa? ¿Que las mujeres no estudiamos en la universidad?

–¡No, me parece maravilloso!

Entonces me dijo fríamente:

–El cigarrillo está a punto de apagarse.

Sonreí con humildad y le rogué que siguiera hablando, para aprovechar el poco tiempo que la tenía.

–Cuénteme más sobre su marido antes de que se apague, cuénteme, por favor.

Me dijo que lo había matado la tuberculosis. El doctor Calhoun, su marido bigotudo, antropólogo respetado, muerto antes de cumplir los cuarenta años. Me lo dijo de una forma completamente prosaica y eso me chocó, luego me dio una esperanza enfermiza, y entonces caí en la cuenta de que era algo que había repetido casi a diario desde hacía cinco años. En el broche que llevaba en la solapa guardaba un mechón de sus cabellos; rezaba por él en el templo; seguía queriéndolo como viuda, pero el tiempo le había quitado el temblor de las palabras.

–Solía salir a dar largos paseos en mangas de camisa. –Fue su respuesta a la pregunta que todavía no había formulado.

–No había forma de que lo supiera.

Imaginé cómo se llevarían al pobre doctor Calhoun en un carruaje hasta las cuadras, tomando la cura habitual para la tisis:

sangre caliente sorbida de una taza de hojalata. Me imaginé a los médicos y sus estratagemas de prestidigitador, sus purgas y vendas. Estoy convencido de que el doctor Calhoun, confinado en su lecho, debía de mirar a su esposa y sentir un profundo desprecio hacia sí mismo por aquellos paseos gélidos letales, por morirse de forma tan rápida y por perderse tantos días iluminados por el farol del rostro de su esposa. ¡Perdemos tanto tiempo en nuestro interior! La mano de Alice debió de alisarle el pelo en la frente mientras él respiraba por sus pulmones ásperos. El segundo hombre que murió delante de sus ojos.

–Lo que más me entristece es que no tengo ningún hijo que me lo recuerde –dijo–. La verdad es que ya me apetecía irme de Seattle. Y a mi madre también.

–¿Echaba de menos su vida aquí?

Algo extraño le apareció en los ojos. Apagó el cigarrillo.

–Lleva rato apagado y ya le he aburrido bastante. Gracias por el té.

Alice se levantó y recogió su bolso y su sombrilla.

–Ya es hora de que me vaya.

Un minuto después, había desaparecido de mi vida para siempre.

O al menos ése era el pensamiento que me daba vueltas frenéticas en la cabeza mientras intentaba encontrar una forma de detenerla. Alice estaba de pie en una postura rara, mirando las sombras de la gente que pasaba de largo. Ahora se veía un contorno curioso en la tela de la cortina: un hombre con un sombrero insólito. Alice lo estaba mirando embelesada. Yo estaba balbuceando sin parar: le pedí disculpas por mi presencia en su día, mencioné el frío que le esperaba en la calle, la escena policial que quizá quisiera evitar, cualquier cosa que la entretuviera, pero ya había algo que la había entretenido y no tenía nada que ver conmigo. Ni siquiera me estaba escuchando. Entonces, con sumo cuidado, corrió la cortina por la barra y la luz del día le disolvió el rostro.

–¿Se encuentra bien? –le pregunté.

Sonrió a la vista que se le brindaba delante de los ojos. Había un joven en un *buggy* dándoles jabón a tres telefonistas del ejército que volvían a casa de la central telefónica. Desvió la mirada de aquella escena de juventud de todos los días.

–El mundo está lleno de fantasmas –dijo, guiñándome el ojo con picardía–. ¿No cree?

Risas, más risas. La amaba. Sacó un guante y extendió los dedos para ponérselo.

–No hace falta que farfulle. Puede volver a verme si lo desea. Pero ha sido maleducado.

–¿Cómo? ¿En serio?

Puso cara de lista y dijo:

–A ver, ¿cómo me llamo?

–Alice.

Se quedó perpleja y me di cuenta enseguida de mi metedura de pata, pero ya era tarde. Me escrutó y dijo:

–Iba a decirle que no me lo ha preguntado, pero... ¿cómo lo sabe?

–Ha dicho que su marido la llamaba Alice.

Parpadeó. Me quedé sentado, envuelto en un silencio angustioso, como un hombre en una sala de espera, esperando que lo reciban en la casa que visita. Sólo tuve que esperar un momento antes de que me diera la respuesta:

–Vaya. ¿Y a usted cómo le llaman?

Justo en ese momento nos asaltaron las mismas telefonistas cuyas sombras habían bailado delante de los ojos de mi Alice de forma tan fascinante hacía apenas unos momentos. Ahora, habiéndose librado del lechuguino del *buggy*, estaban parloteando y riéndose, llenas de una clase de vida que no recordaba tener a su edad. Aunque me pudiera haber molestado el alboroto, me habían concedido un poco más de tiempo gracias a sus historietas vociferantes. Menudo asesino estaba hecho yo, sin coartada ni alias. Alice pareció molesta y cautivada a la vez por el cotorreo acerca de cintas y regímenes, pero finalmente se sentaron en un reservado con sus blusas y faldas idénticas y estudiaron el menú en voz baja. Y esa supuesta desconocida, el amor de mi vida, volvió sus ojos hacia mí.

–Me llamo Asgar. Asgar van Daler.

Se rió con descortesía y entonces se puso seria y me pasó disimuladamente una tarjeta: Alice Levy Calhoun.

–Adiós, Asgar –dijo, y se volvió para marcharse.

–Adiós, Alice.

La puerta reflejó la luz del sol cuando la abrió y me deslumbró en un instante. Alice desapareció, dejando el salón tal como había estado antes, con su perfume de sasafrás y tónico de cabello. Pero todo había cambiado en mi interior porque no sólo había vuelto a encontrar a mi bella y errante judía por fin, sino que podía verla una y otra vez, todos los días que me apeteciera (mi corazón exaltado acarició todas las posibilidades de esta idea hasta el infinito) y nunca iba a saber que yo era el mismo monstruo que la había amado de forma tan desesperada años atrás.

En cuanto a mi nueva identidad, Asgar van Daler: yo ya era experto en desempeñar un papel que no me correspondía. Un padre, por ejemplo, mi joven padre, de pie, lozano y sonriente en los jardines de placer de su juventud, observando a las chicas y echando pan de centeno a los cisnes, mi padre danés durante aquellos años felices antes de que se cambiara el nombre. Asgar van Daler. Se trataba de una herencia que siempre había tenido derecho a reclamar. Después de todo, yo vivo mi vida al revés como un santo, e igual que todos los beatificados, mi deber es restituir al mundo lo que ha perdido.

Por fin me había convertido en el hombre más afortunado de la tierra. ¿Pues existe alguien en la historia del tiempo que haya tenido semejante ocasión: una segunda oportunidad de amar? Parecía una historia sacada de *Las mil y una noches*. Ocultado por mi propio cuerpo, podría abordar a mi viejo amor, que jamás me aceptaría si supiera mi verdadera identidad, y volver a probar suerte. Sin que me reconociera, mejor que antes, podía emplear todas mis armas para conquistarla. La tarjeta decía que recibía visitas los miércoles y los viernes, y cuán eternas se me hicieron las horas hasta ese miércoles. Esta vez iba a ser diferente. Esa vez iba a hacer que me quisiera.

La dirección en la tarjeta de la viuda Alice fue fácil de encontrar pero la casa me asombró bastante. Aunque me hubiese hablado de la fortuna que había ganado su familia en Klondike, no esperaba una mansión de dos plantas en la calle Van Ness, y menos aún algo que tuviera tanto adorno de tan mal gusto. Se trataba de una especie de colección de formas verticales, todas blancas, decoradas con perifollos y lazos en cada esquina y ventana, coronada con lo que los arquitectos suelen llamar, de forma errónea, un *belvedere*. Me quedé un ratito en la calle con el sombrero en la mano. Creía haber visto todos los ángulos de mi vieja Alice y que nada podría sorprenderme, pero había algo de aquella casa que me entristecía. ¿Esto era lo que se compraría una Alice rica? No es que sea un esnob, pero creí que nuestra casa en South Park se le hubiese antojado un reino de ensueño perdido, creada por mi abuelo siguiendo esa elegancia de antaño del viejo San Francisco que nunca hemos vuelto a ver. Una casa de piedra y curvas modestas. No me imaginaba a mi Alice viviendo como Jonás en el vientre de esta ballena. Había pensado que, igual que la hija de una duquesa venida a menos, habría luchado para recuperar lo que le habían empeñado en su infancia: la plata, el marco, el arte. Que, como todos los que hemos sufrido una vida rota, iba a intentar resucitar a los muertos.

Tuve que buscar entre las tallas medievales de la puerta para encontrar el timbre eléctrico. Ahí estaba, haciéndose pasar por la cabeza de un santo. Tras esperar algunos minutos, apareció una negra robusta con la cara tan ancha como alguien que acaba de recibir un guantazo.

–¿Sí?

–¿Se encuentra la viuda?

–¿La quién?

–La viuda.

Me dijo que me esperara y me dejó solo en el vestíbulo. Me senté en el banco, repasé rápidamente las tarjetas que había en el tarjetero para ver quién había estado allí antes que yo. Sólo había unos nombres de mujeres judías, nada más. Al menos no iba a sentarme en una silla calentada hasta hace un momento por algún caballero más apuesto, más adinerado y más fácil de amar. Al menos llevaba esa ventaja. Entonces me di el lujo de echar un vistazo por la sala. Por dentro, la casa era más tranquila aunque, extrañamente, parecía estar en guerra consigo misma: vi unas vitrinas atestadas de libros viejos y andrajosos, y a pesar de que la araña de luces encima de mi cabeza era claramente eléctrica, la luz del vestíbulo (y me parece insólito, ahora que lo pienso) venía de unas lámparas de queroseno de color rosa. La criada volvió a entrar por otra puerta, me miró fijamente e hizo señas para que pasara. Sonreí e incliné la cabeza.

Con los gestos pequeños y rápidos que todos aprendemos para procurar estar lo más atractivo posible, repasé mi postura, mis puños, mi abrigo y mis zapatos, y entré en el salón para encontrarme con la segunda sorpresa del día. Ahí, sentada en una silla con un trozo de encaje sujeto a la cabeza con horquillas, se encontraba mi primera amante, la viuda Levy.

–¿Le manda el club?

–¿Perdone?

–Ya les dije que sólo pensaba pagar la mitad de la cuota. Yo no juego a tenis, por el amor de Dios, ni nado. Imagíneselo. Una piscina llena de viejecitas flotando como pepinillos en un barril.

Sólo voy a las cenas que ofrecen una vez al mes y me limito a comer la sopa y el pescado.

–No vengo del club.

La señora Levy me brindó una sonrisa pícara y se tocó la mejilla con el dedo.

–Pues es una lástima. Ya les iría bien tener a algún joven tan apuesto como tú.

La encontré vieja. Tenía el pelo blanco, los rizos abundantes recogidos encima de la cabeza, algunos de los cuales eran más blancos que los demás y sin duda postizos. Encima de los rizos llevaba un pedazo de encaje antiguo que se ponían las damas para indicar que se habían retirado de los padecimientos de la belleza. No llevaba faja y el canesú le bailaba de forma desprendida para cubrir un cuerpo que nada tenía que ver con el que yo había abrazado en el jardín a la luz de la luna hacía tantas noches. Era evidente que gozaba de todos los privilegios de la edad y que se permitía comer todo cuanto quisiera sin preocuparse. Un collar alto de perlas le cubría el cuello y encima de él se doblaban dos pliegues de papada. Los lóbulos también le colgaban bajo el peso de sus joyas pesadas como los de una reina africana. Tenía la cara más ancha de lo que recordaba, maquillada de un color rosa artificial, quizá por pura costumbre. Sus ojos eran duros y oscuros y los labios tan finos que apenas alcancé a encontrar en ellos un recuerdo de aquellos susurros que me había regalado con tanta ternura a mi joven oído. Reconozco que sentí repugnancia; ya no le quedaba ni pizca de belleza. La señora Levy de South Park se había vestido perfectamente acorde a su edad, pero ahora parecía haberse cansado de la moda prudente para convertirse más bien en una parodia, una mezcla de cortesana demacrada y condesa. También me di cuenta de que aquella casa extraña estaba hecha a su medida, según sus gustos. Tal vez todos llegamos a una edad en que se nos agota la imaginación.

–¿Es usted la madre de Alice?

–Vaya –dijo–. Le han traído la viuda equivocada, ¿verdad? En esta casa todas somos viudas, hasta Bitsy, pobrecita, hace cinco años que es viuda. Perdió a su marido en un accidente minero en Georgia. Una mujer extraordinaria.

–Tiene una casa preciosa.

–No, no lo es, pero me encantan sus habitaciones. Apenas salgo, de modo que no tengo que verla por fuera. No se preocupe, jovencito, no se verá obligado a darle jabón a esta anciana durante mucho rato, Alice bajará enseguida. La he mandado a cambiarse por si nos visitaba algún caballero.

–Estoy encantado de hablar con usted.

–¡El joven galán está encantado! El corazón me palpita. Me parece del todo shakespeariano.

Apenas podía respirar, mirando cómo coqueteaba conmigo de esta manera, cómo pestañeaba esperanzada, moteando las mejillas de rímel. Pero no, estaba a salvo, no me reconocía en absoluto.

–¿Cómo se llama? –me preguntó.

–Asgar van Daler.

–Vander...

–Van Daler.

–Vadolar.

–Van Daler.

–Querido, las familias me importan un comino. ¿Le conozco? En cualquier caso, le hablaré sin rodeos antes de que baje Alice.

–Por supuesto.

–Primero de todo, Alice es judía por ambos lados. No quiero que usted se comprometa para luego dejarla plantada por motivos de sangre.

–Carece de toda importancia para mí.

–Por otro lado, pienso dejar todo mi dinero a la Alianza Educacional Judía. Es la voluntad de Alice. Ella es muy partidaria de las casas de asistencia social, y debo decirle que yo también.

Quiero hablarle con toda sinceridad, señor Dólar. Alice sólo heredará las joyas que llevo ahora mismo en mi persona.

–Que es muy hermosa.

–¿Mi persona? Vaya, gracias –arrulló–. Pero si lo que busca es riqueza, va muy descaminado.

Entonces cometí un terrible error. Sentía el coraje despreocupado de un ratero y, por falta de atención, le dije:

–Debo decirle que yo tampoco soy rico, señora Levy. Soy un mero empleado en Bancroft's.

Eso puso fin a su coquetería jovial. En su lugar, apareció el semblante de antaño, el de la viuda con el corazón partido que escribía una carta envenenada a su amante veinte años atrás.

–¿En Bancroft's? –repitió.

La tristeza le inundó cada una de las arrugas del rostro, pero vi que también había algo vivo en su mirada, o bien una rabia sepultada o bien una especie de esperanza, una mirada que yo precisamente conocía demasiado bien. Me chocó ver cuán poco muere en nosotros. Escogió sus palabras con cautela:

–Conocía a un hombre que trabajaba allí. Seguramente fue antes de su tiempo.

–¿Cómo se llamaba?

–Señor Tivoli. Señor Max Tivoli.

–Max Tivoli –repetí.

–¿Ha oído hablar de él?

Estuve a punto de decírselo, lo juro. Estuve a punto de revelarme para que me concediera el perdón y en el caso de haberlo hecho, quizá hubiese impedido que cometiera todas las fechorías posteriores. Sin embargo, mostré mi generosidad de otra forma. Le obsequié la mentira que quería oír:

–Murió antes de que me incorporara.

–Ah.

–Se rumorea que murió asesinado.

Vi el temblor de una sonrisa en sus labios.

–Lástima.

De repente recobró la expresión alegre en la cara, como una goma elástica.

–Ahora debo callarme, ha llegado mi hija. Guarde nuestra confidencia.

Se apartó de mí, la mujer que tanto se alegraba de mi muerte, para gritar:

–Alice, ¿qué demonios llevas puesto ahora?

Ojalá pudiera acordarme de todos los detalles de aquella mañana. Sé que nos quedamos los tres en el salón charlando durante un rato, hablando de política, tema que hizo que Alice se exaltara sobremanera. Finalmente su madre se volvió hacia ella y dijo:

–Viuda Calhoun, márchate ahora mismo de esta casa. No necesitas que nadie te haga de carabina.

Alice sonrió y dijo:

–Viuda Levy, te quedarás completamente sola.

La señora Levy negó con la cabeza y dijo:

–Sola soy feliz, viuda Calhoun.

Se hablaban de esta forma extraña, haciendo bromas sobre su viudez que rozaban la morbosidad, y me recordó a las noches cuando iba a encender la lumbre y las encontraba probándose aquellos vestidos que parecían disfraces, o en medio de un juego de charada o pintándose el retrato la una a la otra. Durante un instante me invadió un ataque de celos, pues me di cuenta de que había un lado de Alice que quizá nunca llegara a conocer, es decir, la devoción que sentía por su madre, y que aunque no cupiera duda de que se habían marchado de San Francisco por amor, había sido por el amor que sentía la una por la otra, y no por mí.

–¿Compraste la cámara? –le pregunté cuando hubimos salido.

–¿Cómo?

–Cuando nos encontramos, ibas a comprarte una cámara. El dependiente te había dicho que tenías los dedos demasiado pequeños.

Sonrió con picardía.

–Supongo que los tengo lo bastante grandes para entregarle el dinero.

–¿La compraste?

–Sí.

–¿Y qué te dedicas a fotografiar?

–Lo que me apetece. Vayamos por este camino. Hay una escalera escondida que lleva a la calle Franklin y cuando las rosas están en flor me parece de lo más misteriosa.

Me cogió del brazo y, hablando a ratos de temas que le rondaban la cabeza, me llevó hasta su enramada secreta.

Me gustaría decirte que se enamoró de mí. Que mientras caminábamos, pasando por delante de las mansiones y carruajes de Van Ness, los setos plantados para evitar que entráramos en los jardines de flores con sus creaciones de roca vulgares y fuentes de hierro fundido en forma de niños, que se hubiera visto incapaz de desafiar la luz deslumbradora del sol y que me hubiera besado bajo la flor gigante y poco común de algún agave. Pero creo que ya sabes que no fue así; éramos desconocidos, unidos por un accidente, y una vez hubimos agotado toda conversación posible acerca de los coches y la muerte y la impresión que nos había causado, caminamos durante un buen rato en un silencio incómodo. Intenté acordarme de todo lo que sabía de Alice, y de vez en cuando la guié hasta temas que sabía que le harían hablar, pero en general, creo que se aburrió.

Me gustaría decirte que seguía siendo tan perfecta como la recordaba, pero no lo era. El saloncito de té me había llenado de esperanzas y creía que todo lo que era cierto en ella nunca iba a cambiar para mí. Había salido de la tumba del recuerdo preservada con tanta perfección como pudiera esperarse del amor. Pero la luz del día y la falta de una catástrofe lo cambiaba todo. Alice seguía siendo mi niña preciosa, y a pesar del traje entallado de colores vivos «de ir por casa» y esa toca pequeña y extraña que podría haberse confundido con un turbante, muchas cosas en ella seguían siendo exactamente iguales. Pero las costumbres de una niña no siempre tienen el mismo encanto en una mujer. Sus arrebatos de furia privados, por ejemplo, que siempre se me habían antojado una señal de carácter e independencia, habían cambiado un poco y aunque resultaban mucho más graciosos en boca de una mujer de treinta y dos años, también resultaban más agrios, hasta insolentes. Cómo el cartero le destrozaba las cartas. La niebla, los vecinos ricos y necios, sus perros. Como si todas las molestias del mundo existieran sólo para fastidiarla a ella.

A medida que fueron pasando los minutos, descubrí otros cambios que no me había esperado.

–¿Te sigo resultando familiar? –le pregunté.

Me escrutó la cara durante algunos segundos. Seguía sin creerme que no quedara ningún rastro del viejo Max.

–No.

–¿En absoluto?

–Me equivoqué. El sábado estaba un poco alterada.

Le había cambiado el acento. Nada habría conseguido allanar las vocales de mi joven Alice pero supongo que una vida y un matrimonio en el noroeste puede con ellas. Ése era uno de los cambios y luego había el tema de sus arrebatos. Se trataba de cambios tan insignificantes que casi no valía la pena tenerlos en cuenta. Después de todo, cuando escuchamos una sinfonía, no exigimos que el compositor toque un acorde una y otra vez sino que disfrutamos de su habilidad a la hora de hacer variaciones. Y yo había creído que la había conocido tan a fondo que amaría todas la variaciones que se dieran en mi Alice, cada escala en clave mayor y menor porque, igual que una sinfonía, las profundidades de su ser nunca iban a cambiar. Pero había un fallo en mi línea de pensamiento: la Alice que yo amaba nunca iba a envejecer, es cierto, pero podía cambiar.

Había sufrido una ciudad en llamas y un esposo moribundo y quién sabe qué más; no podemos culpar al tiempo de todas nuestras cicatrices. Es posible que algo se hubiera desplazado dentro de Alice, algo que yo no había notado en el éxtasis del saloncito de té.

Llegamos de nuevo a la casa y nos quedamos bajo la curva ovalada de la entrada, enmarcada por una tempestad glaseada de carpintería. Estaba ofuscado por una especie de pánico extraño, como un escalador que está apoyado en un pedazo de esquisto quebradizo, no sólo porque le había aburrido de aquella manera y porque ni siquiera le resultaba familiar, sino porque el objeto que había amado con tanta avidez desde hacía tantos años había cambiado, por muy poco que fuera, y yo era incapaz de decidir si este cambio significaba todo o nada para mí. Hasta el momento nadie había muerto por no estar enamorado, pero quizá me convirtiera en el primero, llegado el caso. Todavía estaba examinando mi corazón cuando adoptó un tono muy serio.

–Vamos, Asgar, habla.

–¿De qué quieres que te hable?

–Sé que guardas alguna especie de secreto. Se te nota en la cara. La idea de decírmelo te da pánico pero no puedes quitártelo de la cabeza. Y te aseguro que resulta muy pesado estar con alguien que guarda un secreto. Lo siento, sé que a veces debería decir las cosas con más sutileza.

–Yo...

–Por favor, suéltalo ya y termina con esto de una vez.

–Es que no tengo nada que decir.

Entonces me miró fijamente y me llamó por mi nombre verdadero:

–Max Tivoli.

Me dejó pasmado. Hubo un momento sin oxígeno antes de que siguiera:

–¿No estabas hablando de él en el salón? ¿Qué te ha dicho mi madre? No puedes haberlo conocido, ahora ya debe de ser un anciano. Me imagino que no te lo habrá dicho, pero llegó a enamorarse un poco de él.

Finalmente recuperé el aliento, un ladrón afortunado.

–Lo siento. No, la verdad es que no llegué a conocerlo bien.

–Le rompió el corazón. Yo sólo era una niña. Hubo un incidente con él y tuvimos que marcharnos. En casa todavía lo vemos con malos ojos y nunca hablamos de él.

–Lo siento, lo siento.

–¿Por qué lo sientes? Sólo quería explicártelo. El otro día me preguntaste por qué nos habíamos ido de San Francisco, y él fue el motivo. De modo que ahora ya lo sabes.

Me examinó minuciosamente, como si estuviera delante de una escena que tuviera que memorizar, es decir, como si cupiera la posibilidad de que jamás volviera a verme.

–Gracias por este paseo tan agradable, Asgar –dijo.

–Ha sido agradable.

–Sí.

–Te agradezco que hayas podido acompañarme, Alice.

–Me lo he pasado bien.

Palabras sosas y anodinas para personas que quieren que el momento se extinga. Y tal vez era exactamente lo que yo deseaba. Era demasiado horrible pensar que había conservado mi corazón durante tanto tiempo y que ahora, años después, lo había vuelto a colocar en mi pecho, apestando a formaldehído, sólo para descubrir que estaba demasiado deteriorado y marchito para funcionar. Sin embargo, se trata de una historia harto conocida. ¿Shakespeare no habla de la estatua de una reina muerta hace mucho tiempo que se reanima ante los ojos del rey que todavía la llora? El rey se regocija y se arrepiente, pero ¿qué hace el día siguiente? ¿Se acuerda de cómo desafinaba cuando se cepillaba los cabellos, de cómo chillaba a los criados? Quizá se me antojara más fácil, en la puerta de su casa, abandonarme, soñoliento, a mi vida pasada de recuerdos y tristeza que enfrentarme a mi niña de carne y hueso.

Nos sonreímos tensamente y me di cuenta de que había dejado mi bastón al lado de Alice. Confundido, con la respiración entrecortada, le hice un gesto de despedida con la cabeza y me incliné hacia delante para cogerlo.

A Alice se le mudó el semblante y extendió la mano para apoyarse en una columna, mirándome directamente a los ojos. Nunca había visto una expresión semejante en su rostro. Me miró fijamente durante un instante, un instante nítido e improbable, y luego se volvió y vio el bastón en mi mano. Se le desencajó la cara. No entendí nada de lo que había ocurrido, ni la mirada, ni el rubor torpe en sus mejillas. Y entonces me di cuenta: ¡pobrecita! ¡Pensaba que iba a darle un beso!

Alice cerró los ojos, se despidió con un susurro y subió como pudo la escalera de la casa. Yo me quedé paralizado. La red de venas me vibraba por el cuerpo, rasgueadas por lo imposible como las cuerdas de un arpa. ¿Podría haberme equivocado? ¿Había visto en sus ojos la misma carnalidad que siempre había ocultado en los míos? Alice, espero que me perdones la ordinariez, pero en ese instante supe que la suerte se me había duplicado a lo largo de los años: me había convertido en un hombre demasiado guapo para resistir y tú, siendo una viuda que ansiaba ser feliz, habías caminado aquellas largas manzanas con la mera esperanza de que te tocara. Reconócelo ahora que estoy muerto: deseabas que te besara. Y seguías deseándolo una vez dentro de casa, apoyada sin aliento contra la puerta cerrada, el corazón palpitando con la misma rapidez que las glándulas de una serpiente cuando echa todo el veneno que lleva dentro. Todavía veías mi rostro bajo tus párpados.

Jamás he visto un brazalete en un tobillo ni una pierna en pleno cancán tan erótica como la vergüenza que me mostraste en la puerta de tu casa, querida. Y con enorme alivio, todo volvió a ser como antes, o todavía más, porque de repente me volvió todo como un relámpago; el hielo en el corazón, la alarma en el cerebro, el terror de quererte para mí.

El lector astuto ahora se preguntará cómo demonios pensaba salirme con la mía. Una cosa es disimular durante una merienda o mientras das una vuelta en carruaje; otra cosa es mantener el secreto durante el transcurso de una aventura o, aún más improbable, durante la vida entera que yo deseaba pasar junto a Alice. Podría cambiar mi apariencia y mis palabras para adaptarme a ella pero ¿cómo iba a amarme de verdad cuando mi verdadero yo estaba enterrado bajo las tablas del suelo? Sin embargo, he oído hablar de matrimonios largos y felices en los que la mujer nunca sospechó de la segunda familia del marido, o en los que el marido nunca descubrió que los cabellos rubios que tanto apreciaba de su mujer podían comprarse en cualquier farmacia. Es posible que las mentiras sean necesarias para el amor, por pequeñas que sean. Lo cierto era que no iba a ser el primero en crear una imagen falsa sólo para seducir a una mujer. Por supuesto que ninguno de estos pensamientos me pasó por la cabeza en las semanas siguientes de mi cortejo (las visitas a la casa de las viudas, las recepciones con Alice y su madre, que sonreían desde su ignorancia), nunca me paré a pensar que quizá tuviera que llevar aquel bigote postizo durante el resto de mis días. El corazón no sabe hacer planes, ¿verdad? No, el único obstáculo que se me ocurrió fue Hughie.

No sufría de un matrimonio desdichado; era estable. No me queda más remedio que suponer que esto era lo que le hacía feliz, de algún modo; quizá el matrimonio le sirviera de peso, de pisapapeles, que le impedía que el corazón le saliera volando por la habitación con cada ráfaga. Por supuesto que nunca volvimos a salir por la costa berebere, pues él estaba casado y la zona ya estaba en las últimas. En realidad, nunca volvimos a salir los dos solos a ninguna parte. En cambio, me llegaron invitaciones a cenas en casa de Hughie y de su esposa. Habían comprado una casa nueva en la calle O'Farrell, algo más apropiado que la Calabaza y de vez en cuando me encontraba a la mesa junto a otras personas bellas, ricas e inteligentes que me intimidaron con sus trajes y su ingenio hasta que me di cuenta de que carecían de imaginación, y que sus opiniones y modas eran copiadas de las revistas que todos leían. Hughie parecía encontrarse perfectamente a gusto con aquella gente, pero yo siempre me ponía nervioso y bebía demasiado. No sabía participar en sus juegos, pero lo que más me entristecía era ver cómo aquellos pelmazos tan relucientes se inclinaban por encima de su copa de vino para susurrarle al oído de Hughie. Entonces se reían de su broma privada y sabía que me habían suplantado en su confianza. Me consuelo pensando que hizo falta una multitud de ellos para conseguirlo.

Sin embargo, me pareció justo que su mujer se hiciera con todas las funciones que había desempeñado yo. Era una mujer joven y amable, atractiva e inteligente, que nunca fingía ser ni más ingeniosa ni más moderna de lo que realmente era. Se portó bien conmigo, aunque pocas veces nos hallamos solos. Siempre encontraba alguna razón para salir de la habitación o para atender a otro. Y no era, como decía ella, porque creyera que Hughie y yo debíamos pasar más tiempo juntos. Se me antoja, no sé por qué, que me tenía miedo. En cualquier caso, cuando Alice volvió a aparecer en mi vida, casi había dejado de ver a Hughie y a su mujer. Sus vidas estaban ocupadas con su familia. Sí, poco después de la entrada al nuevo siglo, el pequeño Hughie Dempsey tuvo un hijo.

En aquella época, no comprendía cómo aquella mirada dulce que veía en el rostro de mi viejo amigo, que solía darse sólo después de varios tragos de whisky con suero de leche, podía aparecer con tanta facilidad cuando acariciaba la cara de su hijo. No entendía cómo, siendo el hombre inteligente que era, podía escuchar a su esposa cuando le hablaba de su «angelito del cielo» con aquella sonrisa de embobado. No me explicaba la creencia de Hughie de que su hijo iba a conseguir hacer maravillas en el mundo, como si no hubiera otros niños igualmente dignos, igualmente prometedores, que nacían a cada minuto y fracasaban, que se convertían en hombres idénticos a nosotros y que llevarían a la siguiente generación las mismas esperanzas, infinitamente postergadas.

Pero yo todavía no era padre. No sabía, Sammy, lo que nos ocurre en presencia de nuestros hijos. Hoy, por ejemplo, cuando hemos construido una fortaleza entre la madreselva y la zarza de un viejo cajón de frigorífico con la marca *Coldspot* marcada en uno de los lados. No hemos compartido ningún secreto en nuestra casita, sino que nos hemos quedado tumbados uno al lado del otro, apretujados, con las cabezas descansando en la hierba larga y fresca del bosque. He notado los pinchazos de la hierba en mi cara y, debajo, la tierra húmeda que surgía, oliendo a sangre. Una racha fuerte ha volcado una hoja, dejando al descubierto la cáscara diminuta de un insecto. Una mariposa de colores apagados, que pretendía volar contra el viento, estaba alejándose cada vez más de su meta. «Jo, ¡qué aburrimiento!» has dicho tú, y luego has sonreído y no has dicho nada más en media hora. El gorjeo de unos pájaros desesperados. ¿Por qué una escena así iba a hacer llorar a un padre?

No tenemos ningún derecho a impedir que nuestros amigos sean felices, y por mucho que a mí me pareciera que Hughie, igual que un hombre que busca una religión, había encontrado una vida que ya se había llevado con anterioridad, nunca lo llevé a un lado para regañarle por ello. Siempre se me había antojado un hombre extraordinario y, por lo tanto, se merecía una vida extraordinaria. Pero quizá sean los hombres mediocres los que necesitan las vidas extraordinarias; a los demás sólo nos hace falta el consuelo de lo común. Se lo había pasado bien conmigo, pero ahora veía que Hughie siempre se había sentido infeliz y terriblemente solo, incluso cuando estaba a mi lado. De modo que no me interferí en su nuevo mundo. Supongo que en algunos aspectos se lo envidiaba.

El problema de Hughie, pues, no era su vida. Yo no podía cambiarla. El problema era que Alice podría toparse con nosotros algún día, darse cuenta de que éramos amigos y descubrir mi verdadera identidad.

Lo que hice fue contarle lo que había sucedido con Alice y aunque mi viejo amigo se quedó asombrado, se alegró. Le di todos los detalles acerca de nuestro encuentro, su belleza inmarchitable, y cómo había conseguido convertirme en un asiduo en la casa de las viudas, a pesar de la presencia terrorífica de la señora Levy. Hughie se rió de lo absurdo de mi vida y la expresión en su rostro era franca y feliz, tal vez porque le recordaba a nuestra juventud, cuando las cosas menos importantes estaban llenas de una intensidad que había olvidado.

–Dios mío, Max, ¿de verdad? ¿Alice?

–Sí, Alice.

–Hombre, no creo que sea la misma. En fin, supongo que lo que quiero decir es que no puedes sentir lo mismo hacia ella.

–Pues sí, es lo que estoy intentando decirte. Por muy raro que parezca, nunca me olvidé de ella. Sé que tiene treinta y dos años y que es viuda, pero me siento como si volviera a tener diecisiete años.

–Max, ya eres todo un hombre. Y apenas la conoces.

–Sí, pero es como si fuera algo que yo hubiera anhelado desde que era niño. No puedes imaginarte esta sensación. Es decir, el primer amor.

Sorbimos nuestras bebidas y nos quedamos en silencio durante unos instantes. Entonces le dije qué quería de él.

Se me quedó mirando con los ojos llenos de tristeza.

–No –dijo–. No puedo, Max.

–Vamos, Hughie. Necesito tu ayuda.

–No puedes hacerlo. Una mentira así acabará agotándote.

–Sólo quiero que te olvides de que me conoces. Olvídame del todo. No es difícil. Si nos ves juntos, la saludas y le pides que nos presente. Es sencillo.

–No es para nada sencillo. Ya no tenemos diecisiete años. Me parece una solemne idiotez.

–Te lo ruego.

Cambió de humor.

–Max, tienes que decírselo –dijo por fin.

–Tú ya sabes qué pasaría.

Posó la mirada en su plato, porque lo sabía perfectamente.

–Hughie, por favor –le dije, estrechándole las manos y asustándolo–. No tengo a nadie.

Pasó un mes antes de que ocurriera, pero tal y como lo había pronosticado, Alice y yo finalmente nos topamos con Hughie. Habíamos ido a dar una vuelta por el parque para ver el nuevo canguro que habían importado y Alice me estaba hablando de una competición fotográfica a la que se había presentado, haciéndose pasar por un hombre. Había hecho un anagrama con su nombre de casada y había dado con el álter ego estrambótico de «Alan Liecouch»[1]. Yo estaba caminando y mirando nuestras sombras juntas en la hierba cuando me di cuenta de que la suya se había puesto rígida al lado de una piedra en el camino. Había dejado de reírse y oía cómo el bambú vibraba dentro de su sombrilla. Le temblaban las manos pero cuando me fijé en su cara, vi el esbozo de una sonrisa, como si le divirtiera su propia reacción. Entonces vi que Hughie y su familia venían en sentido contrario por el mismo camino. Debió de habernos visto segundos antes porque estaba desviando la atención de su esposa, señalando hacia el Invernadero, inclinándose hacia ella y susurrándole al oído antes de llevársela por la hierba para perseguir la quimera que se había inventado para salvarme.

–Conozco a ese hombre –dijo Alice.

–¿Ah, sí?

Pocas veces hablaba de su vida antes de Seattle.

–Sí, era una niña.

–¿De verdad?

–Solía ir a verlo en el Invernadero de las Flores.

1. Literalmente «Alan Tendidodivan». *(N. de la T.)*

–Ah, pues está aquí al lado.

Pero no estaba escuchándome. Se rió un poco.

–Era tan joven...

Justo en ese momento, Hughie cometió un error. Miró hacia atrás y clavó los ojos en los nuestros: una mirada azul brillante. Llevaba el canotié echado hacia atrás. Lo que leí en aquellos ojos fue una tristeza intensa, la clase de tristeza que sólo le había visto una vez, aquella noche en la que me emborraché en su casa. Me imagino que no debía de ser la primera vez que le habían pedido que se olvidara de alguien que quería, pero quién sabe. En aquel momento, sólo alcanzaba a agradecerle ese acto sencillo, ese acto crucial, para hacerme feliz.

Alice dijo:

–¡Nos ha visto!

–Vaya.

Hughie desvió la mirada con una tensión amarga en los labios pero Alice siguió mirándolo. Llevó la mano a los frunces de su blusa como si quisiera comprobar sus propios latidos durante esa reunión que creo que llevaba imaginándose desde hacía tanto tiempo como yo llevaba imaginando la nuestra. Sonrió abiertamente con una expresión de felicidad, vergüenza y extrañeza.

–Me está evitando –dijo, casi asombrada.

–Quizá no te haya reconocido.

–Se ha hecho mayor –dijo.

Hughie ya estaba lejos, charlando con su hijo bajo sus capas de abrigo. Me acordé del saloncito de té, cuando ella se había quedado mirando, asustada, la sombra que lucía un bombín. Ella había creído que se trataba de la sombra de Hughie. Intenté reírme y le dije:

–¿El amor de tu vida?

–¿Qué clase de pregunta es ésa? –dijo, sonriendo con picardía y con los ojos rodeados de aquellas arrugas que tanto adoraba.

La edad te lo dirá todo acerca de una mujer; si nunca ha sido feliz, se lo verás en los ojos. Los ojos de Alice estaban repletos de alegrías privadas y aunque yo no fuera el motivo de ninguna de ellas, me daba igual. Adoraba la persona en la que la habían convertido. Volvió a levantar la sombrilla y miramos cómo la familia de Hughie desaparecía detrás de una hilera naranja de vendedores de helados y niños suplicantes. ¿Qué clase de pregunta, Alice? Sencillamente, una que, años después, todavía sigo haciéndome.

Fue una semana después del encuentro, creo, que recibí una carta de lo más interesante. Cuando abrí el sobre de color crema, olí su ligero perfume, reconocí la letra, y me vi transportado a una mañana fatídica en la que perdí a la chica que amaba:

15 de abril de 1906

Señor Asgar van Daler:

Mi hija y yo partimos este martes para pasar unos días en el hotel Del Monte y nos agradaría que nos acompañara durante nuestra estancia hasta el domingo. Alice dice que está muy ocupado y que soy una anticuada y una mema, pero no tenemos a ningún familiar varón en la zona y siempre resulta muy útil, a la hora de viajar, poder contar con un hombre.

Señora David Levy

Estoy convencido de que el hotel Del Monte tenía exactamente el mismo aspecto que casi cuarenta años atrás, cuando se habían conocido mis jóvenes padres: la larga avenida de cipreses que cortaba el sol en rayas encima de nuestro carruaje (la viuda Levy se negó a ir en coche), el gran buque del hotel en sí con sus persianas y sus balcones que parecían percebes, las agujas con banderas que se agitaban al viento, la terraza con sus sillas de mimbre donde una banda vestida de traje militar azul y blanco tocaba valses, la intercambiabilidad de los parasoles y las sombrillas de mesa, las damas y los pavos reales, la gente y las estatuas. Estoy convencido de que los redactores de las notas de sociedad seguían apuntando todas las llegadas y de que las madamas se hacían pasar por baronesas y las dependientas por debutantes, pero sólo me fijé en la calma estudiada, aprendida de sus huéspedes, de un lugar que sabía que jamás se le iba a acabar la suerte.

–¿Ya estamos? –preguntó Alice cuando le abrí la puerta.

El sombrero se le deslizó hacia un lado y forcejeó con él, mirando el edificio con los ojos entrecerrados.

–Sabes –le dije, ayudándola a bajar del carruaje–, mis padres se conocieron en este hotel.

–Qué sitio tan extraño para enamorarse.

–En la piscina había una red que separaba a los hombres de las mujeres, como un velo. Allí es donde se conocieron. Es curioso, ¿verdad?

Me contempló mientras su criada, Bitsy, charlaba con el cochero.

–Curioso, sí, ésa es la palabra que mejor te define, Asgar.

–¿Qué quieres decir? –le pregunté en voz baja.

Me pestañeó en la luz deslumbrante del sol, con una sonrisa misteriosa, y entonces levantó la cabeza para mirar el hotel.

–Dios, es feísimo.

–¡Alice! –susurró su madre, y entonces dio un paso hacia delante y me agarró del brazo–. A mí me parece del todo shakespeariano, ¿no cree, señor Van Daler? Como una casa de verano de la familia Capuleto, antes de que empezaran todos los problemas, por supuesto. Todas las familias de abolengo con sus hijas jóvenes, un baile de máscaras y todo.

Mi antigua amante me guiñó el ojo. ¡Sí, un baile de máscaras!

Me soltó el brazo y dijo:

–Necesito descansar después de ese viaje espantoso en carruaje. Tanto tumbo, de verdad, no entiendo por qué no vinimos en automóvil. Alice, subamos a vestirnos. Señor Van Daler, nos veremos a la hora de la cena y espero que pueda recomendarme un libro de la biblioteca. Ya no conozco a nadie y estoy segura de que me aburriré. Bitsy, ¿tienes mis gotas para dormir?

–Sí.

Mientras las otras dos se dirigían hacia el hotel, Alice se quedó parada en la entrada, pasando un guante de una mano a la otra, observando a su madre. La mirada en el rostro de mi amor era la de alguien que quiere solucionar una ecuación matemática o, quizá, conspirar para matar.

–Tu madre es una mujer fascinante –le dije, acercándome a ella.

Sus ojos se posaron en mí.

–Llevo casi toda la vida viviendo con ella.

–Debe de ser agradable.

–Bueno. Es que ya ni siquiera la veo –dijo, volviendo a mirar de nuevo a su madre.

–Pues yo la adoro –dije, y sentí cómo me sonrojaba de vergüenza por decir con tanta despreocupación algo que lo hubiese cambiado todo veinte años atrás.

Alice dijo algo en voz muy baja.

–¿Cómo?

La voz de la viuda Levy amartilló el aire de primavera:

–¡Alice! ¡Ya basta de hacerle ojitos a ese jovencito apuesto! Me vas a hacer falta aquí arriba.

Alice se volvió hacia mí, los ojos centelleando a la luz del sol. ¿Cuál era el mensaje codificado en ese semáforo marrón y blanco? Se limitó a decir:

–Creo que deberías darle una propina al cochero, apuesto jovencito.

Entonces dio media vuelta y se alejó, recogiendo la falda para subir la escalera y sujetando con firmeza su sombrero díscolo con ese ribete de color rosa intenso parecido al algodón de azúcar. Un pavo real aburrido cruzó la acera, arrastrando su cola de vestido de gala bella y mugrienta. Hizo un gorjeo trémulo. Vi cómo Alice se volvía para mirarme.

Iba a amarme.

Incluso cuando desapareció por la puerta del hotel, noté como un sol nuevo el calor que había producido en mí el hecho de darme cuenta de ello: iba a amarme. Miré hacia arriba a las almenas y los balcones del hotel Del Monte y comprendí, mientras las banderas se agitaban bajo la luz deslumbrante del sol, que ocurriría aquí, en el mismo edificio en el que otra mujer había amado a otro Asgar. Quizá a la noche siguiente, en el salón de baile al son de los valses de Ballenberg, o en el mismo balcón, con los mismos tañidos de las campanas Mission y el sonido del mar, el olor a Sweet Caporals. O posiblemente en la terraza, casi sin hablar, entre sorbos de limonada, observando a las solteronas escandalosas mientras jugaban a *croquet*. Quizá en aquella butaca blanca de mimbre donde le tomaría de la mano y escucharía cómo suspiraba y sabría que me amaba. O en su habitación, sentada al lado de la ventana, mirando el césped y los pinos que se extendían hasta el océano, mientras abría la ventana con manivela para dejar pasar el aire salado a la habitación y se ponía a llorar. Después de tantos años, iba a suceder aquí. ¿Quién lo hubiera dicho? En una de estas habitaciones, iba a sujetarle la cabeza entre las manos e iba a darle un beso en cada mejilla, entonces iba a susurrarle al oído mientras le desabrochaba los botones de la chaqueta, del camisero, de todas las prendas inútiles y absurdas que llevan las viudas. La mirada que me brindó en la escalera me había dicho todo cuanto necesitaba saber y mis esperanzas melifluas, las mismas que había albergado a los diecisiete años, embotelladas y conservadas con tanto esmero en aquel estante superior, se rompieron y se me derramaron por dentro.

Pero ¿cómo iba a perpetrarlo? Sabía, por su mirada en la escalera, que Alice se sentía sola con su madre y que el tiempo y la muerte la habían cansado, de modo que casi podría llegar a amar al curioso y apuesto Asgar que estaba dando una propina más que generosa al chófer. Los próximos días de mi vida iban a requerir una delicadeza de espíritu que pocas veces había precisado en mi vida. Como bien saben los japoneses, uno puede hacer que una rosa crezca como sea, incluso pasando por medio de un nautilo, pero hay que tratarla con ternura y así era como debía enfocar estos días que tenía con Alice. Tenía que escucharla, sonreírle y seducirla, tratarla no como la diosa que conocí a los diecisiete años, sino como una mujer inteligente y triste de treinta y tantos, demasiado sabia para dejarse engatusar por las lisonjas. Tenía que andar con mucho ojo. Tenía que armarme de paciencia y sacar las espinas de mi vida para clavárselas en las espirales de su corazón.

Estás pensando que no te suena a amor. ¿Y qué fue del chico arrugado que vivía atento, con los ojos inundados de lágrimas, a ver si oía a su vecina de abajo? ¿El que le encendía las lumbres? ¿El amor puro e inocente de su supuesta juventud? Estás pensando que te suena a un corazón hecho añicos. Te suena a venganza.

Tal vez. Pero, mis queridos lectores, gente del futuro, os ruego tengáis piedad de mí. Es cierto que mi cuerpo avanza hacia atrás pero mi corazón envejece del mismo modo que el vuestro y aunque mi anhelo sencillo y juvenil había tenido lugar cuando ella era una niña, a su vez sencilla y juvenil, una mujer más compleja necesita que la amen de forma más compleja. En el amor verdadero siempre hay algún elemento escondido: una pérdida, el aburrimiento o un odio minúsculo que jamás desvelaríamos a nadie. Aquellos de entre vosotros que habéis sufrido un rechazo o el desamor, sabréis perfectamente a qué me refiero. Porque cuando tu amor por fin viene a ti, a pesar de que la alegría estalle en tu interior como semillas mojadas, sientes cierto rencor de que tardara tanto en llegar. ¿Por qué esperó tanto? Nunca acabas de perdonarla. Y cuando por fin la tienes entre tus brazos, susurrando tu nombre, besándote el cuello con una pasión que hace años creías imposible, lo que te invade no es un solo sentimiento. Hay una sensación de alivio, por supuesto, alivio porque todo lo que habías soñado se ha convertido en realidad, pero también está la sensación de triunfo. Has conquistado su corazón, y no de las manos de un rival. Se lo has arrebatado a ella misma.

Venganza, no exactamente. Pero tampoco era exactamente amor. Éstas son unas confesiones, de modo que confieso todo lo que guardo en el corazón. Lo hago por mi penitencia y mi perdón. No afirmo sentirme orgulloso.

La cena era a las ocho, y deseando más suerte de la que merecía, me puse un esmoquin con mi chaleco favorito de color perla. Esperé la llegada de las Levy sentado en una otomana circular de cuatro personas (de color verde, almohadillada y coronada en el centro por una fuente de helecho) que había en el vestíbulo, fingiendo leer el *San Jose Evening News*. Creo que había un artículo sobre un baile de máscaras del martes de Carnaval, otro sobre una fiesta sobre patines, y otro que hablaba de la llegada de Caruso a San Francisco donde iba a interpretar una Carmen más bien corpulenta: ahora todo me parece de lo más nimio. Pero sólo fingía leer, pues fue precisamente en ese marco donde tuve mi único momento de duda.

Estaba mirando a las parejas que bajaban por la escalera, puntuales para la cena, los hombres esculpidos de azabache, las mujeres con más volantes que un dragón de mar. Se me ocurrió que éste era el típico escenario, en aquellas novelas góticas, en el que el jorobado secuestra a su doncella. Aquí, bajo la araña de luces, el resplandor de la lámpara en la base de la barandilla, los diamantes y la piel desnuda. Había llegado el momento del monstruo. Tras seguirle la pista y engañarla, estaba a punto de raptarla, sin darle nada a cambio excepto mi vida envenenada, mis labios verrugosos. Fue un momento de lucidez. Hughie me había dicho que una mentira de semejante calibre iba a acabar agotándome, pero comprendí que iba a agotar todo lo que tocara. Cuando el reloj empezó a dar la hora, se me ocurrió algo sorprendentemente desinteresado: podía marcharme. Podía subirme a un automóvil y coger un tren de última hora, pedir al hotel que me mandaran las maletas al día siguiente. Podía dejar una nota para Alice y salvar unas cuantas vidas esta noche. Llegué incluso a levantarme de la otomana, como en un sueño, intentando decidir si dirigirme hacia la puerta, y ¿quién sabe qué clase de historia estaría escribiendo ahora si lo hubiese conseguido?

Entonces me volví y el pensamiento se desvaneció. Allí estaba, en medio de la escalera. Me estaba observando.

Alice, sólo hizo falta un tictac del reloj, pero permíteme que juegue un poco con el tiempo; después de todo, bastante ha jugado él conmigo. Te habías puesto un vestido largo de color blanco, salpicado con bordado y puntilla, las mangas meros velos para tus brazos. Una especie de cinturón de plata que te caía un poco por debajo de la cintura y, detrás de ti en la escalera, una larga cola como una espiral reluciente. Llevabas el vestido pegado a tu cuerpo como un microbio delicado que se aferra a su semilla pálida. No llevabas nada en el cuello, nada en absoluto, sólo tu piel blanca que se rizaba como un río cuando tragabas. Más adelante me enteré de que te habías tomado un trago de whisky momentos antes de bajar. Me estabas mirando desde debajo de tu tupé, que sabía que olería a lavanda, con la grandiosidad de una mujer de más de treinta años, sin las preocupaciones de la juventud, sin confusiones ni pestañeos, una mujer de pasión en aquella escalera con una mano apoyada en la barandilla. Alice, tenías estrellas en los cabellos.

–Asgar, mi madre se siente indispuesta.

–¿Qué le ocurre?

–Todavía sigue con el mismo resfriado.

Llevabas un abanico pequeño de cuero y diste un golpecito en la barandilla.

–Típico.

Te reíste. El tul que te cubría los hombros se resbaló hacia abajo un par de centímetros. El cinturón me hizo un guiño plateado. Más golpecitos con el abanico. Hermosura, más hermosura.

–Baja aquí conmigo –te dije.

Te quedaste mirando una colección de señoras satinadas que pasaron por tu lado en la escalera.

–¿Por qué? –me preguntaste–. Aquí arriba estoy a gusto.

–Baja y ven a cenar conmigo.

–No sé si tengo hambre.

–¡Venga, baja! –te grité, feliz.

Echaste la cabeza hacia atrás y te reíste, haciendo tañer cada una de las campanas en tu interior. El reloj de carillón tocó cuatro, cinco, ocho mil veces. Alice, me compadezco de todos aquellos que no te han llegado a conocer.

Aquella noche, cenamos en un pequeño sofá de terciopelo, el uno al lado del otro. El camarero nos guiñó el ojo cuando empujó la mesa ya puesta encima de nuestros regazos, encerrándonos como cuando te montas en la montaña rusa de un parque de atracciones. Compartimos una botella de vino, sin carabina esta vez, y masticamos los huesos tiernos de hortelano, que yo nunca había probado y, aprovechando un despiste de Alice al coger la copa equivocada, me quedé con la suya durante el resto de la cena, impresa con la marca lunar rosa de su labio en el borde. Me pasé toda la noche llevando la copa a la boca, mis labios a los suyos. Mi Alice siguió bebiendo y riéndose con más soltura, mirando por la sala como si el techo dorado fuera suyo, todo suyo, hasta que le apareció una mancha de color en la mejilla izquierda como el corazón coloreado de una rosa blanca. Después de cenar, se levantó y anunció que íbamos a salir al balconcito de piedra, donde me puse a contarle una historia aburrida y llena de divagaciones antes de que me cortara en seco y me preguntara cómo había sido mi primer beso.

–No, por favor, me interesa mucho más que me cuentes el tuyo –le dije, arriesgándome al gran peligro que supone oír la historia de tu vida narrada por otro.

–Pues no fue mi marido –dijo–. Quizá se trate de una historia triste.

–Me gustaría oírla.

–Siempre y cuando tú me cuentes la tuya.

Su sonrisa se me antojó todavía más erótica por las orquídeas entrecerradas de sus ojos. Entonces empezó a contármela:

–En realidad, tú ya sabes de qué va la historia. Fue Max Tivoli quien me depravó, tu viejo amigo...

–Nunca llegué a conocerlo.

Se rió, burlándose. No me había pillado.

–Vivía en el piso de arriba. Era un hombre mayor pero intentaba actuar como si fuera más joven. De hecho, era un hombre dulce, o tal vez no. No sé qué pensar porque ahora lo veo todo de forma confusa. Sólo tenía catorce años. Recuerdo que él llevaba ropa estrambótica, se teñía el pelo y hablaba con una voz rara. Era muy extraño y me dijo que por dentro sólo era un niño. No un hombre mayor, sino un niño, como yo. Me acuerdo que esa noche yo estaba destrozada, estaba enamorada. Un chico acababa de romperme el corazón y fui a verlo porque, no sé, como si fuera un padre y porque la verdad es que sabía que le gustaba. Nunca me quitaba los ojos de encima. Y yo me sentía tan sola aquella noche y jamás había besado a un hombre y quería acabar ya de una vez con aquello y olvidarme del amor y olvidarme de lo que nos enseñan las madres. Así que escogí a Max Tivoli –dijo Alice, riéndose–. Olía a adulto, a whisky y a cuero de zapatos. Pero sabía a, no sé, es cierto que sabía a niño. A naranjas. Estaba temblando. Y aunque yo sólo tuviera catorce años, pienso que estaba enamorado de mí, a su manera. Estas cosas se notan. Y mira que era feo. Y así fue. Mi primer beso. Me parece triste, ¿verdad?

Levantó de nuevo la vista y me miró. Vi que tenía los ojos tranquilos. La idea de aquel beso patético no le resultaba tan horrible después de todo.

–¿Y cómo fue el tuyo? –me preguntó.

–Nada, sólo fue una chica.

–Sólo una chica –repitió.

Sus ojos me recorrieron el rostro formando un triángulo y siguió:

–Pobrecita. ¿Qué pensaría ahora si te oyera hablar así?

–Era una chica que conocía. Estaba enamorada de otro.

–¿Y lo sabías?

–Sí, perfectamente.

De nuevo esa sonrisa torcida. Me dijo:

–Eres un hombre malvado. La sedujiste, ¿verdad?

Me vino el olor a jazmín de la parra, y los pinos, y su perfume. No se me ocurría nada. Por primera vez, me pregunté si quizá estuviera borracha.

–Sí, pero, es que... la amaba.

Se le suavizó la mirada.

–Estabas muy enamorado, ¿verdad?

–Sí.

–¿Cuántos años tenías?

–Diecisiete.

Se alejó un poco de mí, como si el recuerdo de estos viejos amores, de estas estatuas antiguas, tuvieran que quedar atrás para que nosotros pudiéramos seguir hacia delante.

–La gente dice que la historia de amor más bonita del mundo es la de Romeo y Julieta. No sé. A los catorce, a los diecisiete, lo recuerdo perfectamente, te consume la vida entera.

Alice estaba exaltada, el rostro colorado y las manos cortando el aire nocturno. Siguió hablando:

–No puedes pensar en nadie más, en nada más, no comes, no duermes, sólo puedes pensar en aquello... Es abrumador. Lo sé, lo recuerdo. ¿Pero es amor? Quizá sea como cuando bebes coñac barato cuando eres joven y te parece tan maravilloso y tan elegante, y no sabes, no sabes nada... porque nunca has probado nada mejor. Sólo tienes catorce años.

No era momento de mentir.

–Yo creo que es amor.

–¿En serio?

–Creo que tal vez sea el único amor de verdad.

Alice estuvo a punto de decir algo pero se frenó. Le había sorprendido, supongo.

–Pues si tienes razón, me parece trágico –dijo, cerrando los ojos durante unos momentos–. Porque nunca acabamos nuestros días con ellos. Si es así como funciona, me parece de lo más triste y estúpido.

–No te pongas triste.

–¿Cómo?

–No te pongas triste, Alice.

Y ahí fue cuando la besé. Sucedió de forma natural. Después de todo, llevaba toda la noche besando su copa. Después se me ocurrió que fue la segunda vez que Max había besado a Alice, pero para Asgar fue la primera, de modo que contenía la emoción de un momento imposible y a la vez, el consuelo de algo que por fin había vuelto a mí. No sé cómo lo hice, y la verdad es que no importa cómo actúa un hombre al llegar a este punto. O va a suceder o no va a suceder. El caso es que encontré a mi dulce niña entre mis brazos y una vez más volví a saborear el vino.

Me agarró las solapas del chaleco y sentí, a través de la niebla de mi recuerdo y mi júbilo, cómo me mordía los labios. ¡Oh, Alice! Que nadie ose decir que eras tímida en tu juventud. Que no tomabas lo que querías. Yo me quedé paralizado, con los ojos como platos ante este milagro, pero tú los tenías cerrados, con polvos de color rosa, tus dedos entendidos de viuda recorriéndome el cuerpo, tocando, buscando, y yo parecía una de aquellas máquinas absurdas que se tragan una moneda y tiemblan de forma deliciosa durante dos minutos exactos. Vamos, parecía cualquier cosa que te venga a la cabeza: un álamo temblón, unos timbales retumbantes, las calderas de una locomotora a punto de sacar una nube de vapor.

¡Pero tan breve! Un segundo después volvía a estar al otro extremo del balcón, las mejillas ruborizadas, la mano agarrada a su pecho reluciente, y con una mirada en los ojos como si acabara de oír por casualidad un secreto terrible.

¿Podía ser? ¿Era posible que mi trato con el tiempo me hubiese desvelado y que Alice me hubiera reconocido por fin, que hubiera notado en nuestro beso el sabor al Max de antes?

–Alice, esto...

Negó con la cabeza. Vi que detrás de sus ojos se movía alguna ecuación complicada. Me sonrió un poco y me dijo que tenía que ir a ver a su madre. Le pedí que se quedara; le dije que, en un acto impulsivo, había pedido otra botella de vino y que ahora se echaría a perder. Volvió a ponerse colorada y comprendí que no tenía nada que ver con el vino sino con su corazón, que latía con demasiada fuerza para bombear su propia sangre. Esa pequeña fábrica que estaba trabajando a destajo en su pecho. Mi amor, no reconociste nada. No te importó en absoluto mi boca, ¿verdad? Aunque no te haga ninguna gracia que te lo diga, me recordabas a tu madre de antes, una mujer vestida de blanco en la oscuridad, el cuerpo en flor, y ahora tenías que decidir qué ibas a hacer conmigo.

–Alice, lo siento. Creí que...

Se rió.

–No sigas, Asgar.

–Comprendo.

–No, no comprendes nada.

No sabía qué hacer. No podía explicarle que sí comprendía, que en realidad era el único que podía comprender. Opté por no decir nada. Vi cómo el pecho se le tornó de un color rosa como una puesta de sol. Sabía que no se trataba de amor, no exactamente, y además, yo no soy ningún Casanova. Jamás iba a poder convencer a una mujer de que la vida es demasiado corta para huir a través de los balcones iluminados por la luz de la luna.

–Mañana por la mañana, pues –dije.

Me acarició la cara con ternura, sin decir nada. Se agachó, introdujo el dedo por el lazo que llevaba en la cola del vestido, y se alejó de mí, pasando por el comedor, chocando contra las sillas y las mesas porque, por supuesto, aquella noche había tomado unos tragos de whisky para domar sus nervios. Mi dulce Alice, había querido estar encantadora y animada. Para mí, ¿comprendes?

Me acabé la botella de vino y me di el gusto de tomar una copa, o mejor dicho cuatro, en el bar de caballeros. Recuerdo que volví tambaleándome a mi habitación y que oí los perros que ladraban en el jardín y el caballo del lechero que relinchaba angustiado mientras hacía el recorrido de primera hora de la mañana. Me acuerdo que pensé que el mundo estaba inquieto y triste, y de lo que ocurrió después, ya no recuerdo nada.

Sammy, pensarás que estos hechos son aburridos, pero te los relato porque son la única excusa que tengo. La distancia que me separaba de mi ciudad, el lecho de roca sólido del hotel Del Monte, la sopa espesa de mis sueños: se trata de la única excusa que tengo que justifique por qué me perdí lo que pasó a continuación.

Me desperté bajo una lluvia de astillas. Alguien estaba reventando la cerradura de la puerta de mi habitación.

–¿Señor Dólar?

Tengo una gran habilidad para dormir en casi cualquier parte, en los trenes, los coches, y quizá en los aviones, aunque nunca haya subido a uno, pero para que me despierte en cualquier parte, eso ya es otro cantar. Abro los ojos sin saber dónde estoy y de pronto me entra pánico. Estoy acostumbrado a despertarme dentro de un cuerpo extraño pero las habitaciones extrañas me aterrorizan. Te acordarás, Sammy, que durante la primera semana que estuve aquí me daba con la cabeza en tu litera cada mañana y chillaba como una niña. Lo que no sabías es que yo creía estar a mil kilómetros de distancia, en otro siglo, en el viejo South Park, con el olor a las salchichas de Maggie friéndose en la cocina, cuando en realidad me despertaba para encontrarme en una cama en miniatura en el Medio Oeste liso y llano.

Así que aquella mañana en el Del Monte, tardé casi un minuto en darme cuenta de que, en primer lugar, estaba en una habitación de hotel y que, por alguna razón, estaba en el suelo arrebujado con edredones y, en segundo lugar, que Bitsy estaba de pie a mi lado envuelta en el resplandor de la mañana.

–¿Señor Dólar?

A su lado había un botones y más adelante descubrí que había sido él, y no la criada poderosa de las Levy, quien había roto la puerta. Estaba aterrorizado, como ya he dicho, y durante unos segundos una mirada de ternura se asomó al rostro duro de aquella mujer. Juraría que estuvo a punto de extender la mano para reconfortarme, pero la retrajo rápidamente, posándola en su cintura ancha, y gritó:

–¡Está vivo!

–¿Qué ocurre?

Me miró como si quisiera tasarme.

–¿Se encuentra bien? Parece ser que le ha arrojado de la cama.

–Bueno, no sería la primera vez que me paseo dormido...

–¿Por qué no ha abierto?

–¿Abierto el qué?

Bitsy inclinó la cabeza hacia un lado, como un loro.

–Le he estado llamando.

–¿Qué ha pasado?

Sonrió y le dio un codazo al botones.

–Quiere saber qué ha pasado. ¡Ja!

–Bitsy, ¿podrías pasarme mi bata?

Hizo caso omiso a mi orden. En cambio, se volvió hacia el botones que tenía la bata en la mano.

–¿Tienes ese diario? Enséñaselo. Me voy abajo a hacer las maletas, señor Dólar. Nos vamos a Pasadena a ver a algunos amigos y, con un poco de suerte, jamás tendremos que volver a este lugar.

Me puse la bata mientras se dirigía hacia la puerta. Oí un grito que venía del pasillo y el botones me entregó rápidamente el diario. Se trataba de una edición temprana del *San Jose Evening News*, con pocos adornos y muchas erratas:

> Daños importantes en los edificios de la Universidad de Stanford, con muchas bajas.
>
> Santa Cruz gravemente afectada, muchas bajas; destruidos los edificios de gran importancia.
>
> A las ocho todavía no había llegado ningún tren del norte ni del sur.
>
> Debido al corte de electricidad, no se han podido confirmar los informes.
>
> Se informa que un hombre ha llegado de San Francisco en coche. Dice que el desastre allí es todavía peor que en San José.
>
> Última hora: Se informa que hay miles de muertos en San Francisco.

–¿Qué ha ocurrido? –susurré–. ¿Qué ha ocurrido?

Entonces me llegó la respuesta: un estremecimiento despreocupado de la tierra. Se me antojó como cuando una criada hace la cama y sacude la sábana hasta dejarla llana, un estremecimiento que atravesó la habitación y vino hacia mí, lanzándome al suelo boca abajo. Se me llenó la boca de polvo. Podría haber sido la cuarta réplica de aquella mañana, pero fue la primera que yo experimenté. Un terremoto, por supuesto.

Te parecerá valiente o desalmado, pero ni siquiera se me pasó por la cabeza que mi madre y Mina pudieran estar muertas. Creo que se debía a la noción infantil de que la familia es un hecho demasiado permanente para morirse, o que, habiendo perdido a una abuela y a un padre, Dios no iba a ser tan despiadado como para despojarme de todas las cosas preciosas que me quedaban en la vida. Ésa fue la esperanza que tuve desde donde estaba tendido, con el corazón que me zumbaba y rezumaba como una colmena sacudida. Y como yo, muchos estaban albergando la misma esperanza. En las semanas siguientes, después de que el fuego se hubiera apagado del todo, todavía se veían los folletos trágicos, por ejemplo: «Desaparecida: Señora Bessie O. Steele, de treinta y tres años, cabellos oscuros, delgada, alojada en el Hotel Rex». Cada uno de nosotros sabíamos que se trataba de una esperanza vana, pero buena. No nos vimos capaces de arrancarlos.

Por suerte, recibí noticias del viejo Hughie dos días después informándome que todos habían sobrevivido. Su nota me fue entregada con absoluta formalidad por un funcionario de la Dirección General de Correos de Estados Unidos, y no te lo creerás cuando te diga que me llegó escrita en un cuello de pajarita. Más tarde me enteré de que Hughie había estado sentado en un banco en el barrio chino, sin siquiera un trozo de papel, y había decidido escribir un mensaje en el cuello de su camisa. Después se lo había entregado a un trabajador de correos que pasaba por allí. Cientos de personas enviaron artículos similares desde San Francisco en los días que siguieron al incendio: cuellos, trocitos de papel, sobres vacíos, tarjetas y pedazos de metal, lo que fuera para hacer saber a sus seres queridos que estaban bien. La Dirección General de Correos los entregó todos, aunque no estuvieran franqueados. En un lado del cuello había escrito mi nombre y el del hotel Del Monte. En el otro leí, escrito en aquella letra tan familiar y tan horrible:

> Todo bien, tu madre también, aunque de tu casa no queda nada. ¡Pues adiós y que se pudra! ¡Ven a ver el fuego conmigo! ¡Comeremos y beberemos y seremos felices, pues mañana quizá tengamos que mudarnos a Oakland! Un abrazo, Hughie.

Me gusta pensar que mientras estaba ahí tumbado, escuchando el murmullo de la gente en el pasillo y el tintineo de la porcelana rota, ocurrió una pequeña parte del desastre. Fue en el ayuntamiento, que perdió sus paredes en el terremoto y, a causa de un incendio a primera hora de la mañana, se encontraba ardiendo, sala a sala. Me gusta pensar que la Sala de Registros se prendió mientras me levantaba del suelo, que la letra T siguió ardiendo mientras me vestía, aturdido, y que el registro de nacimiento de Max Tivoli empezó a convertirse en ceniza dentro de su caja.

Al menos así me sentía. La muerte de Max; adiós, viejo amigo, ahora sólo queda Asgar. Me puse de pie y mi cuerpo se me antojó tan ligero como el globo del profesor Martin, flotando como una lágrima por encima de los escombros hasta muy lejos.

En la planta baja, los huéspedes estaban sentados en los sillones y las otomanas del vestíbulo, anonadados como animales acorralados, esperando que alguien les trajera café, a pesar de que se hubiera roto tanto la porcelana como el conducto principal del agua.

Era casi risible ver a toda aquella gente. Las personas que se habían despertado con el primer temblor a las 5.13 se habían vestido en la oscuridad, y la mayoría de los hombres y las mujeres elegantes del Del Monte llevaban lo que más adelante denominaríamos «atavíos de terremoto». ¡Ojalá hubiese hecho fotos para chantajearlos ahora! Repartidas por los sofás, y con cara de estupefacción, estaban las herederas exclusivas, siempre a la caza de un marido, con sus vestidos de noche, chaquetas de montar y bombines, sus rostros insulsos y sin maquillar todavía más acentuados por sus joyas más valiosas que les colgaban del cuello y las orejas. Vi a senadores y millonarios hablando en voz baja, vestidos con sombreros de copa, batines cortos, pantalones y zapatillas. La viuda de un financiero iba vestida toda de negro y con la cara todavía embadurnada de crema de noche Le Paris. Todos parecían aturdidos y preocupados. Quizá sabían que sus fortunas estaban en cámaras acorazadas de bancos que, a pesar de ser ignífugas, se habrían calentado tanto durante el incendio que no podrían abrirse durante semanas por miedo a que se les prendiera el dinero. Estaba mirando a personas que pronto iban a quedarse sin casa y sin dinero. Tiene mucha gracia pensar que se hubiesen vestido no para el Del Monte, sino para una versión vodevil de sus propias vidas.

Corrían rumores de todo tipo: un señor grueso vestido con un traje de terciopelo decía que había un hombre demoníaco que estaba recorriendo toda San Francisco arrancando los dedos de las mujeres muertas con los dientes para robarles los anillos; que las multitudes se habían congregado en la Casa de la Moneda de Estados Unidos y que estuvieron a punto de asaltarla antes de que ardiera para robar los millones de oro fundido. Una mujer que pretendía esconder bajo la bata a un perro que no dejaba de ladrar me dijo que los militares de carrera estaban desempeñando las funciones de los soldados y que estaban patrullando las ruinas de la ciudad, ejecutando a cualquiera que considerasen un saqueador. Los niños que cogieran robando recibían una paliza y alrededor del cuello les colgaban una señal que decía ladrón.

–¿No le parece increíble? –susurró, y naturalmente, pensé que sí. Se me ocurrió una vez más que el mundo se había convertido en un lugar aturdido, triste y desquiciado. ¿Cómo iban a ejecutar a la gente? Resultó, como ya sabes, que la mujer tenía razón.

–Veo que sus amigas han conseguido un coche –me dijo, sonriendo.

–¿Cómo dice?

Hizo un gesto hacia la ventana. En la entrada había un coche corriente y sencillo con el motor al ralentí.

–Me imagino que no irán a la ciudad –añadió.

Observé en silencio. Un montón de equipaje en forma de pastel de boda desapareció dentro del maletero, un portazo mudo, y el chófer se quitó el polvo de las manos. Insertó la manivela dentro de la boca plateada del coche. Apenas se veía el interior del automóvil: una pamela, un sombrero de fieltro con una pluma. Ya no estaba pensando en Hughie, ni en el terremoto. Sólo pensaba en mí. El señor Dólar. Pues por culpa de mi pánico y de mi necedad, no había escuchado las palabras de despedida de Bitsy. Pasadena. Vi cómo el coche empezó a vibrar, tosiendo en silencio, y se alejó vacilante por el camino.

La idea de perder a Alice era terrible e insignificante, pero era demasiado para mi corazón de monstruo. A mi alrededor había gente que charlaba y se reía y hacía planes para buscar un automóvil y partir hacia el sur, cargándolo con los cacharros inútiles de sus vidas inútiles, pero yo era el rey de los bobos porque no quería ahorrar ni una moneda ni salvar una sola vida. Lo único que quería era impedir que Alice volviera a escaparse. Quería encerrarla entre las paredes musgosas de mi vida musgosa. ¿No comprendes? Ella no estaba en algún lugar del hotel pensando en Asgar, que la había besado. Ella estaba de camino a Pasadena. Ella estaba alejándose de mí como ya había hecho una vez, y ¿yo qué sabía si nuestra ciudad estaba reducida a cenizas y acabaríamos desperdigados por el continente, o aún más lejos, y si tardaría años en volver a encontrarla? Un desastre nos había unido y otro nos iba a separar. Me había convertido en una Gorgona insaciable que no quería dejar escapar a su doncella.

Me levanté y me puse a correr por el vestíbulo. Y es que ya no tenía años para encontrarla. Tres, quizá, o cinco. Pero ya no tenía veinte, como antes, ni siquiera diez; sería demasiado tarde. Mi condición me delataría. Porque imagínate que Alice y su madre hubiesen huido a Pasadena, y luego a casa de unos familiares en Kentucky o Utah, y tardara diez años en encontrarla. ¡Imagínate! Todo sería en vano. Ése fue el pensamiento que me rondaba la cabeza cuando aparté a un músico que abrazaba una viola. En diez años Alice podría haberse convertido en una mujer desvaída de cuarenta y tantos años, con gafas de pajarito, robusta y con el cabello rubio teñido, casada y con dos hijitos que habrían empezado a dar sus primeros pasos pisándole los dedos meñiques, y yo seguiría amándola. ¡Por supuesto que iba a seguir amándola! Seguiría acudiendo a su puerta y le haría una reverencia y susurraría su nombre y esperaría a que el rubor le subiera al pecho como siempre. Ése no era el problema. El problema era que, cuando abriera aquella puerta, no vería a un hombre de unos cuarenta y cinco años con un bigote espléndido y una sonrisa enorme. Se encontraría con un jovencito. Un jovencito de veintipocos años sonriéndole desde su cara de sol de bronce y sacando los músculos por debajo de una camisa blanca de tenis. Habría llegado demasiado tarde; seríamos demasiado diferentes. Tal vez llegara a seducirla, incluso a conseguir que dejara a su marido para venir a pasar un fin de semana en un hotel, unos días de pasión indescriptible, pero habría llegado demasiado tarde para el amor. Las mujeres no entregan sus corazones a jovencitos. Bebería mi juventud de un trago y una mañana cogería sus gafas manchadas de la mesita de noche y me abandonaría para siempre en aquella habitación alquilada, pensando: «Lo superará. Es joven». Pero jamás me sobrepondría a algo así. No, pensé mientras forcejeé con el pomo de cristal de la puerta de entrada, si la perdiera ahora, mis posibilidades se morirían un poco más cada año a medida que me fuera haciendo más joven. «Ay, Mary», recuerdo que pensé en aquellos momentos de locura. Mary, te equivocaste. El tiempo nunca ha estado de mi lado.

La señora Ramsey, mi aspirante a madre, está en la misma habitación que yo mientras se acaba de cocer la cena. Y aunque esté castigado, con las alas cortadas, todavía tengo suficiente descaro para seguir escribiendo mientras ella encera el piano a escasos metros de distancia. Como le impacientan los quehaceres domésticos, de vez en cuando levanta la tapa y aporrea alguna melodía vieja y cuando lo hace, suelta una carcajada y se vuelve para mirarme. Ay, señora Ramsey. Hay tantas cosas que tengo que decirle, pero todavía no, por supuesto. No diré nada hasta que llegue casi al final.

Me está matando este mutismo. No sabe qué poco ha faltado para que se lo confesara todo, señora Ramsey, pues mi silencio está a punto de romperse unas veinte veces al día. Por ejemplo, cuando me quedo leyendo hasta altas horas de la noche y aquella voz entra por la puerta medio cerrada, diciéndome con voz cantarina que me duerma ya de una vez. Cuando estoy enfermo y usted, preocupada, me da de beber, cara a cara, aquellos licores de color naranja de su armario secreto. Cuando nos topamos el uno con el otro ya entrada la noche y temo que me haya reconocido por fin, pero entonces me susurra que tampoco ha podido dormir y que agradece la compañía. Cuando quema aquellos guisos de carne tan horribles y anuncia que esta noche hay «¡desayuno para cenar!» y nosotros estallamos en aplausos. Cuando grita en un ataque de furia maternal. Cuando la sorprendo bailando sola al son de la vitrola. Cuando veo su rostro embelesado por la radio, las arrugas y las ansiedades borradas como hace treinta años. Cuando veo ese apellido en cada carta que llega, señora Ramsey, ese apellido que le dio un tercer marido para que pudiera ocultarse, señora Ramsey, señora Alice Ramsey.

No puedes ocultarte. Siempre te reconoceré, Alice. Siempre encontraré tus escondites, mi amor. ¿No te has dado cuenta de que tu perfume te delata?

III

2 de agosto de 1930

Oigo que me llaman para cenar.

Por el olor, Alice Ramsey, deduzco que has vuelto a hacer algún plato italiano y que me están esperando los mismos macarrones gratinados que me hacía mi vieja esposa. El olor a mantequilla y nata, la cazuela como los rizos rubios de una niña, un mundo de ensueño repleto de recuerdos. Ahora oigo a Sammy que baja la escalera a brincos; sé a ciencia cierta que no se ha lavado las manos. Alice, te oigo hablar con él. Y ya está: el ruido de Sammy que sube la escalera de nuevo. Eres una madre excelente para nuestro hijo.

Así que sólo tengo un momento. Hace un ratito has asomado la cabeza por la puerta de nuestra habitación para ver qué estaba haciendo y, creyendo que estaba ocupado con algún trabajo para la escuela, has soltado una carcajada de las tuyas. Me alegra que te divierta, Alice. ¿Te has dado cuenta de que tu hijo adoptivo nunca ha sido tan feliz como cuando está escondido aquí con vosotros dos? ¿Te has dado cuenta de que no hay nada tan bello, no hay luna más llena, que tu rostro cuando se asoma desde el pasillo, el cutis un poco más blando y gris, con una mancha rosa en una mejilla, el cabello teñido, pero el mismo rostro radiante que conocí hace años, riéndote de este colegial ridículo que se muerde la lengua cuando se concentra? Por la noche, en mis sueños, lo que veo es tu rostro. Tú, Alice, haciéndote mayor en este chalet sencillo. En mis sueños, sin embargo, te iluminan lámparas de gas.

¿Y por qué nunca mencionas el terremoto y lo que te ocurrió allí? Ahora que tenemos más confianza, la otra noche a la hora de cenar aproveché para preguntarte sobre lo que pasó y Sammy levantó la vista de la carne asada, intrigado, pero tú sólo cogiste tu plato, negando con la cabeza.

–No soy la más indicada para responder a esta pregunta –dijiste.

–¿Pero no estuviste allí? ¿No lo notaste? –pregunté, intentando parecer lo más infantil posible.

Te levantaste y el plato se inclinó hacia un lado, reflejando la luz eléctrica.

–Sí.

–¿Y qué hiciste?

–No estábamos en la ciudad. Estábamos en un hotel.

–¿Te marchaste? ¿Adónde fuiste?

Alice, te limitaste a asentir con la cabeza, sonriendo, y me diste una palmadita en la cabeza.

–Ay Señor, déjalo para los libros de historia –me dijiste–. A ver si conseguimos recoger un poco antes de encender la radio.

Creo que he descubierto tu secreto, señora Ramsey. No puedes contarnos ninguna historia sobre el incendio, ninguna historia sobre el Del Monte porque, igual que los hilos azules que entretejen en los billetes para impedir que los falsifiquen, hay algo tan esencial que no puedes suprimirlo sin levantar sospechas. Él es el protagonista de todas las historias del terremoto que podrías contar, pero tienes que omitirlo. Tienes que asegurarte de que nadie pueda seguirte la pista hasta localizarte en esta localidad tan encantadora donde te has escondido junto a tu hijo; no puedes dejar ningún rastro que permita que él os descubra. Soy yo, ¿verdad, Alice? Yo soy tu secreto; yo soy tu hilo azul. Cuánto lamento haber envenenado tanto tus historias que, igual que un pozo, ya no puedas sacar nada de ellas. Sobre todo cuando ya es tan inútil, tan absurdo, que sigas escondiéndote.

¿Hubo estrellas en tus cabellos aquella mañana hace tanto tiempo? ¿Cuando salí a la puerta cochera, desesperado por detenerte? ¿Cuando grité al coche que resoplaba y traqueteaba por el camino, demasiado lejos para poder alcanzaros, marchándose por las rodadas del hotel Del Monte? Para mi propia sorpresa, di un sollozo y me desplomé al lado de una columna, mirando el coche reluciente de color verde que me había dejado atrás para dirigirse a Pasadena, corriendo a toda prisa bajo las sombras rayadas de los cipreses, un sollozo pequeño, desesperado y patético. Alice se había escabullido una vez más. Tenía el corazón despojado de toda su carne, como una calavera huesuda. Me volví para mirar el cielo blanco y brillante con sus pelotones de nubes, sus aves peregrinas, las langostas que venían. Entonces desvié la mirada hacia el hotel y ahí estabas. Oh, Alice. Llevabas todo el tiempo allí, de pie, sonriendo bajo tu capuchón, el pintalabios perfectamente aplicado incluso en la oscuridad de la mañana, esperando. No a que te trajeran café ni tu equipaje, ni a tu madre. Esperándome a mí.

Me dijiste:

–Por fin, solos.

De forma tan franca, como si no me amaras. Y entonces soltaste aquella risa inmortal y encantadora, so guasona.

¿No había estrellas en tus cabellos?

Ahora son dos las voces que me llaman para cenar: la de Alice, cautelosa, y la de Sammy, temeraria e impaciente. Macarrones gratinados, un placer para un anciano en su juventud, un anciano que recuerda. Sólo tengo un momentito para anotar esto: Alice bajo la sombra del arco, con los sauces a su espalda, riéndose, con anteojos colgados de los dedos. Esperando, nada más, en el aire seco y polvoriento. La impresión de ver esa cara preciosa, inestimable, la única persona que no deseaba verme muerto. Se había encargado de poner a salvo a su madre. Se había quedado atrás por mí. En ese preciso instante, los soldados estaban dinamitando su casa y su pequeña fortuna estaba agonizando en su cámara. Ella no lo sabía. Me brindó una sonrisa vacilante y me tendió la mano. Sus amigos estaban abandonando la ciudad para no volver nunca más; su madre ya incubaba una enfermedad que la iba a postrar en su lecho de muerte durante años. Ella no lo sabía. Allí, en la entrada, atrayéndome hacia ella con un guiño. Alice, susurrándome tonterías al oído.

Lector, se casó conmigo. Claro que se casó conmigo. Yo era lo único que tenía en el mundo.

Nos casamos en mayo de 1908 y por fin conocí cada centímetro del éxtasis. Imagina cómo debía estar yo en ese día maravilloso dos años después del terremoto, con mi abrigo negro príncipe Albert acampanado a la altura de las rodillas, chistera, reloj de bolsillo (escondido) marcando cada uno de los minutos que pasarían hasta que tuviera a mi Alice. También llevaba una sonrisa dulce en los labios, las mejillas ligeramente inflamadas debido a un resfriado casi curado pero también, sospecho, por el terror placentero de alguien que está a punto de cometer un atraco a mano armada. Encima de nosotros: el sol que atravesaba la niebla como un pez abisal luminoso. Detrás de nosotros: las ruinas de nuestro City Hall, todavía sin retirar. Lo único que quedaba era la escalera de caracol de la cúpula, la espina dorsal de un dragón. Mi prometida estaba cuchicheando con la testigo, la viuda Levy, vestida toda ella de malva y plumas, y yo estaba inquieto, estrujando mi pañuelo de bolsillo hasta convertirlo en una bola húmeda. Imagina mi corazón feliz prendido a la solapa: una flor ensangrentada en el ojal.

Y Alice, imagínala, por favor. Una túnica verde aparentemente sencilla que revelaba, cuando daba un paso grande, las estrambóticas calzas turcas que llevaba debajo. Un detalle blanco en el ramo (no somos botánicos, somos hombres enamorados) y en la cabeza, tan típico de mi Alice estrafalaria y donosa, un tricornio con adornos de encaje. No consigo saquear de mi recuerdo una imagen de su cara; se ha manchado de tanto manosearla. Pero me imagino una sonrisa inteligente, con una de las comisuras torcida, para formar una expresión tierna.

E imagínate mi ciudad, con estandartes de celebración que todavía ondeaban en los nuevos techos y en las agujas de las iglesias de San Francisco, pues hacía tan sólo un mes habíamos celebrado el segundo aniversario de nuestra supuesta destrucción. Siendo una ciudad adolescente e impaciente, lo reconstruimos todo con la mayor rapidez posible, exactamente igual que antes, y cometimos los mismos errores compulsivos y relucientes de un joven ansioso de demostrar que está vivo. No sólo por los escombros que nos rodeaban todavía. Aparte de la escalera del City Hall, el mundo a nuestro alrededor tenía un gran parecido con el de antes, pero esta vez con pintura nueva, electricidad moderna y garajes para los automóviles. Habíamos dejado de ser esa vieja ciudad de lámparas de bordes dorados y paredes aterciopeladas. Anhelábamos, como todo hombre joven, ser modernos.

Cuando apareció el juez, oí que mi prometida susurraba:

–Tengo tanta suerte, Asgar, tanta suerte de haberte encontrado...

El resto se ahogó en el torrente negro de sangre que me inundó los oídos.

Supongo que Alice tuvo suerte, de alguna manera, de encontrar a su Asgar. Estoy convencido de que su madre, que sonreía a nuestro lado, lo veía así, pues era un hombre cumplidor y amable; era atractivo de un modo inquietantemente nórdico; había sido una auténtica roca para ellas cuando se habían visto en apuros; y, lo que era aún más importante para la señora Levy, el señor Dólar tenía ingresos, que no era moco de pavo. Verás, el destino me había dado el último corazón que me faltaba para completar mi escalera de color. Y es que debido al terremoto, las viudas habían perdido toda su fortuna.

Sólo hubo seis compañías de seguros que cumplieron con sus pólizas de forma íntegra. Las Levy tenían la casa asegurada con una compañía alemana que, al enterarse del terremoto, rápidamente canceló todo trato que tenía con Estados Unidos y no pagaron ni un centavo. Se convirtió en una historia harto conocida. Otra compañía alemana incluso llegó a fijar carteles en Nueva York, afirmando con orgullo que había pagado a sus clientes en su totalidad cuando en realidad, los pobres habitantes de San Francisco habían tenido que aceptar un descuento del veinticinco por ciento de sus pérdidas, como si un desastre representara un precio al por mayor. No creo que Alice echara de menos la casa, pues estaba decorada al gusto de la Levy mayor, ni los terrenos que se vio obligada a vender, pero la vida es diferente para una mujer. Nunca son tan libres como había sido mi Alice antes del terremoto. Piénsalo un poco: una viuda acaudalada que trabajaba para una organización benéfica que ella misma había escogido. Le costó mucho aceptar que tenía que depender de un hombre. Que, como cualquier otra mujer bella y pobre, tenía que casarse.

Pero lo más maravilloso de todo, lo que me consuela en mis noches más espantosas, es lo siguiente: Alice, con un mundo entero donde escoger, optó por casarse conmigo.

–Empecemos –dijo el juez, acercándose a nosotros con aquellas mangas de emperador japonés.

Pasó las manos por encima de los bolsillos como si buscara las gafas. Para gran consternación mía, vi que se dirigió a la viuda Levy.

–¿Es usted la novia?

–¡No! –grité, quizá con demasiado ímpetu.

Nuestra testigo se rió, al igual que su hija.

–Cielos, no, no. Yo soy la madre de la novia.

–Soy yo –dijo Alice, ahora en un tono muy serio, cogiéndome de la mano.

–De acuerdo. Pónganse delante de mí. *Mi querido...*

En el fondo me alegré de que Alice quisiera una boda sencilla, sin invitados. Después de todo, no había nadie a quien invitar. Ella no tenía familia, excepto lejos en Seattle (de quien estaba harta, de todos modos) y yo le había dicho que no tenía a nadie. Sentía mucha curiosidad por mi pasado, y finalmente tuve que inventarme una historia sobre un padre comerciante que había desaparecido y una madre cantante de ópera que, en un viaje salvaje de vuelta del este, había muerto en alta mar.

¿Qué, salvo la muerte, iba a impedir que mi madre viniera a mi boda? Se trataba de lo imposible, una novia para el jorobado, y estoy convencido de que, dada la oportunidad, hubiese cancelado su vida entera para dedicarse a bordar servilletas y manteles y sábanas para nuestra cama, que hubiese venido a aconsejar a Alice sobre su vestido y sombrero (mi madre nunca hubiese permitido ese tono verde capullo) y sobre todos los entresijos de la vida de casada que mi dulce viuda, por supuesto, ya se sabía de memoria. Pero no vino. Sencillamente, porque nunca se lo dije.

Las crueldades más grandes no se andan con prisas. Al principio no me costó apartar a mi madre y a Mina de mi nueva vida. Después de todo, se habían instalado en Oakland, a un océano de distancia. So pretexto de tener la espalda lastimada tras arrastrar toda la plata por las llamas, mi madre se resolvió a no volver a hacer nunca el viaje hasta San Francisco. Decía que le gustaba su casa en la montaña y que podía vivir con holgura con el dinero que le había pagado el seguro por nuestro South Park quemado y enterrado. Pero no se limitaba a eso, por supuesto. Había adorado su vieja ciudad. Había nacido en San Francisco y había visto a los mineros que bajaban de las colinas, los italianos que prensaban sus uvas para hacer Chianti arriba en North Beach, las criadas que cantaban mientras golpeaban las alfombras; había presenciado cómo se había ido haciendo más bella, y había observado su caída. Así que no era de extrañar que, habiendo sido testigo de su muerte, no quisiera ver la nueva vida brillante que la había sustituido.

Cuando me casé con Alice, Mina ya no quería saber nada más de mí. Le habíamos explicado, en 1900, la verdadera naturaleza de su tío Bibo. Tenía doce años y me había mirado de hito en hito, jugueteando con sus lazos, perpleja.

–¿Se va a morir? –preguntó.

A lo que mi madre respondió:

–Bien, tanto como cualquiera de nosotros.

Entonces mi hermanita me miró con sus ojos negros tensos y dijo:

–No se lo podemos decir a nadie. No digas nada, por favor, Bibo, no se lo digas a nadie.

La comprendí perfectamente. Me hizo jurárselo repetidas veces a lo largo de los años. Mina temía que mi deformidad desacreditara a la familia, sobre todo a ella. Derramó lágrimas por su viejo Bibo. Pero el engendro no podía salir del desván.

A pesar de todo, ella no tuvo la culpa de lo que sucedió. Que susurrara a admiradores perdidamente enamorados, que bailara la atrevida polca en las fiestas en la ciudad, no fue culpa de Mina. Ni de mi madre, encerrada en casa al otro lado de la bahía, hablando con sus espíritus. La culpa fue mía y de nadie más. Pues no tuve bastante con ocultarles mi matrimonio. Con el paso de los años, dejé de responder a sus cartas y a sus llamadas; me inventé excusas para no ir a verlas durante las vacaciones o para sus cumpleaños; los almuerzos y paseos breves que compartíamos se hicieron cada vez más esporádicos y, finalmente, se redujeron a nada. Y como no quería que revelaran mi secreto, que destrozaran el amor que había luchado tanto para conseguir, les oculté mi vida. Yo mismo me oculté. No soy el primero en hacerlo. Tal como había hecho mi padre anteriormente, desaparecí en la nieve.

Así que estuve solo el día de mi boda. Llegué provisto sólo de mi sombrero, mi traje y un corazón lleno de miel. Sin amigos, huérfano, su Asgar se le ofreció sin reservas cuando le deslizó ese anillo por el dedo y le cuchicheó aquellas palabritas.

–Pues yo también te quiero –dijo Alice.

Nuestra testigo rompió a llorar.

El juez nos declaró marido y mujer. Los pájaros, que habían estado durmiendo en los espirales de la escalera estropeada, alzaron el vuelo e inundaron el cielo encima de nuestras cabezas. La mano de Alice estaba helada como un mes de febrero.

–Asgar, ¿estás llorando?

–No, no.

–Vamos, no seas bobo. Bésame.

Lo era. Lo hice. Pues eras lo único que me quedaba en la vida, mi querida Alice. Había alejado a los demás.

¿Qué somos capaces de abandonar para reivindicar lo que desea nuestro corazón? ¿En qué nos convertimos?

En cuanto a nuestra noche de bodas, ¿qué puedo decir, mi querido lector lascivo? Es posible que mi hijo esté leyendo estas páginas y se ruborizará, de modo que tengo que abrir un biombo de pavo real encima de la página. Detrás de él, imagina lo que quieras: aire brumoso que gotea por un cuerpo. Unos recuerdos con perfume a polemonio, una plegaria adolescente escuchada al haber cumplido el doble de edad, el susurro de un nombre querido, un nombre falso. Una exaltación de golondrinas. Etcétera.

Mucho más adelante, en nuestros años maduros, estábamos de viaje en automóvil y Hughie me preguntó por qué no lo había invitado a él a la boda.

–¿Estás loco? –contesté–. Lo hubieses echado todo a perder.

–Max, hubiera venido disfrazado. Una barba postiza y una capa. Una sombrilla. Vamos, me hubiera escondido detrás de un árbol.

–Ya no quedaban árboles.

–Pues detrás de una mujer robusta. Hubiera velado por ti como testigo.

–No seas absurdo.

–¿Por qué no me lo dijiste?

–Por esa época habíamos dejado de ser íntimos. Había muchas cosas que no nos contábamos.

–Es cierto.

Siguió conduciendo, pasando por el lado de un lago de color aguamarina, ensombrecido por una única nube solitaria, el aire por la ventana haciendo ese ruido de sílaba. Le señalé tres niños, gritando como cuervos, que estaban saltando de una dársena. Sonrió. Ah, mi viejo Hughie.

Pero volvamos a la vida de casados.

Éste es un mundo codicioso, pero ella consiguió mitigarlo. De algún modo, a pesar de nuestros escasos fondos, Alice consiguió que nuestra vida fuera rica y hermosa. Durante la época costosa de después del terremoto, preparó festines de arroz y especias aromáticas, llegó a convencer a nuestros amigos más acaudalados para que nos regalaran sus entradas a la ópera, cosió colchas nuevas de telas de vestidos viejos, y todo con una gracia sublime, como si fuera perfectamente natural fundir velas usadas para hacer otras nuevas de mil colores. ¿Sabías que se pueden reutilizar pedazos de porcelana rota en un terremoto para revestir las paredes de la cocina? Mi esposa sí lo sabía. Contrató al hijo de un vecino e hizo reformar la cocina con una porcelana inestimable y rajada que unos amigos iban a tirar. Incluso empotró una taza de té rota en medio de toda la porcelana fina de Limoges. Imagínate, una taza que salía de la pared con el asa y todo, en la que siempre ponía las flores frescas que le traía.

Lo que comíamos mi esposa y yo para desayunar: cereales de trigo de una caja. Lo que aprendimos juntos, riéndonos en la intimidad de nuestra sala, pero que nunca llegamos a interpretar: el *turkey trot*[1]. El olor que desprendía al atardecer cuando entraba en la sala, donde yo la esperaba: Rediviva.

Dime: ¿cuál es el vino apropiado para acompañar al éxtasis? ¿Cuál es el tenedor adecuado?

Puedes maldecirme si quieres, Alice, pero al menos reconoce que nunca fui ruin. En realidad, te di todo lo que pude: vestidos que te había visto admirar, muy por encima de nuestras posibilidades económicas, que te compraba y colgaba en el armario para que los descubrieras, y todos los libros que tú jamás te hubieras comprado, todos enviados de Nueva York para que tú no tuvieras que salir de casa para ir a buscarlos. Te regalé todo esto y más. Incluso llegué a dejarte algunos billetes en los zapatos para que te los gastaras como quisieras. Por encima de todo, quería hacerte feliz, ver esa emoción de alegría, que tanto esfuerzo me había costado, cada vez que abrías un paquete inesperado y sacabas un libro encuadernado en cuero. El único lujo que me permitía yo era la compra de esa sonrisa, aquella risa rápida. Los malos en las novelas góticas encierran a sus doncellas en alcantarillas, o en castillos altos y lejanos, y les sorben la sangre como si fuera un licor. Los maridos celosos son diferentes, pero aun así sabemos que no nos basta con que nuestras esposas nos amen. Tenemos que crear una vida que ellas no quieran abandonar. Que sea demasiado buena para dejar. Oh, Alice, lo hice para que te quedaras.

¿Y eso no es precisamente lo que Sammy me ha oído gritar en sueños? ¿Cuando los rayos de verano rajan el cielo y *Buster*

1. Un baile *ragtime* marcado por unos pasos ligeros, movimientos de hombros y las rodillas levemente dobladas. *(N. de la T.)*

tiembla bajo las sábanas? «Quédate, Alice, por favor, quédate, por favor, quédate, quédate, quédate.»

Tú piensas que, una vez que hubiera grabado su nombre en mis huesos como un ballenero para que incluso mi piel llevara una marca tenue de aquellas cinco letras, una vez hubiera dado la vuelta el mundo en barco para encontrarla, aunque sólo fuera mentalmente, y una vez la hubiera encontrado, la hubiera apresado, la hubiera aprehendido, que el viejo Max pronto se cansaría de ella. Somos animales inquietos, después de todo, e incluso el paraíso puede convertirse en una cárcel de lo más soso. Confieso que me fastidiaba, de vez en cuando, que su forma de llevar a cabo los quehaceres domésticos no fuera de la mejor calidad. Los zapatos se multiplicaban misteriosamente debajo de los sofás. El cuarto de baño, en el que todavía resonaban las canciones que tarareaba mientras se bañaba, parecía un pantano. Y sus caprichos siempre eran de lo más impetuosos; una travesura tan inocente como ponerse las lágrimas de la araña de luces de pendientes tenía su gracia pero por algún motivo, nunca volvían a su lugar original y siempre tenía que encargarme yo de que las cosas estuvieran en su sitio. Recuerdo, también, que ponía a prueba mi paciencia cada vez que se quedaba embelesada con alguna idea (por ejemplo, que nos fuéramos a comer a la montaña) y se empeñaba tanto en hacerlo que cada vez que hubiera un cambio de planes, por culpa de la lluvia o el dinero o lo que fuera, tardaba horas en superar su decepción infantil. Pero a mí no me importaba nada de esto. Al menos, no tardaba más de uno o dos minutos en perdonarla. Con besos en el hombro que ella me consentía. Con mis dedos extendidos bajo sus cabellos perfumados, acariciando el paisaje de su cuero cabelludo como si fuera un mundo submarino. Cuchicheándole palabras al oído que finalmente la llevaban a decir: «Eres un bobo». La perdoné una y otra vez. Por supuesto que nunca me cansé de ella. Verás: la amaba.

Te preguntas si se dio cuenta. Aquella rareza específica de mi cuerpo, ¿la percibía cuando se despertaba por la mañana? ¿Cuando aceptaba todos los besos que le llegué a dar a lo largo de los años, los labios que se me fueron volviendo cada vez más tersos? ¿Los cabellos que se me fueron aclarando poco a poco, las arrugas que desaparecieron de mis ojos? Y cuando dejó de comer pan para quitarse el peso voluptuoso de sus caderas (poco se imaginaba cuánto adoraba cada hoyito), ¿se dio cuenta de que había tenido que achicar mis pantalones para que se ajustaran a mi cintura que se encogía? Tras casi seis años de estar juntos, cuando ella ya había cumplido los cuarenta, ¿distinguía que el hombre que le suplicaba un abrazo antes de que saliera, el hombre que nunca parecía cansarse de ella, lo hacía con el mismo desespero que un joven de veintisiete?

Hice todo lo que pude para disimularlo. Igual que años atrás, cuando me había esforzado por disfrazar mi edad con los tintes esmerados del barbero, tuve que encontrar nuevos trucos, antídotos contra mi maldición. Por ejemplo, me compré unas gafas sin graduar de montura anticuada que me hacían parecer un poco más maduro. Ya no me interesaba la moda como años atrás cuando nada me quedaba bien, y opté por vestirme como un anciano, con un estilo monótono y obsoleto, como si hubiese perdido el contacto con el mundo que pasaba por mi lado. Incluso le pedí a mi barbero de confianza que me pusiera unas canas en las sienes. Pero cuando me miré en el espejo, tenía el pelo todavía más rubio y vi ante mí a un chico ingenuo, tocado por el sol, que Alice nunca iba a poder amar. Bajamos el color unos cuantos tonos hasta dar con algo parecido al marrón apagado y grisáceo de los libros. Cada día de mi vida, el tiempo me estaba engañando, realzando mi cuerpo con una nueva esbeltez, músculos largos, una rosa en cada mejilla, y cada día hice todo lo que pude para destruir las pruebas. Un corazón delator latía bajo las tablas de mi piel, el corazón del hombre que había enterrado. Procuré olvidarme, pues el amor nos enseña a olvidar, de que una mañana se iba a romper el hechizo y la encontraría mirándome de hito en hito, un joven desconocido.

Pero tuve suerte. Sólo se fijó en los cambios que estaba experimentando su propio cuerpo, y a menudo oía unos suspiros graves que venían de la habitación. Se tomaba estos cambios a risa: las arrugas, la barbilla, las nuevas canas (que desaparecían en el salón de belleza), los cardenales que tardaban demasiado en curarse, los dolores de espalda, de pies. Intentaba quitarles importancia a todas estas cosas, como si no le importaran, y le dije una y otra vez que estaba preciosa. Y es que yo quería ver cómo envejecía. Quizá fuera producto de mi deformidad, pero me excitaba pensar en las transformaciones que sufriría su cuerpo con el paso del tiempo, sus pechos llenos y caídos, su cuello rodeado de pliegues. En nuestros últimos años juntos, cuando ya no podía disimular las arrugas que se le habían formado alrededor de la boca, la deseé más que nunca. No a la chica que había conocido con catorce años punzantes, sino cada una de las variaciones de esa chica. ¡Qué delicia ver cómo mi Alice se iría rellenando para luego quedarse delgada, frágil y cana, y cómo la cara se le llenaría de surcos cada vez que se reía! Ése era el motivo de mi sacrificio: quería que madurara hasta que muriera en mis brazos.

Una mañana fresca, después de hacer el acto onírico del amor, un acto que me había imaginado tantas veces de joven y que, durante aquellos primeros años, se me obsequiaba con entusiasmo a diario, mi nueva esposa se volvió hacia mí y me dijo:

–No tengo bastante contigo, Asgar. Necesitaría otro hombre.

Arregló las sábanas felizmente a su alrededor y entonces volvió a mirarme, sonriendo con picardía.

–¿Por qué me miras con esa cara? ¿Te has hecho pupa? Un hijo, cariño mío. Creo que nos hace falta un hijo.

Tú, Sammy, tú eras lo que necesitaba. Alice habló de ti con tanta alegría esa mañana, llena de planes optimistas, casi como si fueras un tesoro que hubiesen enterrado hace años en su vida y que ella había vuelto para reclamar. Te conocía hasta el más mínimo detalle, tu risa inteligente, tus travesuras en el colegio, tu cara de haber estado bajo el agua cuando te levantas por la mañana, tu arrobamiento cuando lees las novelas de Julio Verne, cómo haces el pino, cómo cantas y cómo silbas por la nariz, cómo nadas más lejos que el resto de tus amigos cuando bajáis al río. ¿Cómo puede ser que las madres sepan estas cosas? ¿Incorporan sus sueños en sus hijos, célula a célula, incluso antes de que nazcan? ¿O tienen alguna pista mística acerca de sus hijos, un mapa de pirata plegado en la cabeza?

Durante el primer año de nuestro matrimonio hablaba de ti con ilusión cada vez que acabábamos nuestro abrazo conyugal y me recostaba aturdido y feliz en las sábanas de la cama. Todavía se me antojaba tan fresca y tan pura la imposibilidad de que mi pequeña Alice, a quien había amado desde que llevaba tirabuzones de caramelo y sombreros de princesa, pudiera besarme con tanta pasión, arañarme como si quisiera hacerme trizas. Como una druida, cada mañana me reducía a cenizas. Nuestra casa estaba envuelta en una niebla constante, pero recuerdo la ventana repleta de luz, y un rayo en forma de diamante alargado que se extendía por nuestros cuerpos. Y mientras yo disfrutaba de mi dicha íntima, tu madre enrollaba mis cabellos alrededor de sus dedos y me decía que pronto ibas a llegar, que ya sentía que te convertías en una perla en el nácar de su matriz.

El segundo año se convirtió en una ocupación: la idea de tenerte, las implicaciones de tenerte, siempre en medio de nosotros en la cama. «No seas tan tímido, Asgar», solía susurrar mientras se acercaba a mí a gatas con los ojos oscuros y felinos. «Sólo tienes que hacer exactamente lo que te diga.» Yo obedecía con sumisión; no podría haber tenido mejor maestra. Pero aquellas mañanas imposibles y relucientes del primer año habían quedado atrás; ahora teníamos una tarea entre manos, como un equipo que busca una isla inexplorada, y a veces me apartaba los dedos que le hacían cosquillas, mis besos llenos de susurros, resuelta a hacer sólo aquello estrictamente necesario en el amor.

El tercer año fue como un cuento de fantasmas. A veces dejaba el libro y se quedaba con la mirada perdida en algún rincón, como si estuvieras allí, apenas visible, caminando por el pasillo. Le costaba mucho dormir y se levantaba por las noches para ir a la cocina, y juraría que la oía cantar en voz baja. Alice intentó levantarse el ánimo con la fotografía y salía de excursiones que ocupaban todo el día. Por la tarde volvía con imágenes de la reconstrucción de nuestra ciudad, el nuevo barrio chino con sus calles más anchas para evitar que entrasen las ratas, sus pagodas, sus filas de niñas cogidas de las trenzas. Los niños en el parque, las madres reunidas como volantes blancos en los bancos. Revelaba estas fotografías en el cuarto de baño y gran parte de ellas acababan en pedacitos. ¿Buscaba una imagen de ti? A veces volvía a casa y la encontraba toda arreglada con un vestido de satén y diamantes de strass; mi Alice, acicalada para alegrarse, igual que en los viejos tiempos de South Park. La sorprendía sentada al lado de la ventana, reluciente, riéndose, asegurándome que «¡me encuentro de maravilla, querido!». Pero siempre se me caía el alma a los pies. ¿Cuál era el anhelo que se ocultaba detrás? ¿Cuál era el secreto? Yo me reía y me servía una copa, esperando que mañana fuera otro día. Pues no soportamos lo que sólo vemos a medias.

Nuestros revolcones en el dormitorio se fueron haciendo cada vez menos frecuentes, pero más intensos: una sesión en la que el espíritu que invocábamos se negaba a presentarse. «Creo que he notado algo esta vez –me susurraba, preocupada–, o no, quizá no.» Entonces se sumía en el silencio, arropada con las sábanas hasta la barbilla, la nariz roja del aire frío. Empecé a desesperarme. Verás, como cualquier amante, nunca tuve la certeza de que fuera completamente mía. Sabía que podía desaparecer en un abrir y cerrar de ojos. Pero con un hijo, un hijo mío, si por algún motivo (¡Dios me libre!) dejase de amarme, a ti te iba a querer para siempre y con eso ya tenía suficiente. Podrías haberme salvado la vida. Y sin embargo, reconozco que también sentía cierta aprensión, pues ¿qué clase de criatura iba a salir de mis entrañas de súcubo? ¿Medio humana, medio Gorgona, con serpientes en la cabeza y ojos de basilisco? ¿O, como en la mitología, inmortal?

Pero eres precioso, Sammy, de veras. Estoy aquí sentado a nuestro escritorio pequeño y tú estás despatarrado como un soldado muerto en tu litera, durmiendo con la boca abierta ante la maravilla de tus sueños. El sol te ilumina la oreja derecha e irradia un color rosa coral. Tienes una mejilla irritada viva de restregarla contra la sábana. La mano izquierda te cuelga en una posición imposible, tierna y rendida y tus párpados laten con el frenesí de tus ojos dormidos. Hijo mío, eres precioso, aunque llegaste demasiado tarde.

Una breve intrusión; espero que me disculpes el polvo. Estos garabatos vienen del ático. Por fin he encontrado la puertecita que da a aquí. Es diminuto y parece un reino onírico, lleno de sillas rotas e insectos muertos y recuerdos guardados en cajas. Tengo que hacer una pausa para describir la vista que tengo desde esta ventana sucia; es sublime. Y es que te veo a ti, Alice, mucho más abajo en el jardín.

Estás agachada, vestida de amarillo, entre las hileras, la falda atada con dos nudos a la altura de las pantorrillas como hacían las mujeres romanas, los brazos medio enrojecidos por el sol y el aire de verano mientras tú te dedicas a arrancar y podar con esa determinación. Te mueves con la misma resolución que un repartidor de cartas, o bien porque no tienes ninguna duda de lo que clasificas como una mala hierba y lo que no, o quizá porque este lugar ha conseguido inmunizarte contra el remordimiento. No cantas, ni hablas, ni frunces el ceño de preocupación. Tratas a las dalias con cariño y las abordas como si cada una fuera la más preciosa, la única flor del mundo, pero en cuanto te alejas, ya está olvidada. Ah, hay una abeja que te acecha cada movimiento.

Hace calor aquí arriba, Alice. Está repleto de trastos maternales y botín de amante. Estoy contentísimo y agotado tras registrar todo el arte de Sammy desde sus primeros garabatos (casi todos ellos dibujos rupestres que parecen cabezas irregulares sobre postes delgados) hasta los retratos más recientes de nuestra pequeña familia que resaltan sus manos, tu peinado y mi barbilla. Creo que lo que más adoro son los dibujos de coches de carreras que ha hecho para mí, las invenciones trazadas que espera que un día lo conviertan en millonario. Esto es lo que un padre suele acaparar: los secretos que su hijo compartió sólo con él.

Pero eso no es lo que he venido a buscar. Como cualquier gran museo, guardas tus tesoros más importantes y más controvertidos para no sacarlos nunca más. Y aquí están, todos inclinados en fila como esqueletos en una catacumba: tus fotografías. Todas las cosas que hiciste durante los años que pasaste sin mí, los años anteriores a la última vez que te encontré. Ya está, ya lo tengo: un autorretrato tuyo flotando en un estanque. Me encanta. Me entusiasma su pasión. Insinúa un mundo íntimo de nubarrones y pétalos esparcidos y vidrios rotos. ¿Qué ven nuestros amantes cuando cierran los ojos? ¿Qué les viene cuando sueñan despiertos? Sólo aquellos que se enamoran de artistas lo sabrán, aunque nos rompa el corazón descubrir que nunca somos nosotros.

Tendré que estar atento, Alice Ramsey, si pienso fisgonear entre tus cosas. Pero ahora que he empezado a espiarte, apenas sé cómo parar. No puedo quedarme aquí sentado en este cuarto sofocante buscando un pedazo del pasado porque ¡tú ya estás aquí! Lo que llevo buscando desde hace tanto tiempo está abajo, en el jardín. Te arrodillas y tus pantorrillas se abren entre los puños peludos y rizados de las amapolas, la piel ligeramente amoratada de cuando te cogí el otro día mientras jugábamos. He dejado mi huella. Aquellas piernas que se caen de debajo de tu falda. Y me imagino a una niña en la misma posición, buscando un prendedor en la hierba oscura, los calzones subiéndole por los muslos. La abeja está volando por encima de ti, bajando en picado hacia tus cabellos, pero no te has dado cuenta. Te inclinas hacia atrás y te secas el sudor de la cara con el interior del codo, un gesto de campesino. La abeja, el sol, el aire da vueltas sobre ti. Tan hermosa en el jardín. Los ancianos y los niños siempre te amarán, Alice Ramsey. ¡Cuidado!

En diciembre de 1912, cuando llevaba más de cuatro años felizmente casado con Alice, nuestras vidas sufrieron una pequeña alteración. Su madre, la viuda Levy, que se había instalado en Pasadena después de que nos casáramos, se puso enferma. Los médicos nunca descubrieron la verdadera causa, pero si no recuerdo mal, se produjo una avalancha de telegramas que nos fueron llegando cada semana a la puerta de casa hasta que Alice me llevó aparte una noche y me dijo que era muy grave.

–Pero ¿cómo de grave, cariño?

–Pues voy a tener que ir a ayudarla.

Sopesé la situación. Si hubiese tenido una pipa, la hubiera fumado. Me coloqué como uno de los maridos que salen en el catálogo de Sears, con mi chaqueta de lana, pensé en lo poco que dura la vida de una rosa y le dije que de acuerdo, que su madre podía venir a vivir con nosotros.

–¡Uf! No lo dirás en serio –dijo.

Entonces añadió:

–Además, mamá no puede viajar. Tendré que ir a pasar un tiempo con ella.

Es decir, tuvieron que operar; tuvieron que extirpar a Alice de mi vida. ¡Antes hubiese preferido que me quitasen un pulmón! Mi esposa salió de la habitación para llenar su baúl, la mitad de vestidos viejos y la otra mitad de libros nuevos y las cámaras. Iba a pasar tres semanas fuera, una conmigo, tres semanas fuera, y así hasta que se recuperara su madre. Alice volvió a entrar en la habitación y me vio la cara y en sus ojos vi un brillo de tristeza. Se acercó a mí, me cubrió las orejas con sus manos cálidas y me besó el nexo de la frente.

–Vamos, cariño, sólo serán un par de meses.

Me alegró el corazón. ¿Tan poco le quedaba de vida a su madre?

–No, Asgar –me dijo, escrutándome los ojos–. No. Un par de meses antes de que se reponga.

Se equivocó. Aquella mujer nunca se repuso. Y tardó cinco años.

Sus ausencias me destrozaron. Como Demetrio, convertí mi mundo sin ella en un invierno. Se me fue amontonando la ropa sucia, en la mesa de la cocina había un batallón rojizo de copas de vino y cada noche me iba a dormir con los brazos enrollados alrededor de un cojín del sofá. A veces, cuando me despertaba sonriendo con los crujidos de la cama, le susurraba buenos días a mi amada y cuando encontraba que entre mis brazos sólo había borra y niebla, lloraba lágrimas de verdad.

Hablamos a través de cartas, que se me antojó romántico. Le contaba cualquier tontería que ocurría en nuestra sala, de dónde había salido el último chillido de nuestro ratón interno, qué bisagra o cajón había arreglado y cualquier cambio en la vista desde la ventana. Leí acerca de los dolores y la tristeza de su madre, su belleza perdida, su naturaleza egoísta en plena floración por fin. Leí que Alice se había hecho socia de un club de fotografía y que estaba trabajando de aprendiz en el estudio de un artista local. De hecho, me mandó una fotografía bellísima en la que aparecía en un naranjal, sonriendo a la cámara con un amor pícaro (es decir, a su marido, dado que había hecho la foto específicamente para mí). Estampado en relieve había las letras *VR* plateadas del estudio. La puse en la mesilla de noche y ahora cuando pensaba en mi mujer distante, empezó a ocupar el lugar de mi propio recuerdo.

Me volví tan celoso como el mismísimo Barba Azul. Cuando iba a recogerla de la estación de Oakland con un ramo de flores o algún adorno para el pelo (algo que me ganara una sonrisa y luego acabara, aún sin estrenar, en su caja china), siempre la pillaba hablando con un hombre, a menudo bigotudo e indistinto, que la ayudaba a bajar del tren. Cuando me veía se despedía rápidamente de él. El hombre hacía mutis detrás del vapor y las cajas. La sonrisa de Alice se encendía como una bombilla de filamento.

–¿Cómo se llama? –le preguntaba una vez hubiera admirado mi regalo.

–¿Quién? ¿Qué? Ay, Asgar.

–No quiero que hables con ningún hombre fuera de tu club de fotografía.

–Asgar, estoy agotada. Mi madre ahora quiere que le lea novelas románticas en voz alta. No puedes imaginar lo aburridas que llegan a ser, ni lo explícitas, vamos. Cada acto de amor imaginable, ahí está. Cualquiera lo diría, pero resulta que mi madre es toda una maníaca sexual...

–Su nombre.

–Se llama Cyril, y vende madera y lo adoro. Ay, deja de ser tan típico. Jamás te dejaría por un Cyril. Ahora, llévame a algún sitio donde puedas besarme –decía, y me la llevaba a toda prisa al coche, sin poder dejar de preguntarme si estaba calentándome las manos encima de un fuego que había encendido otro. Cyril, o Frank, o Bob: me abrumaban las imágenes que aparecían cada noche en el baño químico de mi cráneo.

Pero se disipaban todas. Cuando estaba a mi lado durante aquella semana al mes, mi vida adquiría la tonalidad realzada de una fotografía coloreada, y aunque su habilidad para las tareas domésticas dejara mucho que desear y siguiera encontrando calcetines y zapatos debajo del sofá, y sobres abiertos por todas partes, llegué a venerar su desorden, pues era señal de que todavía no se me había apagado mi buena estrella. La esperanza de mi vida se había hecho realidad, y ordené a la criada que siempre dejara un calcetín o dos por ahí tirado y un cepillo lleno de cabellos marrones y brillantes, incluso cuando la señora estuviera fuera, como pruebas de que no estaba soñando.

Su madre llevaba unos dos años enferma cuando volvió a cambiar nuestra suerte una vez más. Una de las semanas en que Alice se encontraba en San Francisco, volví a casa y la encontré leyendo en nuestra sala pequeña. Hice un ruido y Alice me echó una mirada muy animada.

–¿Qué ocurre, mi amor?

Una expresión traviesa aleteó por su rostro y seguidamente desapareció. No dijo nada y cogió una tarjeta que había en el cuenco chino: Don Gerald Lassiter, hotel Fairmont. Una de las esquinas estaba doblada hacia abajo y se leía la palabra *Asuntos*. Una cuestión de negocios.

–¿Y esto?

–Adivina.

–¿Cómo quieres que adivine...?

–De acuerdo –dijo–. Te daré tres pistas. Chistera. Gabardina impermeabilizada. Ojos angustiados. Con eso ya tienes suficiente.

–Mi hijo ilegítimo.

Arqueó las cejas, risueña.

–Pues sería divertido, ¿verdad? Pero no, es un hombre mayor. Muy raro y enojado. Llevaba dos bastones con los puños de marfil.

–Me imagino que no habrá sido un compañero del trabajo. Eso sería muy aburrido.

–No, de aburrido nada. Vamos, Asgar, ¡adivínalo!

–Me rindo. William Howard Taft.

Suspiró.

–Eres un desastre jugando a esto. No quiso decirme nada. Sólo me preguntó por el señor de la casa. Me dijo que te concierne a ti y a otra persona.

–La señora Taft.

Volvió a aparecer un brillo en su mirada. Se inclinó hacia mí y dijo:

–Asgar, ¡creo que se trata de tu padre!

A la mañana siguiente acudí directamente al hotel Fairmont y conseguí que me dejaran pasar, aunque no fuera precisamente un lugar para un pobre empleado, por mucho que me hubiera puesto mi mejor traje. Pedí al conserje que avisara al señor don Gerald Lassiter, y esperé durante un buen rato en un sofá tallado a perforaciones al lado de una explosión de tulipanes.

El conserje volvió, sus botones centelleando en el marco del vestíbulo. Hizo un gesto con la mano y de detrás de él apareció un hombre vestido con un sobretodo, con una barba canosa bien cuidada, el ojo izquierdo empañado, ciego, y la nariz como un archipiélago de granos. La imaginación poderosa de Alice había duplicado los bastones: sólo llevaba uno, con el puño de marfil tallado. Me puse de pie. El hombre entregó el bastón al conserje y me clavó la mirada con una inhalación temblorosa.

–¿Padre? –aventuré.

–¿Qué? –me preguntó.

Sordo; sordo y cojo, pensé.

–No sé qué decir.

–¿Decir?

Más fuerte:

–Eres, eres...

–Señor Tivoli, soy abogado –dijo con la garganta áspera–. He venido aquí en mi condición de albacea y hubiese venido mucho antes si usted no se hubiese hecho tan difícil de encontrar. Supongo que no quiere que su mujer descubra su verdadera identidad. Asgar van Daler, por Dios. Usted es un memo y su padre está muerto.

Más sencillo, imposible: las huellas de mi padre en la nieve llevaban directamente al muelle, como ya sabíamos, y no porque lo hubiesen raptado mar adentro. Sencillamente se había alejado de su vida para no volver nunca más.

Había llegado a Alaska un mes después de desaparecer de San Francisco. Una vez allí, con el dinero que había conseguido llevarse consigo, compró una tienda de víveres y montó un pequeño negocio en la más remota de las regiones de América. ¿Quién sabe qué clase de felicidad buscaba allá, rodeado del frío solitario, donde el sol era poco más que una estrella gris? Algún placer tiritón, seguramente. Quizá con aquella nieve inesperada había tenido una visión, un recuerdo de su tierra natal norteña perdida hacía tanto tiempo. La tienda se convirtió en dos, y luego tres, y entonces mi padre empezó a invertir en bienes inmuebles y empresas mineras (en cobre y no en oro) que le aportaron todavía más beneficios, y eso le llevó a una acumulación aburrida y ascendente de riqueza y estatus.

–Volvió a casarse –me informó el albacea–. Con una mujer mestiza llamada Sarah Howard, pero no le dio ningún hijo ni tenía familia propia. Aquí carece de importancia fiscal. Tengo entendido que murió a causa de un brote de gripe a finales del siglo pasado.

No había nada más que decir acerca de Sarah Howard. Me la imagino, por supuesto, envuelta en gamuza y con una gorrita, ocupándose de una cocina de leña y preparando tortitas de maíz para mi padre mientras él llevaba sus cuentas. Excepto que eran ricos: una criada para ocuparse de la cocina, para servir las copas.

La india Sarah estaría cosiendo en el salón. Nada de gamuzas ni de gorritas, sino vestidos de seda y polisones incluso años después de que hubieran pasado de moda, sus cabellos negros aleutianos encendidos por el sol que nunca se ponía. La pobre difunta Sarah. Carecería de importancia fiscal, pero él la amó.

Vivió una década más sin ella. Las minas fracasaron con el tiempo pero su fábrica de conservas prosperó. Poco a poco se encargó de reformar las casas para alquilarlas y de traspasar el negocio a unas manos más dispuestas. Se volvió cano y cansado del mundo y murió. Ninguna escena de lecho de muerte, ningunas últimas palabras. Pero ¿qué palabras iba a pronunciar? Mi padre ya se había marchado sin decir nada.

–Una vida satisfactoria, tal y como demuestra su herencia.

¿Era ésa la vida que había anhelado? ¿Una vida fría, feliz y lejana? Abandonó su casa y sus ropas, nos abandonó a nosotros en nuestra ciudad famosa. Se me antojaba imposible. Yo siempre he considerado la ciudad estentórea y hermosa de San Francisco como la hija predilecta de un comerciante, adorada por todos los hombres, tan bonita y perfumada y alegre, y sin embargo siempre habrá un hombre que opina que sus encantos son demasiado estridentes. El que prefiere una mujer que susurra, una mujer con un lunar, las cejas negras y una sonrisa gélida. Siempre estuvo mi padre para optar por la vida más equivocada.

¿Por qué nos abandonan? ¿Por qué?

Doce minas de cobre repartidas por Alaska y Montana, tres aserraderos, dos buques de vapor, una pesquería, una fábrica de conservas, doce pares de zapatos de hombre, de la talla cuarenta y tres (la talla que gastaba yo, papá, hasta que se me empezaron a encoger los pies), dos docenas de corbatas de seda y fulares de todos los colores de un bazar turco, un cinescopio con diapositivas de China, de India, y de varias bañistas despampanantes, una colección grotesca de animales de granja hechos de porcelana de mayólica, gemelos de azabache y piedra volcánica, una mano femenina esculpida de carvallo, un surtido sorprendente e ingenioso de aparatos eléctricos para mezclar, moler, taladrar, iluminar, proyectar, hipnotizar y curar (ninguno de los cuales funcionaba), un reloj de oro grabado con las palabras «para mi amor Asgar» que yo no recordaba, un anillo de plata que sí recordaba (de repente me acordé de la marca que dejaba cuando se lo quitaba, un ribete doble de color rosa), varias propiedades de alquiler y un cheque de la inmobiliaria que cubría no la cuenta de mi padre (que ya estaba toda sabiamente invertida), sino las ganancias de la venta de cuatro casas en Fairbanks, una en Anchorage, muebles, cuadros y otros artículos de demasiado poco valor sentimental para que mi padre los detallara como míos, incluida, según me dijeron, una fuente de hierro forjado que representaba un niño bajo un paraguas.

Eso fue todo lo que recibí de mi padre.

Esa noche, se lo dije a Alice y se le electrizó el rostro.

–¿Qué quieres decir?

Que éramos ricos, le dije, y aunque no fuera comparable con las fortunas de los banqueros y ferroviarios que conocía ella, íbamos a poder disfrutar de la misma riqueza maravillosa y cómoda que ella había conocido antes del terremoto y que yo había conocido de niño. La rueda había vuelto a nosotros. Le dije que adoraba nuestra vida, la cocina salvaje con su taza llena de rosas, los milagros que lograba hacer a partir de su modesta lista de la compra, los metros de encaje que compraba para readornar sus vestidos viejos, nuestra vida pura y perfecta en ese espacio puro y perfecto. Le dije que deberíamos procurar no cambiar una vida que adorábamos. Y sin embargo:

–Te regalaré lo que me pidas, Alice. Cualquier deseo que guardes en el corazón.

Yo soñaba con dar una vuelta al mundo en uno de aquellos cruceros nuevos. Ningún terremoto iba a derribarnos; ninguna guerra iba a afectarnos. Podía convertir en realidad mi sueño de comprar una isla dorada. ¿No hay algún pueblo, en algún lugar desierto, a quienes se les promete algo parecido en el cielo? Las olas iban a hipnotizarla, a arrullarla, mantenerla dormida donde yo pudiera observarla mientras ella contemplaba sus sueños, mi Alice sobre las olas, bajo una portilla llena de sol, quizá para siempre.

Y así se lo dije (o alguna versión resumida) y ella me escuchó, apoyada en la repisa, sus pendientes baratos tintineando suavemente con los movimientos de su cabeza.

–No. No. Eso no es lo que yo quiero.

–Entonces ¿qué? Dime, Alice.

Sostuvo el pensamiento en la boca, como un pájaro entre las manos ahuecadas. Sus ojos recorrieron el papel pintado como si quisiera encontrar unas palabras escritas, un mensaje de una futura Alice. Cuando finalmente habló, salió como una corriente directa:

–Quiero tener mi propio negocio, un estudio de fotografía, y espacio para realizar mi propio trabajo, sí, sí, quiero...

Querías libertad. Es lo que siempre ansiamos y debería habérmelo imaginado.

Pensándolo ahora, me sorprende, señora Ramsey, que no me abandonaras mucho antes, que no volviera a nuestra casa poco después de nuestro enlace para encontrarla vacía, o llena de todo salvo tú y tu vestido favorito, el de color rojo. ¿Por qué te quedaste tanto tiempo?

–Ya veremos, Alice.

Una risa, una fuente de alegría.

–¡Es una gran oportunidad! ¡Asgar, es mi gran oportunidad!

–Ya veremos.

Se puso a bailar y entonces atrajo mi atención en el reflejo del espejo y me guiñó el ojo.

–Asgar, creo que deberíamos celebrarlo –dijo con aquella sonrisa intemporal–. Bésame aquí en el cuello. Así es.

Sólo con oler su fragancia, que me ofrecía con tan buena disposición, las partes más jóvenes de mi cuerpo empezaron a arder. Oí que susurraba:

–Asgar, haz el favor de quitarme este vestido de una puñetera vez.

Y yo obedecí, vaya si obedecí, con las manos férvidas y agradecidas. Arranqué las alas de la palomilla. Y ella consiguió su tienda.

–Deberías retocarte el color del pelo, Max –masculló Hughie a través de su nuevo bigote con forma de cimitarra.

–¿Cómo?

–Pareces un repartidor de periódicos. Podrías pasar por mi hijo.

–Mi más temida pesadilla, Hughie.

Estábamos en el club de Hughie que, debido a mi riqueza recién adquirida, me había invitado a hacerme socio. De modo que una vez más volví a encontrarme junto a Hughie casi cada noche, en una butaca de cuero llena de tachuelas de tapicería, leyendo un periódico todavía caliente de la plancha del mayordomo. Con las ausencias tan repetidas de Alice, me sentía agradecido por aquellas noches en compañía de Hughie.

–Me gustas más rico, Max.

–¡Pero serás bobo! Antes decías que te gustaba más pobre.

–¿Quién? ¿Yo?

–Sí, tú.

Lo meditó.

–Bueno, sería porque yo también era pobre. Pero lo mínimo que podrías hacer es comprarte un peinado como Dios manda.

–Pásame mi copa.

–¿Lo estás disfrutando, por lo menos? Me refiero a toda esta riqueza repentina. ¿Y Alice? Cualquiera diría que eres el hombre más afortunado del mundo.

Lo era. Después de pasar años en aquel piso sofocante, Alice y yo nos habíamos instalado en una casa amplia en Green con vistas glaciales a Alcatraz, un garaje moderno que cobijaba nuestro Oldsmobile, además de todos los chismes nuevos e inútiles que se compra la gente cuando vuelve a tener dinero, las chucherías y caprichos que tanto echamos en falta: la ropa y la comida y costumbres milagrosas y que nunca resultan ser ni la mitad de satisfactorios. Claro que con el cambio de casa, tuve que encontrar nuevos escondites para las pruebas de mis secretos, unas cuantas cartas y el colgante y la cadena que había mandado forjar mi abuela. Mientras que había sido fácil guardar el colgante en su vieja tumba entre mis zapatos, ahora temía que ninguno de los escondites iba a ser seguro; los criados lo registran todo. Finalmente, opté por guardarlo junto a las cartas en una caja con cerradura en mi tocador y le ordené a la criada que no le quitara el polvo.

No me preocupaba que Alice fisgoneara entre mis cosas; mi esposa casi nunca estaba en casa. Las pocas veces que venía a verme, hacía todo lo que podía por mimarla y ella disfrutaba, creo, riéndose de las joyas absurdas que le compraba en sus cajitas de terciopelo, chillando cuando aparqué el coche nuevo delante de la casa por primera vez, pero nunca se puso las joyas y nunca se subió al coche nuevo. En realidad, aun con el dinero que tenía, seguía vistiéndose con la misma ropa excéntrica y barata de siempre, a veces con aquellos pantalones debajo, cuando podía permitírselo. Se centró en su plan de empresa, en ese estudio que deseaba, el que le había jurado que le compraría. Anhelaba poder volver atrás en el tiempo para arrancar esa promesa de mis labios. Pero ¿cómo iba a saber lo que iba a ocurrir? La única insinuación que me dio llegó demasiado tarde, la mañana que se bajó del tren, me besó toda nerviosa y, como un mago que produce un pañuelo, sacó un papel del abrigo: el contrato de arrendamiento que acababa de firmar. Estaba tan feliz que aquella noche casi se derritió en mis brazos. La tienda de fotografía que había soñado. Un pequeño estudio en una esquina de lo más prometedora. Y cómo no, estaba en Pasadena.

–Tiene que estar cerca de su madre –le dije a Hughie cuando arqueó una ceja–. Están más unidas de lo que me imaginaba. Como aquellas higueras y cipreses que crecen el uno dentro del otro en los jardines Eastern; es sorprendente. Y su socio también está allá. Alice estuvo de aprendiz con él. Antes era bastante conocido y ella dice, en fin, dice que es su musa. Tiene clientes y experiencia.

Un amigo de su madre de hacía años, el viejo Victor. Me gustaba imaginármelo con un bigote largo y blanco y las cejas chamuscadas de las quemaduras de los polvos del flash.

–Te lo estás tomando muy bien, Max.

–Es lo que ella quiere. Cuando amas a alguien, ¿no quieres que sus sueños se hagan realidad? ¿Y si puedes ayudarle? Y de todas formas tiene que estar allá abajo. Nos vemos cuando podemos. Con eso ya es suficiente, ¿no crees? Cuando amas de verdad a otra persona.

–Supongo –dijo en voz baja.

–Las cosas me van bien, Hughie.

–¿Ah, sí?

–Pues sí.

Hughie se me quedó mirando con aquellos ojos azules orlados con pestañas albinas. Seguidamente negó con la cabeza y me tocó la manga.

–Tienes que decírselo, Max –me dijo–. Vas a perderla.

–No me apetece hablar de este tema.

–Es estúpido –dijo entre dientes. Los hombres a nuestro alrededor nos miraron, riéndose del tono de nuestra discusión.

–Mira que teñirte el pelo, y me he enterado de que ahora vas con bastón. Estoy seguro de que no la tomas por tonta. La perderás.

Lo miré con ese bigote ridículo, tan sobrio y patético como un disfraz mal hecho.

–Cállate, Hughie –dije con brusquedad–. No sé quién te has creído para dar consejos. Todos sabemos que eres un desastre en el amor.

Lo que quería decir, supongo (¿tenemos que explicar lo que el alcohol nos hace decir?), era que no llevaba bien su matrimonio. Una tarde me había presentado en su casa para llevarle una invitación y la criada me pidió que esperara a Abigail, que cuando apareció, llevaba un vestido largo de brocado y los cabellos rubios deslustrados como el polvo. Me miró alucinada. Desde arriba se oían los gritos de su hijo.

–No está en casa –me dijo, brindándome su vieja sonrisa social–. Ha ido a ocuparse de nuestra antigua propiedad. Estará allí hasta que hayan completado las obras.

–¿Qué antigua propiedad?

Se estremeció.

–La Calabaza.

Lo primero que me vino a la cabeza, y a la suya, supongo, fue la imagen de una amante alojada como un hada en una cáscara de calabaza. Fui directamente allá en cuanto pude pero sólo vi cuartos llenos de alfombras orientales y lámparas, estanterías repletas de libros nuevos y brillantes, un criado nuevo, y Hughie con la camisa arremangada. Era evidente: un retiro masculino. Hughie me dijo con toda la inocencia del mundo que no podía leer todo lo que quería en casa con los gritos de su esposa y sus dolores de cabeza, el niño y los numerosos gatos que habían ido acumulando. Vi que había decorado las paredes con retratos de militares que Abigail jamás le hubiese permitido, hombres completamente desconocidos para mí, sonriendo desde sus rostros retocados. Su criado nos trajo una pipa y, al igual que en otros tiempos, fumamos hachís hasta que caímos al suelo, riéndonos como tontos. Recuerdo que pensé, a pesar de mi estado narcotizado, que el criado, Teddy, debía de tener la edad que yo aparentaba, con su pelo negro echado hacia atrás y sus mejillas coloradas, aunque en los ojos tenía una mirada asustada que yo jamás hubiera podido imitar. Teddy me apoyó la cabeza en una almohada y me cubrió con una manta sin decir ni una palabra.

–Gracias, Teddy –le dije.

Hughie suspiró y repitió:

–Gracias, Teddy.

Acto seguido, cayó en un sueño profundo, roncando en el sofá. Ya había visto cómo actuaba con otras chicas, con Alice, en la universidad y en el matrimonio. Y aquí estaba, exactamente igual. Solo, una vez más, en su casa de soltero con su criado y su bigote, una esposa en otro lugar poniendo a dormir a un hijo, cantando una canción que él no podía oír. Un desastre en el amor; él ya sabía a qué me refería.

Tengo que dejar estas páginas por un momento. La casa ha estado modificada para una fiesta de cócteles, una actividad completamente ilegal, mi amor, pero soy una tumba. Tú estás en tu dormitorio, Alice, gritando para que alguien vaya a subirte la cremallera de tu vestido. Tengo que darme prisa. Tengo que llegar antes que Sammy.

Volvamos a un detalle que he mencionado antes: la invitación que había llevado a casa de Hughie. No se trataba de uno de los acontecimientos normales del club, las veladas copiosas y aburridas a los que los hombres ricos tienen que acudir. Su invitación había llegado en el mismo sobre que el mío. Supongo que la anfitriona sólo me había seguido la pista a mí. Se la llevé personalmente porque necesitaba que me acompañara. Por el recuerdo, por la historia. A un baile, ofrecido ni más ni menos que por mi vieja criada, Mary.

No sorprenderá ni al más joven de mis lectores, espero, que antes del terremoto, todos los senadores y comerciantes introducían monedas en su Wurlitzer y se quedaban a tomar una botella de champán con la madama, ni que más de uno tenía una mirilla reservada en las paredes perfumadas de la «Sala Virgen». Madame Dupont incluso había abierto un prostíbulo masculino con una entrada secreta para las clientas femeninas, máscaras de satén para que no las reconocieran y un harén de hombres que, según decía, trabajaban de voluntarios.

Todo eso duró bien poco, por supuesto. La presión por parte de la iglesia, la legislación, el final de nuestro gobierno corrupto, todo esto obligó a madame Dupont a cerrar sus burdeles. Pero no le había ido nada mal: algunos de sus clientes bolsistas le habían ayudado a invertir bien, y en sus salones atiborrados siempre había alguien con un buen consejo de la Bolsa. Pero no fue lo último que supimos de ella, pues como me había dicho ella misma cuando ya llevábamos un par o tres de copas, su sueño más dulce nunca había sido ser una mujer de éxito.

–Lo que quiero es ser una dama –me dijo, arreglando su peluca rubia–. Maldita sea, me lo merezco. He trabajado tan duro como cualquier esposa para aquellos hombres. Yo también quiero que me inviten a una cena con un Vanderbilt y que se vuelva para decirme: «Madame, ha sido un placer».

Y por ese motivo, años después de que su burdel hubiera cerrado definitivamente, mucho tiempo después de que la mayoría de nosotros hubiéramos abjurado de los vicios que ella representaba, después de que casi todos nos hubiéramos olvidado de ella, todo hombre importante de San Francisco recibió una invitación:

Don y doña ___________
Un Baile de Septiembre
20 de marzo de 1914
A las 20 horas
En la casa de Marie Dupont

Es imposible impedir que una puta gane dinero, y el dinero lo compra todo en nuestra ciudad, así que nos encontramos en una elegante casa blanca entre las residencias de un magnate ferroviario y un conde español. Jazmines que florecían de noche, enebros, columnas que formaban un arco que parecía la sonrisa de Teddy Roosevelt. Me figuré que Mary se habría gastado hasta el último centavo en aquella casa, escogida no para su propia comodidad más adelante, sino para la noche en cuestión. Al acercarnos a su casa se veía la luz trémula de las lámparas de gas, no eléctricas, y el sonido de una orquesta que salía de la puerta como una cascada distante; todo planeado, o al menos esperado en el momento de pagar su millón de dólares. Me imagino a la vieja Mary deambulando por las estancias vacías, juntando y separando las manos, viendo una fiesta en que todos sus hijos y padres y amantes se reunirían para reclamarla, una ocasión para sacar sus mejores joyas, sus mejores chistes, esta velada hecha, como todas las reuniones, de recuerdos que más valía olvidar.

Nos abrió la puerta un señor inglés, no una criada negra, pero madame estaba allí de todas formas, al lado del poste de la escalera, riéndose. Lo único que pude destacar de ella fue su extremada delgadez, la pequeña joroba que sólo podía atribuirse a la edad y una peluca rubia carísima. Los sexos llegan a asemejarse mucho en la infancia y en la vejez, y ella estaba en jarras en pose de sargento. Debía de rondar los setenta años.

–¡Señor Dempsey! Sabía que vendría –dijo, acercándose a Hughie con una mano extendida que temblaba ligeramente bajo el peso de sus anillos–. Le veo muy bien, guapísimo.

–Madame –dijo él, besando aquellos anillos.

Tan flaca, ¿cuándo se volvió tan flaca?

–¿No viene la señora Dempsey? –preguntó, tensando sus labios de color oporto.

–No, lo siento. Ya no solemos salir juntos.

Lo miró fijamente, esa vieja mirada de proxeneta que se convirtió en un relámpago cuando la posó en mí.

–Pero ha encontrado a un jovencito hermosísimo. Estoy encantada.

Una risa grave de viejas emociones.

Algo de la juventud vuelve con la edad. Aunque fuera evidente a simple vista que jamás iba a recuperar su belleza física, mi vieja Mary, envuelta en un vestido negro recto y con una pluma larga de garceta que le cubría parte de la frente y le daba media vuelta a la cabeza, me tendió la mano y flirteó como si a partir de ahora sólo le esperaran aventuras amorosas.

Sin embargo, acto seguido retiró la mano con un tintineo dorado:

–¡Joder! –gritó, antes de chillar de alegría–. ¡Dios mío, si es Max!

–Oye, ¿no había una chica? –me preguntó aparte mientras la acompañaba a la sala de baile–. Una chica de la que te enamoraste, pobre Max. ¿La has vuelto a ver desde que te has hecho tan joven?

–Se llamaba Alice –le contesté con ternura–. Y madame, me casé con ella.

Creo que si pudiera haber llorado, lo habría hecho. Pero igual que una calabaza seca, los años y la dureza habían evaporado todo su interior de modo que el suspiro que dio pareció el ruido de una maraca.

–¿Y cómo está Hughie? –preguntó.

Hughie había ido a buscar una copa de champán a la barra, donde estaba saludando discretamente a los pocos hombres que se habían reunido allí. Estaba tan incómodo como el resto de nosotros entre nuestros compañeros puteros.

–Es feliz, creo.

–Te equivocas. Los hombres como él tienen pocas probabilidades de ser felices –dijo, y entonces se volvió hacia mí y me escrutó como si fuera una negrera–. Hay algo que tengo que decirte, Max, y es que no has salido para nada como me imaginaba. De cuando te conocí de niño, quiero decir.

–¿Ah, no?

–No. Cuando te vi por primera vez, ay, qué horror, eras la cosa más fea del mundo. ¿Hay algo más triste que un niño con piel de anciano? Pensé: «Dios, a esta cosa no la va a querer nadie». Ésa es la verdad. Sentí mucha lástima por ti, Dios sabe por qué, siendo la criaturita rica que eras. ¡Me alegré tanto cuando vi que habías cambiado! Y que sigues cambiando. Ni te imaginas qué siente una mujer al llegar a mi edad, y tan fea, además. Una lagartija gigante vestida de seda. Y mira, ahora nos hemos cambiado de lugar. Esta noche algún hombre se fijará en mí mientras sorbe mi vino y baila al son de mi orquesta y pensará: «Dios, a esta cosa no la va a querer nadie». Me lo merezco, ¿verdad? Pero por fin he llegado donde quería. Soy una dama, Max. Así que ni se te ocurra mencionar que fui tu criada. Y tú encárgate de decirles que siempre fui toda una dama.

–Eres toda una dama.

–Y tú te has convertido en un joven muy atractivo, Max. ¿Te sorprende? Procura no hacerte más joven. Si te mantienes tal y como estás, tu esposa te querrá para siempre.

Me di cuenta de que mi vieja amiga estaba un poco borracha. Así que le dije la pura verdad:

–No puedo.

A eso, me respondió acariciándome la mejilla con el dorso de la mano.

No tardó más de media hora. Aparecieron más hombres del club que se congregaron en la sala de baile y en la biblioteca, fumando puros y levantando las cejas de manera significativa. En uno de los invitados más viejos reconocí al hombre que había pagado a Mary para ser su criada. Una vez más sonaron los compases de *El Danubio azul* con la esperanza optimista de que alguna pareja se dejaría llevar por el espíritu festivo y daría comienzo a un arrebato de baile que duraría hasta la madrugada. Sin embargo, no había ninguna pareja. Desde la otra sala, oía a madame Dupont que seguía recibiendo a sus invitados:

–¿Y su esposa? ¿Dónde está?

–Lo lamento, madame, pero no ha podido venir esta noche.

–¿Que no ha podido?

–Tiene una casa magnífica.

Y así una y otra vez.

–Estoy muerto de aburrimiento, Max –se quejó Hughie–. ¿Desde cuándo han sido tan aburridas las fiestas de madame Dupont? *El Danubio azul*, por el amor de Dios, me dan ganas de gritar. Y estos hombres podridos que seguramente reconocería mejor si los viera con los pantalones bajados hasta los tobillos, sorbiendo champán en su burdel, y que ahora vienen aquí con sus esmóquines como si tal cosa. ¡Vaya lata!

–A madame Dupont le hace ilusión.

–Esto es chantaje puro. Yo no le debo ningún favor. Yo pagué todo lo que probé.

–Pues yo estoy en deuda con ella.

–Y yo estoy cocido. Aguántame la copa. Vuelvo enseguida.

Estaba tardando mucho en volver y, temiendo que me hubiera abandonado, salí a ver si veía el coche.

Me tranquilicé cuando vi el coche aparcado oblicuamente en la entrada; en su interior, Hughie y el conductor estaban discutiendo en voz baja. Hacía frío fuera y de repente me entraron ganas de volver a casa. Caminé por el césped mojado para ver si oía qué decían, pero otro chófer arrancó su motor y me quedé mirando cómo mi amigo y su criado, Teddy, articulaban sus quejas, uno con chistera y el otro con una gorra escocesa rodeada con anteojos. Delante de mis ojos tenía una especie de película muda; incluso la niebla nocturna les había robado todo el color de sus rostros.

Me pregunté cómo había podido ser tan descuidado como para no haberlo visto antes.

Me escondí detrás de una agave y estuve a punto de cortarme la mano. En la sala de baile, la orquesta había arrancado a tocar otro vals. Hughie hizo una mueca mientras escuchaba los gritos del joven, apretó un dedo contra la sien, respondió suavemente y el joven pestañeó con frialdad. Vi guantes estrujados en un puño. Palabras duras que se convirtieron en niebla en el aire. Tú, mi lector más sofisticado, has sabido desde hace tiempo lo que yo me permití admitir por primera vez esa noche. Una carta quemada en la chimenea. Amigos queridos de la universidad que habían caído sin más en el olvido. Una esposa en su casa, un hogar junto a Teddy. El dolor en la mirada de Hughie... ¿Cuántos desengaños se me habían escapado? Me puse furioso viendo a esos dos hombres juntos. Nunca lo había sospechado. Pero la gente no consigue guardar sus secretos porque sea lista o discreta; el amor nunca es discreto. Consigue guardarlos porque a los demás no nos importan lo suficiente para darnos cuenta.

Todo ocurrió tan rápidamente que ni siquiera me acuerdo de mis verdaderas emociones en ese momento: repulsión, supongo, estupefacción y asco. Pero pensándolo ahora, lo único que siento es agradecimiento. Observé cómo los amantes, que estaban sentados en silencio, sin sonreír, se cogieron de la mano con las puntas de los dedos. En el rostro de Teddy noté tristeza y remordimiento, y supongo que amaba a mi amigo lo mejor que podía, casi lo suficiente. Unos segundos después Hughie le susurró algo al oído, le rozó la mejilla con los labios y lo besó. La escena me resultó de lo más inesperada, tan aviesa y triste. Y qué buena suerte la mía. Escribo esto, habiendo conocido a Hughie durante cincuenta años, y te pregunto: ¿qué mejor compañero podría haber pedido en mi vida retorcida? ¿Qué mejor amigo para esta bestia sin amigos que mi viejo Hughie, un monstruo secreto como yo?

Me replegué y volví a la fiesta, donde el ambiente había cambiado. La bebida seguía corriendo como el agua y ahora los hombres estaban reunidos en grupitos, riéndose como niños. Unos cuantos se habían aventurado a salir a la pista de baile y estaban bailando el vals como en los viejos tiempos en las excavaciones de oro cuando no había mujeres para bailar en pareja y el mundo estaba compuesto sólo de hombres. No le comenté nada a Hughie esa noche. ¿Qué iba a decirle? ¿Que el corazón tiene más cámaras de las que vemos?

Alguien se acercó a mí y me sacó del apuro. Estaba sonriendo y cuchicheando.

–¿Cómo dice? –le pregunté.

Me guiñó el ojo. Nos habíamos conocido años atrás pero no me reconocía.

–He dicho que es horrible. Es delicioso, ¿no le parece?

–La bebida no está mal.

El hombre empezó a enojarse.

–No, me refiero a las esposas.

–¿Qué les pasa?

–Usted está casado, jovencito, ya debería saberlo. La han rechazado.

–¿A quién?

–A Dupont, a la vieja puta. Las esposas no han venido.

Desde una sala contigua oímos a otro hombre que presentaba sus excusas: «Lo siento, no ha podido venir esta noche». Nos volvimos todos, quizá la sala entera, cuando madame Dupont, con una sonrisa de pocos amigos, entró en su propia sala de baile y aceptó gentilmente otra copa de champán. Tenía el cuerpo ligeramente encorvado y por una vez, esa mujer obstinada desapareció bajo el brillo de sus joyas y su vestido. Por fin había comprendido las condiciones de la velada. Era como un deseo concedido por un genio: había hecho aparecer a los hombres más importantes de la sociedad, pero no tenía ningún valor. Debería haberse dado cuenta de que los hombres no eran el objetivo, no eran la clave para entrar en la sociedad. La aprobación de una mujer, después de todo, es lo único que le importa a otra mujer. Y las esposas nunca iban a aceptar a la vieja Mary.

No tengo palabras que describan el odio desesperado y animal que vi en su mirada. Se quedó allí, en medio de la sala de baile, mirando a la multitud de sus clientes como alguien que está en la cárcel por un crimen que no ha cometido, que lleva años estudiando las paredes de la celda hasta que por fin consigue abrir la puerta con una ganzúa, y cuando sale, lo único que encuentra es otra pared. Nosotros éramos aquella pared. Ella no se había librado de la pobreza, ni de la mala suerte, después de todo; no se había librado de la juventud, como nosotros. Pues sólo había que mirarnos, vestidos con nuestros cuellos de celuloide y nuestros anillos del club y nuestras panzas enormes. Cada uno de nosotros nos habíamos vestido sabiendo lo que iba a ocurrir esa noche. Cada uno de nosotros, tras dejarnos entretener por ella en la sala de su burdel, iluminada con aquella luz anaranjada, nos habíamos hecho el nudo de nuestras corbatas y nos habíamos encogido de hombros delante del espejo, riéndonos de la jugada sucia que íbamos a hacerle a Dupont, la puta vieja. Nos habíamos convencido, supongo, de que la juventud es algo que hay que olvidar. Y que para olvidarla, no basta con negarse a recordarla. Uno tiene que aniquilar a la mujer que ha fabricado los recuerdos.

–Así que sólo han venido los hombres esta noche, ¿verdad? –preguntó con total nitidez.

La multitud se puso a dar vítores. Nuestra vieja Mary, estábamos aclamando a nuestra vieja Mary, y nuestro grito significaba: no vamos a dejar que cambies.

–Salud, señores.

El director apartó la mirada de la banda durante un instante, esperando, quizá, un gesto de la anfitriona. Un movimiento del dedo para parar la música y mandarlos a casa, sus niños, sus hijos, que habían traicionado a su vieja madre.

Entonces levantó la cabeza, fugazmente alegre como en sus mejores tiempos.

–¡Joder, chicos, que alguien me saque a bailar!

Un aplauso. Alguien la complació. Dejé mi copa y me abrí paso entre el gentío risueño hacia la salida.

Corría el año 1917 y Alice había venido a pasar unos días a San Francisco. Sus visitas se habían hecho cada vez más cortas dado el éxito creciente de su negocio en Pasadena, y recuerdo la sensación de abrir el armario una mañana para encontrar que faltaba la mayoría de sus vestidos. Y la verdad es que mis reacciones celosas y temerosas tampoco ayudaron. La acusaba de desatender a su matrimonio y entonces, cuando sus ojos se enternecían y revelaban algo que se asemejaba a la verdad, me volvía demasiado audaz y nombraba a su cómplice. «¡Lawrence!», gritaba, entre otros nombres, refiriéndome a un joven guarda en el tren, y ella me escudriñaba con una mirada de lo más risueña. Oh, Alice, cuánta razón tenías de pensar que yo era ridículo, pues nunca comprendí que la forma de mi Némesis no iba a ser la de un chico rubio de celuloide. Vamos, para eso te hubieras quedado conmigo; cada día me parecía más a uno de ellos.

Esa noche habíamos ido a ver una ópera de Mozart, y durante un aria apasionante de la soprano Alice empezó a moverse inquieta en la butaca, frotándose las manos como lady Macbeth intentando lavarse una mancha de sangre. Se inclinó hace delante, haciendo una mueca de dolor y aunque al principio le susurré que se tranquilizara, me tendió una mano y noté que la tenía congelada. Entonces me di cuenta de que la espalda le ardía como un pájaro de fuego. Detrás de nosotros, una matrona de la alta sociedad tosió. Alice me miró fijamente y me susurró que la salvara, o al menos eso es lo que entendí por debajo de la coloratura. Esperamos a que hubiera acabado el aria y entonces, abrigando a mi esposa con un chal y mi levita, la llevé a la calle a coger un taxi, y de allí a casa, donde la metí directamente en la cama. Con cuánta ternura la desvestí. Mi preciosidad temblorosa, con una fiebre que le hacía resplandecer los lomos, y que le subía desde el seno hasta el cuello, donde parecía estrangularla mientras suspiraba. Pasé la noche entera refrescándole la frente con paños húmedos y escuchando cómo respiraba. La observé mientras parpadeaba y se quedaba mirando al vacío, una y otra vez. Pasé la noche en vela, esperando que me revelara todos sus secretos. No soltó ni uno. A la mañana siguiente, por supuesto, estaba más enfermo que ella.

Nuestros lechos de muerte estaban en la misma habitación, y lo único que recuerdo son escenas distorsionadas de colores, momentos inconexos que se me revelaban como cuando una tormenta eléctrica revela el contorno de una casa.

Hubo un momento, pasada la medianoche, me imagino, en que me desperté con dolor de garganta y miré a Alice, que estaba tendida a mi lado mirándome con los ojos llenos de tristeza y adoración. La habitación, según la recuerdo, era una serie de rayas lilas y negras, con una lista de color que venía del pasillo del piso superior. Alice estaba pálida de su enfermedad y debía de estar alucinando.

–Duérmete, madre –dijo sin pestañear y yo, sumiso, obedecí.

Muchas horas después, me encontré atrapado entre las sábanas calientes, la habitación llena de luz a pesar de que las cortinas estuvieran cerradas, la criada que le daba un vaso de agua a Alice, que estaba sentada en el borde de la cama con un camisón arrugado y blanco de batista. Un rayo extraviado se reflejó en el agua del vaso y el mundo pareció estallar. Debí de proferir un grito porque las dos se volvieron para mirarme.

–Alice, tengo que decírtelo –dije.

Alice me miró con expectación, apoyándose en el pilar de la cama. La criada había desaparecido.

–Alice, tengo que decírtelo.

La vi confusa, pálida y asustada y, durante un instante, me recordó a mi abuela cuando se levantaba de su lecho de enfermo. La criada volvió a entrar y me administró una pastilla de color escarlata. Me la tomé de un trago punzante. Otro reflejo en el vaso de agua y perdí el conocimiento.

A última hora de la noche, abrí los ojos con la esperanza de que hubieran pasado algunos días y que volviera a encontrarme bien. Pero enseguida noté que mi cerebro embotado seguía retorciéndose como un león marino en su cámara sofocante. Acto seguido me fijé en Alice, que estaba de pie en la puerta, con una mano en el pomo, vestida de pies a cabeza de satén de color blanco y negro. En los ojos percibí una mirada diferente, más severa, una mirada que conocía lo suficiente para fingirme dormido. Pasaron algunos minutos antes de que oyera que cerraba la puerta y se alejaba por el pasillo. ¿Por qué estaba abierto mi tocador? La luz de la luna invadió la habitación como una vieja amante y se acostó en su cama desocupada.

Ocurrió a la mañana siguiente, creo, una mañana nacarada cuando, a pesar de no encontrarme mejor, conseguí caminar algunos pasos hasta el orinal donde me senté en cuclillas como un rey, agradecido de poder orinar. La habitación se balanceaba como un barco. Entonces vi mi caja de secretos encima de la cama, la cerradura hecha añicos. La oí detrás de mí:

–Asgar, explícame esto.

Estiré el cuello y vi que en las manos sostenía algo dorado y brillante. La luz me molestaba y la posición era incómoda.

–¿Cómo?

–¿De dónde ha salido esto?

Lo tiró al suelo donde la cadena se enrolló formando una S y los números destellaron contra la madera: 1941.

Pensé en mi abuela con su gorra. Pensé en mi padre cuando me metía desnudo en la bañera. Muertos, enterrados, desaparecidos.

Pensé en una cena que habíamos celebrado hacía años, en la que Alice había tocado aquellos números uno por uno mientras se burlaba de mí.

–Es la primera vez que lo veo.

–Es tuyo. Lo he encontrado en tu tocador. Dime por qué.

Le dije que la habitación daba vueltas y que no podía pensar.

Me mostró un sobre rasgado con algo escrito en letra cursiva.

–Y he encontrado esto, además.

Lo lanzó al suelo y vi que se trataba de una carta de Hughie a un tal Max Tivoli.

–No puedo pensar –repetí.

–Asgar, será mejor que te expliques.

–¿No lo conocía tu madre? Deben de ser de ella.

–No lo son.

–Quizá cuando trabajaba en Bancroft's. Ah, sí, ahora me acuerdo...

–Asgar, me estás mintiendo. Explícate de una vez.

Cuando estamos enfermos, no somos nosotros mismos. Funcionamos al nivel más básico, somos feos, desgraciados, y todos los encantos que nos suelen venir de modo tan natural se desvanecen y acabamos pareciéndonos o bien a como éramos de niños, llorando por un vaso de agua, o bien a nuestros padres en su lecho de muerte, mascullando una oración. Demasiado cansados para mantener el ingenio quebradizo de nuestro ser, nos despojamos de él, igual que las langostas, y nos convertimos, en público, en el mismo adulto triste e inconsolable que tantas veces somos en la intimidad, es decir: en nosotros mismos. La enfermedad siempre me ha dejado aturdido y debilitado, y ésta es la única razón que explique (pues tampoco quiero inventarme una excusa más lógica, y aunque Alice sospechara algo raro, jamás hubiera podido imaginarse el motivo real) por qué le dije la verdad. Por tercera vez en mi vida, infringí La Regla. En voz baja, con cuidado, como si Alice fuera una cobra que pensara atacarme, con una voz ronca que no me pertenecía, y sin embargo, con una mezcla de alivio y pesar que sí me pertenecía, interrumpido de vez en cuando por ráfagas de náusea y puntos negros, le confesé aquello que juré que jamás le contaría: la verdad.

Tú estabas sentada en el borde de la cama, Alice, mirándome de una forma que, en todos los años que te había conocido, jamás había visto, ni cuando éramos seminiños, ni cuando éramos semidesconocidos, ni siendo marido y mujer. Me miraste como si yo importara. Como si yo fuera un jarrón precioso que hubieras golpeado sin querer, y el tiempo se hubiera frenado justo lo suficiente para que presenciaras su caída fatal hacia el suelo de piedra. Como si te importara, por fin, demasiado tarde, salvarme.

–Oh, no –dijiste.

Supongo que me puse a llorar, tan desesperado, enfermo y roto estaba por tantos motivos, pero sólo te recuerdo a ti, vestida de blanco, el beso de tus labios en aquellas palabras: «oh, no», y tus ojos que reflejaban un Max pequeño y torturado en cada uno. Entonces, con las palabras que siguieron, me desollaste vivo.

–Oh, no. Estás completamente desquiciado.

Mi mente empezó a llenarse de náusea y no pude impedir que salieras de la habitación porque perdí lo poco que tenía en el estómago y me dieron arcadas, como un perro, sin sacar nada, encima de la carta caída de Hughie. Vi mi propio nombre emborronado de bilis. Entró una enfermera y me llevó a la cama y no pude ni hablar porque tenía una pastilla metida entre los labios. Vi cómo tu espalda pálida desaparecía por el pasillo. Llevabas el rostro entre las manos. Cerraron la puerta.

Me desperté aterrorizado y me encontré en medio de una conversación. Era última hora de la tarde, todavía había luz, y las cortinas estaban abiertas.

Alice estaba tumbada en la otra cama, completamente vestida de crespón plisado de color violeta, con un volante de tul en el cuello y unos guantes encima del estómago, como si hubiera pasado el día fuera. Al pie de la cama estaba su abrigo y su sombrero. Encima de la mesa vi una botella de whisky y dos vasos, los dos casi vacíos. Por lo visto habíamos estado bebiendo. Recobré el conocimiento y Alice estaba hablando:

–No quiero nada de esta casa.

–No –dije automáticamente.

–Los objetos no me importan, las alfombras y la porcelana me da igual. No las quiero. Pronto todo esto formará parte de una vida antigua. Hace mucho tiempo que mi vida se encuentra en Pasadena, Asgar, y lo sabes perfectamente. Todo lo que necesito está allá. Sólo me llevaré algunos libros y unas cuantas cositas que me regalaste tú.

–Sí.

–Le diré a la chica que envíe el resto a Victor. Ya le daré la dirección.

–Por supuesto. ¿Quién es Victor?

Alice me miró sin pizca de compasión. Había dejado de ser alguien que yo reconociera. Noté que tenía algo negro y duro que se me estaba acumulando detrás de los ojos.

–Asgar, Asgar, tienes que escucharme –dijo–. Sé que todo esto resulta muy duro.

–Max, soy Max.

–¡Basta! ¡Ya basta con esa historia!

–Alice, ¡soy Max!

Desvió la mirada hacia la puerta, donde había una arpía en forma de enfermera con una pastilla en la mano. Incliné la cabeza y me dejé caer hacia atrás encima de la almohada. La puerta se le cerró en las narices.

Veía una especie de contorno borroso alrededor de mi campo visual, un remolino acuoso como si viviéramos en el fondo de alguna parte.

–¿Quién es Victor? –volví a preguntarle en voz baja.

–Ay, eres... ya lo hemos hablado. Victor Ramsey. Ya te he hablado de él. Ahora me voy abajo y no quiero que me sigas. Estás enfermo y me vas a hacer una escena. Prométeme que te quedarás aquí.

–De acuerdo. ¿Es médico?

–Asgar, ¿me estás escuchando? Voy a coger el tren. Me marcho a Pasadena para siempre. Para siempre.

Victor Ramsey, VR, ahora sí. La niebla se me estaba disipando del cerebro y lo identifiqué como el viejo amigo de su madre, el fotógrafo, el socio de Alice. ¿Él? Se me antojó imposible. Pero Alice siguió hablando:

–Asgar, escúchame, por favor. Escúchame, por favor. Tú y yo tenemos que despedirnos.

Entonces, con más ternura, dijo:

–No, no llores.

No pude contenerme. Pensarás que soy una criatura tan simple que lloraba porque se me estaba privando de algo que yo deseaba, sobre todo esto, la meta de mi vida. Un niño, un loco, gimiendo. Pero no fue así. Lloraba porque la amaba y porque por mucho que hubiese ido desvaneciéndose hasta convertirse en una visita a nuestro matrimonio, una estrella invitada con pocas escenas, seguía amando cada una de ellas. Oír ese suspiro, Alice, desde tu vestidor mientras intentabas enfundarte en alguno de tus viejos vestidos. Encontrar otro de tus libros favoritos, estropeados por alguna caída descuidada dentro de la bañera, prensado bajo el diccionario para evitar que se deformaran las hojas. Descubrir, enrollada detrás de una silla, una de tus medias como una piel de serpiente, señal de que seguías formando parte de mi mundo. Y tu voz de canto en la cocina. Tu risa. Ese sonido bobo. Oh, Alice, tenía que salvar todo aquello.

–Alice –dije–. Hoy no me encuentro bien. Sé que hay algo que podría decir ahora mismo que lo cambiaría todo, ¿verdad? Que te quedarías si lo dijera, Alice. Pero ahora mismo me cuesta mucho pensar, estoy como en una nube así que tendrás que pensar tú. Venga, Alice, ayúdame. ¿Qué podría decirte? Vamos a ver. Sé que sólo deben ser unas diez palabras, y ni siquiera de las largas. ¿Cuáles son?

Tenías la mano apoyada en el sombrero.

–Somos extraños, Asgar. No hay nada que decir.

–Sí, sí, Alice, lo hay. Tengo que intentarlo. La vida es demasiado corta.

Me levanté de la cama y me senté a tu lado. Me sentía como si la enfermedad me hubiese endulzado. ¿Te estremeciste? Creo que por primera vez me escuchaste.

–Alice, cuando vuelva a encontrarme bien, te llevaré lejos de esta casa, de esta ciudad, y lejos del viejo Max. Tienes razón, no soy Max. Tenía fiebre, perdóname, Alice. O no me perdones si no quieres. Ni me quieras tampoco. Olvídate de todo eso. Haremos un viaje alrededor del mundo. Tú eres mi razón de ser. ¿Me oyes? No son exactamente las palabras que buscaba, pero casi. Alice, nunca vas a conocer a nadie como yo, y lo sabes, ¿verdad?

Lo dijo con tristeza:

–Sí, Asgar. Lo sé.

–¿Lo ves? Tienes que quedarte, Alice.

–No. La verdad es ésta: no sé... ya no sé quién eres.

–¡Claro que sabes quién soy! Soy yo, Alice.

Sacudió la cabeza y vi que se le estaban formando unas pequeñas lágrimas.

La oscuridad me oprimía los ojos. Me incliné hacia ella, hablando en voz baja:

–Tienes que quedarte, moriré, no tienes ni idea, ¿verdad?

–Asgar, aléjate...

Estaba ocurriendo algo horrible, pero estaba demasiado febril para impedirlo. Todavía me oigo susurrarle: «Quédate, Alice, por favor, quédate, por favor, quédate, quédate». La negrura palpitaba como una masa de alquitrán hirviente; unos segundos perdidos y entonces me encontré besándola. Recuerdo que pensé que todavía percibía en ella un poco de amor hacia mí, un último sentimiento de deseo hacia su joven marido, y mi cerebro ardiente se dio cuenta de que el universo no tiene una forma definitiva, que podríamos cambiarla si nos lo propusiéramos, y entonces la poseí, en nuestra cama, mi rostro a pocos centímetros del suyo, jadeando «quédate, quédate, quédate» hasta que mis lágrimas calientes le bañaron sus ojos abiertos.

Te lo advertí. Soy un monstruo.

No me dijo nada después, ni cuando se sentó en la cama y se abrochó el vestido, ni cuando se puso el abrigo y se miró al espejo. Con un meñique corrigió el pintalabios. Con una mano clavó una aguja letal en el sombrero.

–Alice –dije.

–Ni se te ocurra buscarme. Ni se te ocurra intentar volver a verme.

–Alice.

Se quedó ahí, inmóvil, mirando la puerta. En mis pesadillas, trabajo sin parar en una estatua de mi esposa en esa misma postura, de espaldas a mí. Nunca podré esculpirle el rostro. Entonces, sin siquiera volverse, salió por la puerta para encontrarse con su nueva vida. Esta vez, la había perdido para siempre.

Bien, no exactamente para siempre, claro está. Pues yo he torcido el destino y aquí está, tumbada al sol a mi lado con su bañador blanco con faldellín y suspirando con la radio. Acaba de darse la vuelta encima de la tumbona dejando al descubierto unos verdugones por todas las regiones sin broncear de sus muslos femeninos y el contorno en forma de corazón de su espalda, y me entran ganas de tocarlos con la mano y quitarle la rojez, borrarlos de mi bella Alice. Tiene algunas gotas de sudor debido al calor. A sus cincuenta y tantos años, está más delgada que cuando andaba por los cuarenta.

–Sammy, pásame mi refresco –dice, pero Sammy está subido en lo alto de un árbol, demasiado lejos para ayudarla.

–Mamá –grita él–. ¡Mira!

Su pequeño padre lo mira y sonríe; su madre se ajusta el sombrero y lo mira entrecerrando los ojos. La radio canta: «¡Abróchate el abrigo! ¡Cuando el viento sopla fuerte!».

Alice, tú cantas:

–¡Procura cuidarte muy bien!

Y yo me uno, entonando un soprano de niño:

–¡Eres mía y no quiero perderte!

¿Sabes qué hice después de que me dejaras, Alice? ¿Sabes por qué es un verdadero milagro que esté sentado aquí a tu lado con mis tebeos y mi chicle? Porque quería morir joven y, para conseguirlo, me hice pasar por un chico de veintidós años y me alisté en el ejército. Lo hice, Alice, un hombre de cuarenta y tantos años, sin saber que su hijo estaba creciendo en secreto dentro de su esposa desaparecida. Hice tanta instrucción que me emboté la mente. Entonces, un mes después, me concedieron mi deseo y palpé la muerte. Me fui a la guerra.

Alice, tu vaso está aquí a mi lado, ginebra escarchada.

–Ya te lo paso yo –te digo y te paso el vaso, lleno de cubitos de hielo que tintinean.

–Gracias, cielo.

La tomas y me dejas los dedos mojados. Un sorbito y suspiras, me guiñas el ojo, y vuelves a tu siesta al sol. Más tarde, me imagino, cuando el sol se haya puesto, te quitarás el bañador delante del espejo y admirarás la marca que te habrá quedado, aquella frontera en tu piel que me comería a besos.

–Frío –dices, y me devuelves el vaso.

Yo me abro el pecho y lo coloco donde debería estar mi corazón.

IV

1 de septiembre de 1930

Sammy, estoy escribiendo a la luz de la luna y de las luciérnagas, lejos de nuestra casa y sus ruidos excéntricos y modernos, lejos de *Buster* (que debe de estar aullando), lejos del aburrimiento de pasar un verano sin apenas salir. Estoy escribiendo a la orilla de un río que borbotea. La luna parece una bruja blanca. Mi familia está cerca, durmiendo; mi esposa y mi hijo, mi madre y mi hermano, y otro. Ahora, mi cara de niño está bañada en lágrimas y tengo que esperar hasta que cesen. Ya está. Nos hemos ido de acampada.

Cuando Alice propuso la idea hace algunas semanas, no cabía en mí de alegría. Se me antojó otra oportunidad, quizá la última que tendría, de acurrucarme en el consuelo primordial de mi familia. Nos imaginé juntos preparando una hoguera, cantando y asando salchichas con palos largos y tallados, entrecerrando los ojos cuando el humo venía hacia nosotros, riéndonos, cuchicheando cuando creíamos oír (nosotros urbanitas) los pasos de un oso, aunque ya se hayan extinguido en este estado seguro. Me imaginé una noche oscura en una tienda de campaña, riéndonos como tontos mientras intentábamos dormirnos, los tres. Y en aquella oscuridad, pensé que incluso podría hacer como si fuera un hombre, un padre, acostado al lado de mi esposa y mi hijo, los búhos cazando en silencio por encima de nuestras cabezas, los sapos cantando a la tirolesa, la luna como una mancha en el techo de la tienda de campaña. En la oscuridad, la vida que tanto anhelamos se nos antoja casi posible.

Pero no ocurrió así.

–Viene Rodney –me dijo Sammy la noche antes, mientras preparábamos la mochila.

Nuestros calzoncillos llevaban nuestros nombres escritos con bolígrafo del puño de Alice. Acaricié aquellas seis letras negras y sangrantes con el pulgar.

–¿Quién?

Me lanzó una mirada llena de la irritación que me muestra a menudo.

–Rodney. Tu médico, cabeza de pato.

–¡Qué dices!

–Lo que oyes. Él llevará el coche. Toda esta idea de cabeza de pato ha sido suya y a mí me parece una lata.

Debería haberme dado cuenta del cariño que florecía entre tú, Alice, y mi doctor Harper (te acordarás del médico inofensivo que me leyó los huesos), pero había estado demasiado ocupado con estas páginas e intentando aprovechar todas las horas posibles para estar junto a mi hijo inquieto para verlo. Ha habido, por supuesto, ocasiones en las que has salido durante horas y nos has dejado a cargo de alguna vecina. Ahora lo pienso y me doy cuenta de que pasaste aquellas veladas en compañía del doctor Harper. Fue por él que te preocupabas por lo que te ponías, que teñías tus cabellos canos, que practicabas esa sonrisa encantadora.

La pista más grande, por supuesto, fue aquel cóctel que organizaste en casa. Yo tuve la suerte de ayudarte con la cremallera de tu vestido (las manos me temblaban religiosamente), y entonces te observé mientras te maquillabas con unos polvos y un pintalabios demasiado oscuros, convirtiéndote en una mujer demasiado moderna para mi gusto. A Sammy y a mí nos enviaste a la cama, de modo que presencié el resto de la noche a través de la barandilla de la escalera. Los vecinos fueron llegando en medio de una nube de alboroto feliz seguidos de algún que otro profesor retirado refunfuñón. El doctor Harper, con su cara de vendedor de puros indio, vino armado de un ramo de rosas y un osito de peluche y te plantó un beso en mi mejilla favorita. Te habías olvidado de poner el Victrola, así que pusiste a trabajar a uno de los vecinos. Música de baile, no de mi gusto. Pero lo vi, al doctor Harper, susurrándote palabras al oído bajo la escalera. Vi cómo te reías, pestañeabas, le tocabas la corbata. Una vez, hace muchos años, a mí también me querías así.

Así que el doctor Harper ha llegado a primera hora de la mañana en un viejo Oldsmobile repleto de objetos para disfrutar del aire libre (me imagino que debe de ser aficionado a este tipo de cosas) y una bocina anticuada que grita algo así como: «¡bahuausa!, ¡bahuausa!». A mí me ha tocado sentarme detrás con mi hijo y los adultos se han sentado delante, donde han charlado sobre libros y arte en una voz demasiado baja para que pudiera oírlos. Me he pasado todos los kilómetros soleados haciendo pucheros hasta que hemos llegado a nuestro destino. Entonces he anunciado que quería que mi madre durmiera en la misma tienda que Sammy y yo.

–¡Jolín! –ha dicho Sammy.

Harper:

–Creo que quizá le apetezca dormir en su propia tienda, ¿verdad, Alice?

Alice, tú has sonreído y has manoseado tu brazalete. ¿Acaso te estabas acordando inconscientemente de quién te lo regaló, un aniversario lleno de esperanzas?

–Sí, mejor así –has dicho.

Harper:

–Vosotros dos os lo pasaréis en grande juntos, ¿verdad, chicos?

Sammy:

–A no ser que este cabeza de pato se haga pipí en el saco.

Un poco de compasión para los ancianos, por favor.

Harper:

–Venga, chicos. Vamos a montar vuestra tienda. ¿Veis esas estacas? Quiero que las contéis allí. Eso es, campeón. Y tú, Sammy, aparta esas piedras de allí.

El resto del día ha sido espantoso. Primero, hemos almorzado en el campo, pero no hasta que los dos «chicos» hubiéramos reunido suficiente leña para pasar todo un invierno encerrados en casa, y entonces nos hemos visto sometidos a unas cuatro horas de pesca. Supongo que las intenciones eran buenas, una actividad tranquila y veraniega en toda regla, pero me ha revuelto el estómago tener que escuchar a mi pediatra dándole consejos pesqueros a mi propio hijo. Y para colmo, Harper es un pescador brillante y yo, un chico de ciudad y un monstruo, me he sentido tan impotente como un niño de doce años de verdad. Después de media hora, Harper ha venido a echarme una mano.

–¿Qué? ¿Cómo va por aquí?

–Los peces y yo hemos hecho las paces.

–¿Cómo dices?

–Nada.

–A ver, prueba de hacerlo así. Has tirado el anzuelo en la parte menos profunda. ¿Qué te parece si lo probamos más hacia allá? Muy bien. Lo estás haciendo fenomenal. Esto no tiene truco. Sólo hay que tener mucha paciencia, mucha paciencia.

He mirado su cara grande, amable y escarpada y he pensado: «Sé más sobre la paciencia de lo que tú vas a saber en tu vida».

Me ha puesto la mano en la cabeza y he sentido su peso, su calor. Tengo que reconocer que me ha reconfortado, cosa que tengo que pasar por alto.

–Vaya, si tienes un don innato –me ha dicho en voz baja–. ¿Tu padre te llevó alguna vez a pescar?

–No, doctor.

–Alice dice que era un buen hombre.

–Lo era.

–Quería decirte que lamento mucho lo que pasó.

He asentido con la cabeza y me he quedado mirando el río plateado que daba vueltas como un cilindro en una caja de música.

–Y quería decirte que Alice, pues te tiene mucho cariño –ha seguido diciendo. En su voz he notado algo que me ha recordado al viejo Hughie. Me pregunto si Alice alguna vez se habrá dado cuenta de ello–. Te considera un hijo, ¿sabes? Un hijo como Sammy.

–¿En serio?

No he logrado reprimir ese granito de esperanza en la voz, tan propia del personaje infantil que trataba de interpretar.

–Alice te quiere mucho.

El sedal estaba haciendo infinitas circunferencias de luz. Alice te quiere. Había tenido que esperar media vida para oírlo y encima, de la boca de su siguiente amante.

Más tarde, después de cenar albóndigas carbonizadas hechas en papel de aluminio y patatas que estaban crudas por el centro, Harper nos ha contado unos cuentos de fantasmas antiguos, haciendo que la pelusa en los brazos de Sammy se le pusiera de punta. Alice nos ha pedido que le cantáramos algunas de sus canciones favoritas, entre ellas *Goober Peas!*, que he cantado forzando al máximo mi pequeña voz para que te dieras cuenta de que me sé toda la letra. Finalmente nos hemos quedado mirando los palacios de llamas de la hoguera antes de irnos a dormir.

–Buenas noches, angelitos míos –nos ha dicho Alice, sonriente, cuando se ha asomado por la puerta de nuestra tienda. Todavía había el resplandor del fuego detrás de ella, y en las grietas de sus ojos. Nos ha dado un beso en la frente con sus labios de plumón, provocándome un ataque de pestañeo convulsivo, antes de cerrar la cremallera de la tienda, creando un triángulo incandescente, y desaparecer. Nos hemos quedado en silencio escuchando cómo Alice y el doctor descorchaban una botella, riéndose y cuchicheando. El fuego ha ladrado y ha gruñido y finalmente se ha apaciguado.

–¿Qué te parece Harper? –he susurrado, desesperado.

Sammy, tú te has quedado tumbado en la oscuridad durante un rato mirando el resplandor de la luna y el fuego que entraba a través de los árboles como volutas borrosas de luz. He escuchado cómo respirabas, una respiración curiosa de niño, y cómo rascabas la lona de la tienda con un dedo.

–No sé –has dicho.

–¿No te parece un poco cabeza de pato?

–No. No sé. Los médicos no me gustan mucho.

Eso me ha encendido una luz de esperanza.

–Pse, pues a mí no me gustan nada.

Tú te has reído.

–¡Pse! ¡Pse! –has dicho, imitándome en tono agudo–. Igual que un viejo. El único cabeza de pato aquí eres tú.

–Eso lo serás tú –he dicho, y te he dado con el botiquín de primeros auxilios.

Tú has pegado un chillido asesino de alegría.

Del exterior de la tienda, la voz de mi ex mujer:

–¿Qué ocurre allá dentro, chicos?

Tras un silencio lleno de risas ahogadas, he oído cómo se te estaba haciendo más pesado el aliento, preparándose para dormir, y aunque el padre en mí quería seguir escuchándote, el sonido de tu respiración que es la sombra de tus sueños, tenía que aprovechar el momento. El tiempo no está de mi parte y quizá nunca más se me brinde la oportunidad de encontrarme tan cerca de tu oreja pecosa.

–¿Sammy?

–¿Qué?

–¿Cómo era tu padre?

–No lo sé. Nunca lo he conocido.

–¿Y tu madre qué dice?

–Ella habla de Ramsey como si fuera mi padre de verdad. Tú no lo has llegado a conocer. Estuvo con nosotros unos cuatro años o algo así. Casi no me acuerdo de él, pero mamá dice que me enseñó a nadar. No lo sé. Nos fuimos cuando yo era pequeño. Tampoco era mi padre de verdad. Era un hombre con quien se casó mamá.

Me ha alegrado mucho oír estas palabras. Has quitado toda la importancia a la traición de Alice, como si Victor Ramsey fuera un hombre cualquiera y no el que acabó con mi matrimonio.

–¿Y tu padre de verdad?

–Sólo sé su nombre. Se supone que no debo hablar de él.

–¿Por qué no?

–No lo sé. Tal vez le tenga miedo –has dicho, tan dulce en la oscuridad. Entonces tu voz se ha vuelto más rápida y animada–. O creo que tal vez, bueno, tal vez tenga otro nombre ahora. Tal vez sea famoso, un actor de cine o algo así. El año pasado fui a ver *La Máscara de Hierro* y sale Douglas Fairbanks y hay una escena de una pelea de espadas en un castillo. ¿La has visto? Yo sí, y creo que él podría ser mi padre. Pero es demasiado famoso para que lo gente lo sepa. Así que mamá intenta no decir nada, o porque algún día vendrá a buscarme y me llevará a Hollywood y me dará mucho dinero. Pero es un secreto que tienen que guardar. Por lo famoso que es.

No hemos quedado sentados en el silencio moteado del bosque. Finalmente he dicho:

–¿Eso crees?

–Sí, claro. Mi padre es muy bueno –me has dicho precipitadamente. Y entonces has añadido–: No como ese Ramsey.

Hemos oído unas risas desde el exterior de la tienda, el crujido del fuego.

–Ni ese Harper –he dicho.

–Sí, supongo.

–¿Y si viniera a buscarte ahora tu padre?

Has tardado en contestarme:

–Pues no lo sé.

–¿Y si se fuera contigo de acampada?

–¿Qué dices?

No te veía, pero esta noche hemos estado tan unidos que incluso te percibía encima del olor a humo y patata quemada: olías a sudor de leche y manzana verde. Te estabas moviendo intranquilo y quería alargar la mano y tocarte el hombro y decirte: «estoy aquí, he venido, no pasa nada».

–Sammy, ¿y si apareciera ahora mismo?

–Cállate ya –has dicho, casi gritando–. Déjame en paz, cabeza de pato.

He oído que el aliento se te ha vuelto áspero y sé que me he pasado de la raya. No he dicho nada más, pero como cualquier animal que vela por sus crías, he oliscado el aire denso. Sammy, he olido tus lágrimas.

He bajado aquí al río después de asegurarme de que estabas durmiendo, después de oír los murmullos y suspiros que siempre dejas escapar en tus sueños perrunos. La hoguera llevaba un buen rato apagada, resplandeciendo bajo su mortaja de ceniza. Los adultos ya no estaban, aunque han dejado algunas pruebas: las zapatillas de Alice, una botella de alcohol ilícita y dos vasos que no hacen juego. He visto un ciervo con las antenas glaseadas por la luna que ha bajado a beber agua del río. He oído el chapoteo de un pez insomne. Entonces, mientras he estado sentado aquí mirando el cielo y preguntándome cómo puedo hacerle de padre a mi hijo, cómo puedo quitarle el veneno de la mordedura de serpiente que le ha dado la vida, he visto otro movimiento en la noche que me ha quitado el aliento: el de un hombre que salía sigilosamente del paralelogramo de su tienda. El doctor Harper en pijama.

Un tropiezo, una blasfemia seguida de unos pasos cuidadosos hacia la tienda más lejana, la de mi Alice. Sammy, tú has seguido durmiendo mientras el doctor ha abierto esa puerta ligera y ha susurrado, cuando esa risa que tan bien conozco ha asaltado el aire nocturno, cuando él ha puesto la espalda recta de confianza y ha entrado en la tienda, cerrando la puerta. Ni siquiera te han despertado las indiscreciones de tu madre. Pero yo, el marido devoto, he tenido que escuchar cada risa y cada susurro bajo esta luna maldita. Y he llorado.

Ésta es una historia de amor, de modo que te evitaré las bombas y los cráneos rotos. No hay nada que contar de la guerra. Cuando llegué a la oficina de reclutamiento me comporté como un joven muy convincente, y como la idea de morir no me daba miedo incluso llegué a hacerme pasar por valiente. Me destinaron a Francia con las primeras tropas y la prueba de que vivimos en un mundo sin dios es que cada joven que conocí allí, cada pobre chico normal y corriente, acabó mutilado o perdió la vida en aquellos campos mientras que yo, un diablo en las trincheras, salí únicamente con las cicatrices que hoy por hoy intento hacer pasar por secuelas de la varicela. Niebla y ojos quemados y gritos que venían de rostros con la mandíbula arrancada. No hay nada que decir sobre la guerra. Cuando acabó y me encontré asombrosamente vivo, intacto, con la sangre tan espesa como la gasolina, permanecí durante un tiempo en un hospital londinense donde recibí una nota de Hughie, que tenía noticias tristes. En California, una epidemia de la gripe había matado a miles de personas, entre ellas, a su hijo Bobby y a mi madre.

¿Cómo podemos perdonarnos? Nuestros padres nos vigilan con tanto cuidado cuando somos niños, desesperados por no perder un primer grito, un primer paso, una primera palabra, completamente pendientes de nosotros. Sin embargo, nosotros no estamos pendientes de ellos. Se acercan al final de sus días solos, incluso los que viven a nuestro lado mueren solos. Pocas veces llegamos a presenciar sus mismos hitos: el último grito antes de que la morfina surta efecto, el último paso antes de que no puedan caminar más, la última palabra antes de que se les atasque la garganta.

Sigo sintiéndolo, el vuelco repentino de mi corazón. Sería capaz de partir el mundo en dos si pudiera, de vender mis huesos para hacer que volviera, pues aunque me había mecido en sus brazos cuando era pequeño, mi madre nunca llegó a verme de niño.

La muerte de mi madre me hizo perder el juicio del todo. Me dejé llevar por mi tornado personal y el ejército me devolvió a mi país donde me encerraron durante dos años en un manicomio para veteranos que se llamaba Goldforest House. Creo que para mí quizá fuera uno de los lugares más acogedores del planeta. Los enfermos me llamaban «el Anciano» y nunca dudaron de la veracidad de la historia de mi vida, pero los médicos sí, y me expulsaron de nuevo al mundo. La fortuna de mi padre me permitió viajar por todo el mundo, por fin, pero al cabo de un tiempo me aburrí y regresé una vez más a mi país. Intenté hacerme pasar por un joven de diecinueve años y me matriculé en una universidad en Rhode Island, pero se me antojó un lugar salvaje y analfabeto. Me zurraron dos veces por no llevar mi gorra de novato y no llegué a licenciarme. Volví una vez más a San Francisco y alquilé una habitación en una pensión de mala muerte donde nadie iba a encontrarme ni molestarme. Me volví más joven y más rubio, pero nunca se me cicatrizó el corazón. Una bestia con aletas en el fondo de un lago negro, esperando la muerte; la última de su especie. Así me encontró Hughie en marzo de 1928.

Pobre Hughie, escarbando en la basura y las calles llenas de papeles donde finalmente aterricé yo, en los jardines de Woodward, situados, por supuesto, en el barrio irlandés, mi viejo jardín de infancia. Había perdido toda su majestuosidad y verdor para convertirse en un descampado de bloques de pisos y ropa tendida, algunos restaurantes donde no servían alcohol, un sótano donde sí, y tranvías llenos de gente que iba al Old Rec Park a ver algún partido. Había escogido aquella zona porque de todos los lugares donde me podría haber alojado, quería estar una vez más dentro del foso de madera en el que *Jim Hocico Rasgado* había trepado a su poste a cambio de un cacahuete y donde se había rascado el pellejo rasposo para mí. Cuando volví de la guerra, a veces soñaba que era yo, y no *Jim*, que salía de su cueva una mañana para encontrarse cara a cara con un alemán armado de una pistola.

Alguien gritó mi nombre varias veces y entonces oí una conversación indescifrable del otro lado de la puerta seguido del ruido nítido de las llaves que quería decir que la patrona, la señora Connor, con ese pecho tan raquítico donde ni siquiera le cabía un corazón, me había traicionado.

Entonces oí como si alguien rascara suavemente la puerta y de repente se abrió. Unos murmullos (me imagino que había tenido que sobornarla) y el ruido de unas botellas al tumbarse al suelo. No, no, las cosas no estaban tan mal como te imaginas. Siempre procuré mantener la higiene en mi iglú y la única ginebra de la casa dormía conmigo, calentito como una mascota, en la cama, donde estaba tumbado haciendo un crucigrama. Esa mañana había tomado mi ginebra en una taza de café que había dejado encima de la mesa. Soy un borracho pulcro. Oí los pisotones de unas botas y entró mi mejor amigo.

–Bien, al menos no estás muerto –me dijo.

Estaba más delgado y más calvo y llevaba un abrigo largo de tweed.

–Hughie, vete de aquí.

Se acercó a mí.

–Pensé que tanto viajar y, en fin, Turquía y todo, que acabaría contigo. Pensé que te matarían a tiros pero ya veo que no. Supongo que prefieres morirte aquí.

–Así es.

–Max, no seas memo.

–Vete. Espero a una dama.

–¿Ah, sí?

Era cierto. No te pongas celosa, Alice, pero había una chica bastante simpática por aquella época que solía venir a pasar el rato conmigo. Era asombrosamente inteligente, siempre iba bien vestida y tenía unas piernas de película y una risa que me recordaba a un puma. Le daría un alias pero estoy casi seguro de que no está viva. A pesar de sus encantos era adicta al opio a tiempo parcial y la piel entre los dedos de sus pies parecía un tatuaje de pinchazos. A Sabina le gustaba venir a verme al mediodía y ayudarme con el crucigrama; a veces me sacaba de la cama para que bailara un poco con ella, pero antes de las dos ya solía estar hecha un mar de lágrimas por sus padres (según tengo entendido, tenía un padre acaudalado a quien le había roto el corazón) y tenía que salir a buscar una dosis. Entonces no la volvía a ver en días, hasta una semana. Solía darle un poco de dinero. Era joven y nunca creyó la historia sobre mi edad. «¡Ja! Pero si eres un niño –me decía con voz ronca, cogiéndome un cigarrillo–. ¡Deberían detenerme, cariño!» Pero no me amaba. Estaba demasiado rota.

–Pues creo que te caería bien –dije.

Se rió y se tiró en la cama a mi lado. Desde la calle se oía una multitud que aplaudía. Un partido de los Seals en el Old Rec Park. Hughie dijo:

–Invítame a un poco de ginebra.

–Es café.

–La botella.

Se la pasé. Se quitó los zapatos y le dio un trago.

El pelo que le quedaba era pelirrojo y canoso y ya no parecía formar parte de su cara pálida, pero ahí estaba la suerte de Hughie: como había nacido sin nada que le agraciara, ningún rasgo excepcional, el tiempo apenas podía tocarlo. Lo que solemos recordar de la gente bella es su piel, sus ojos y lo que nos corta la respiración cuando llegan a los sesenta es que todo eso se ha marchitado. En cambio, lo que yo reconocía como Hughie no eran unos rasgos especiales, sino su forma de emplearlos. La explosión de arrugas en su frente seguía igual que siempre, aunque no sabía si eran permanentes ahora, y la manía que tenía de relamerse los labios pensativamente me molestaba tanto como cuando éramos pequeños, aunque cada día los tuviera más finos. La edad es piadosa, al menos, con los feos.

–¿De dónde has sacado esto? –me preguntó pasándome la botella.

–Lo he hecho yo. Alcohol de patata del contrabandista, lo vende en latas. Siete litros de agua destilada, bayas de enebro y un ingrediente secreto. Bueno, jengibre. Hay que macerarlo todo. Y ahí tienes mi humilde receta.

–Puaf, es asqueroso.

–Sí, tienes razón, sabe fatal. Ah, tengo una pequeña historia para contarte, Hughie.

Pero no me oyó.

–¿Sabías que me he retirado, Max?

–Estás loco. Eres demasiado joven.

–No soy demasiado joven. Estoy agotado, sólo eso. Abigail ha vuelto a casa de su madre y la verdad es que fue un alivio después de la muerte de Bobby. Ya no tengo ataduras. Creo que voy a comprarme una granja al norte de aquí. Con pollos. Me gusta la idea.

–¿Pollos? Nunca me habías hablado de esto.

–Hace años que no te veo, Max.

–Bueno.

–Mary también murió –me dijo Hughie.

–¿La vieja Mary?

–La misma madame Dupont.

–Ni siquiera se me había ocurrido. Claro que está muerta.

–Sí, en fin, dicen que llegó a los ochenta años.

–Y ella que siempre decía que tenía sesenta y cuatro.

–Pobrecita Mary.

–¿Sabes qué me dijo una vez? –le pregunté y entonces intenté imitar su voz de sapo–. Pensaba que el tiempo no estaba de parte de nadie. Eso es lo que me dijo.

–Hombre, de su parte seguro que no estaba. Tenemos que sacarte de aquí.

Se oían voces de la habitación contigua y de repente, con el chirrido de una silla contra el suelo, se convirtió en una discusión de vocales redondas e ininteligibles. Con la misma brusquedad se apagó como un chorro de agua. Hughie y yo charlamos sobre otras cosas, otros cambios que había habido en el mundo, y entonces dije:

–Tengo una historia para ti, Hughie. Una chica que conocí en España. No te lo vas a creer.

–¿Qué? Cuéntamelo.

–La conocí en un pueblecito. Estaba alojado en una posada. Tenía una especie de barra americana, supongo, pero no había nadie, sólo esta chica. Morena, con trenzas y una boquita de fresa, de unos doce años, quizá.

–¿Cuánto hace de esto?

Yo estaba hablando en voz baja, casi susurrando.

–Pues hace años. Una chica de doce años y se estaba tomando una copa en la barra ¿y sabes qué pensé?

–¿Qué?

–Fue cuando me miró. Me examinó, pero no como una puta, sino como una anciana. Y yo pensé: «Es como yo».

–Max...

–En serio. Pensé que era otra como yo. En ese pueblecito. Por cómo me miró, no sé cómo describirlo, como si tuviera una chispa de odio en los ojos. Y creo que ella sabía lo que era yo. Estoy convencido de ello. Debía de tener unos sesenta años o así.

–¿Hablaste con ella?

–Lo intenté. Además, me invitó a una copa. Pero yo no hablaba el idioma que hablaba ella, que no era español, y ella tampoco hablaba inglés. El camarero la estaba tratando de forma extraña, con respeto, pero como si le tuviera miedo. Creo que debían de saber cómo era en el pueblo; me imaginé que la habrían visto crecer hasta convertirse en una niña pequeña. Debía de ser la bruja local. Ya sabes, como yo, pero bruja. Y ella no paraba de mirarme con los ojos llenos de tristeza como si quisiera decir: «No te hagas mayor como yo, no te hagas mayor como yo».

–Max, no sé qué decirte.

–Entonces nos tomamos unas copas pero yo no podía hablar y ella me dijo algo. Creo que quería subir a mi habitación. Y me dio tanta pena porque ahí estaba yo, con aspecto de jovencito, y ahí estaba ella, con sesenta y tantos años y ¿quién sabe la última vez que un hombre la había amado o si alguno volvería a hacerlo? ¿Quién iba a amar a la bruja en un pueblo católico supersticioso como ése? ¿A mí me va a ocurrir lo mismo? Me sentí fatal. Pensé que tenía que salvarla.

–No lo hiciste, dime que no...

–¿Sexo? No. No lo hice. ¿Y si realmente fuera una prostituta de doce años? Me levanté y me fui. ¡Fue tan triste! Pero esa mirada. No consigo quitármela de la cabeza. ¿Sabes? «No envejezcas como yo.»

–Te sacaré de aquí, Max.

–¿De verdad?

–De verdad.

Se oyó el zumbido de un avión. Dos radios competían desde unas ventanas abiertas, la voz de una mujer de color apenada y una banda de metal optimista, y entonces se unieron milagrosamente para cantar, casi al unísono, el mismo anuncio de jabón: «Zog no rasca, rasca...». El sol brilló sobre dos hombres de casi sesenta años que bebían ginebra. Teníamos la sensación de haber llegado al final de nuestros días. Y así podría haber sido, o al menos el final de nuestra historia, si no hubiese sido por Hughie. Dijo:

–Max, he traído esto para ti.

Sacó un sobre del bolsillo y lo tiró encima de mi pecho. Era cuadrado y blanco, rasgado y un poco manchado en las esquinas. Vi que procedía de un remite sin nombre de Massachusetts y que la fecha era de hacía casi un año.

Estimado Hughie:

¿Cómo va, viejo amigo? Hace mucho tiempo que no sabes nada de mí. Quizá ni te acuerdes. He estado pensando en la gente de mi pasado (es algo que hacemos cuando nos hacemos viejos) y en que me parece terrible que haya perdido el contacto con tantas personas. Es lo que pasa cuando cambias tanto de lugar como he tenido que hacer yo. Sé que te casaste y que tienes un hijo; en realidad, te vi junto a tu esposa en el parque hace muchos años cuando salí a dar un paseo con mi futuro marido. Te vi muy feliz. Me alegro. Yo también soy feliz. He tenido tres maridos y la verdad es que no hay gran cosa que decir acerca de ellos, pero cada amor te lleva a alguna parte, ¿verdad? Mi matrimonio con Asgar, por ejemplo, me dio un hijo maravilloso. Todo un milagro, a mi edad. ¿No te parece raro, Hughie, que los dos tengamos un hijo?

Sé que quizá te extrañe pero estuve a punto de ponerle tu nombre. Siempre he querido un Hughie. Pero teníamos otro en la familia y quería evitar confusiones así que lo llamé Sammy. Y yo soy feliz, sola desde que falleció mi madre, desde que dejé a mi tercer marido y me mudé a Massachusetts. Me gustaría que me escribieras. Conservo unos recuerdos muy bonitos de la época en que nos conocimos en South Park y del Invernadero de las Flores. Ahora todo aquello se me antoja imposiblemente perfumado de rosas, ¿no crees? Tal vez me haya vuelto vieja y sentimental. En fin, los dos hemos envejecido, me imagino. Espero que sigas con tus cabellos pelirrojos y tu sonrisa. La vida es corta y los amigos son pocos, así que escríbeme.

Cordialmente,

Señora Victor Ramsey (Alice Levy)

Sólo me costó una hora de razonamiento sensato y de ginebra cuidadosamente servida para convencer a Hughie. Al fin y al cabo, ¿no había venido a la pensión de la señora Connor con este mismo propósito? ¿No me había dicho que me sacaría de allí? Se quedó tumbado en la cama mientras yo andaba de un lado para otro de la habitación, abriendo las cortinas y haciendo gestos a un sol que también brillaba encima del milagroso Massachusetts. El Massachusetts de la carta. Le hablé de la fragilidad humana. Mencioné el paso del tiempo. Un hijo, un hijo secreto llamado Sammy, y como tenía un cuerpo joven y ágil y ligero, me puse a dar brincos por la habitación como un fauno, intentando hacerle comprender que en la vida hay muy pocas alegrías. El campo podía esperar. Los pollos podían esperar. Desde la ventana se veía un Chrysler tranquilamente aparcado del mismo color azul que las estrellas comprimidas, bien cuidado y con los neumáticos en buen estado. Podríamos convertirlo en nuestro hogar durante un tiempo. El sol de Nevada iba a erizarse en su superficie como un higo chumbo. Le recordé que la edad para conducir en los estados entre California y Massachusetts era ridículamente baja. Piensa en el amor, Hughie. Piensa en los ancianos que no tienen a nadie, como nosotros.

Llevamos el coche a que le hicieran una revisión esmerada y limpiaron cada rincón y cada compartimiento hasta sacarle brillo, llenaron los tubos y los caños con sus fluidos favoritos y engrasaron la parte de debajo del coche hasta que iba goteando una sombra de sí misma sobre el asfalto. Lo trataron como un gran hotel que había vuelto a abrir sus puertas para una nueva temporada. Hughie y yo llevamos nuestros sombreros a que los modificaran según las últimas tendencias. Fuimos a buscar mis maletas de mimbre del guardamuebles. Compramos ropa de viaje y material de acampar. La guantera iba armada por si nos cruzábamos con algún bandolero (una pistola del ejército que Teddy se había olvidado cuando finalmente dejó a Hughie). Guardamos una caja discreta de alcohol en el maletero como el cadáver de un gánster. Nos afeitamos y nos perfumamos, pues ir en automóvil todavía era un arte de caballero en aquella época, y nos subimos al cuero pulido de los asientos. Una niebla bajó como el rocío y se evaporó del motor.

–¡Ja, Max! ¡Ya estamos!

Y partimos.

Éramos muy malos viajeros Hughie y yo. A menudo nos quedamos sin comida y gasolina y los bosques de alerces de Montana nos cautivaron tanto que no fuimos a buscar un sitio donde dormir hasta una hora peligrosamente crepuscular cuando nada parecía moverse en la oscuridad salvo las pesadillas de nuestra imaginación. Nunca llevábamos suficiente agua. Siempre nos sobraban cigarrillos (aunque por la mitad del camino, algunos dependientes se negaron a vendérmelos porque decían que iban a «atrofiar mi crecimiento»). Siempre tuvimos demasiadas viudas entrometidas que aparecían con sus vestidos de color rojo cereza en las fuentes y que coqueteaban de manera escandalosa con Hughie, preguntándole sobre su querido hijito, que sonreía y sacaba otro cigarrillo desvergonzado. Demasiado café y poco alcohol. Demasiadas horas de sueño y pocas fotografías (en realidad, no nos hicimos ninguna). Ni rastro de Alice, ni de Sammy.

Al principio, en un arrebato de optimismo masculino acampamos en los campos en barbecho. Se nos antojó rústico y encantador, con los crujidos de la hoguera. Le dije a Hughie que me recordaba a cuando hacía crujirse los nudillos cada hora (¡en punto, además!) mientras conducía y él dijo que le recordaba a mis ronquidos mientras dormía. Pero nos resultó muy duro dormir en el suelo y nos despertábamos a primera hora de la mañana a una oscuridad espesa y sin estrellas que nos aterrorizaba a los dos. Todavía no me había apuntado a los Exploradores y no sabía nada acerca de los ruidos del bosque, y confundía cada hoja que caía con un oso o un cazador. Hughie siempre se despertaba agarrotado y triste; decía que era demasiado viejo. Así que optamos por alojarnos en las cabinas para viajeros recién construidas que había al lado de la carretera, casi siempre vacías y con olor a insecticida. Las camas eran demasiado blandas pero dormíamos sin soñar como si estuviéramos en alta mar.

Descubrí que tenía pesadillas. Hughie me lo dijo una semana después de emprender el viaje, cuando llegamos al norte de Skull Valley, Utah, después de un día largo de viaje a través de maleza rojiza quemada y cielos azules agrietados. Me dijo que gritaba mientras dormía y que siempre parecía decir lo mismo, y que debía de ser a causa de la guerra. No sabría decírtelo. Mi mente me ha ahorrado más sufrimiento, y según parece sólo recuerdo este horror en particular mientras duermo. Me dijo que siempre lloraba hasta que me abrazaba, acariciándome el pelo, y entonces me relajaba y seguía durmiendo como un muerto.

Encontramos la casa de Massachusetts pero Alice no estaba. Una guapa mujer germánica nos abrió la puerta de la casa pequeña (nueva, blanca, salida de uno de los viejos catálogos de Sears) y dijo que se habían mudado hacía tiempo.

–Era curiosa, la señora Ramsey –dijo la mujer, sonriendo y haciendo un gesto hacia la oscuridad imposible en el interior de la casa–. Supongo que ella montó todas estas estanterías.

Dijo que sólo la había visto una vez, cuando Alice ya se iba de la casa. Un niño llamado Sammy, cajas de libros y fotografías enmarcadas de mujeres desnudas.

–Estaba un poco loca –siguió la mujer, dándole una calada a un cigarrillo.

–¿Y sabe adónde fue?

Bloqueó la puerta con una pierna para impedir que saliera el gato. El pobre animal retrocedió dentro de la casa.

–Mmm-mmm.

Eso quería decir que no. Cerca de nosotros, una oropéndola volaba de árbol en árbol.

Cuando me alejaba, bajo la sombra de una glicina descuidada, encontré un juguete de madera antiguo en las malas hierbas del jardín de delante de la casa. Lo recogí y vi que era un pato con ruedas que llevaba una expresión adusta, con la madera oscurecida por más de un invierno bajo la nieve. ¿Lo habrían dejado unos chicos del pueblo? ¿Un chico del pueblo en particular?

Cuando volví a subirme al coche le dije a Hughie que no pensaba tirar la toalla. Te notaba tan cerca, Sammy, tan terriblemente cerca.

–No nos vamos a casa –insistí.

Mi amigo me puso una mano en el hombro, riéndose, y me preguntó a qué casa me refería, de todos modos.

En los pueblos vecinos nadie había oído hablar de ti ni de tu madre. Alice había dejado a Ramsey, luego se había ido de Massachusetts, y sólo le quedaba el resto del mundo donde esconderse. Y aun así, aun así estaba convencido de que te oía gritar. A veces, cuando me asomaba por la ventanilla una tarde bochornosa, creía oler el perfume Rediviva de tu madre en el viento. Igual que mi madre, hubiese jurado que hay más sentidos de los que nos imaginamos y, como ella, me dejé caer en la gracia del autoengaño.

Te encontraba casi cada semana. En Hopkinsville, Kentucky, en la lista de los del cuarto curso, cuando vi que había un Ramsey, S., salí corriendo, con la secretaria coja pisándome los talones, sólo para encontrarme con una niña rubia en medio de un concurso de ortografía, deletreando «H-O-B-E-D-E-Z-E-R» con la seguridad de los auténticos tontos. O en los bancos del lago Erie, donde encontré una Alice Levy en los archivos de una sinagoga y esperé hasta el final de un oficio hebreo exótico y desconcertante sólo para encontrarme con una señora cana vestida con pieles que me sonrió y me dio una moneda, pobrecita. Una tal A. van Daler en Minnesota resultó no ser Alice, sino un primo mío. Y así sucesivamente. Busqué en los documentos de los ayuntamientos, los archivos de las iglesias, las actas de las tropas auxiliares femeninas, las listas de tropas de Exploradores, las ligas juveniles, y en las asociaciones locales de todo tipo. Te encontré muchas veces, por supuesto, como cualquier creyente de verdad que busca en la Biblia y encuentra señales de su propia vida. Pero como el festín de las hadas, estas alegrías sólo duraban las pocas horas que yo creía en ellas. Sus nombres no aparecían en ningún lado. América se negaba a revelarme sus secretos.

Creo que hubiese abandonado mucho antes si no fuera porque Hughie tenía su propia misión. Quería probar toda la limonada que vendían al lado de la carretera entre Maryland y Missouri y anotar en una libreta especial qué estado había ganado (Georgia, como era de esperar). Anunciaba concursos similares para el café en las cafeterías, los pasteles de carne del día, los espaguetis, y una variación predilecta de Hughie: el concurso de las tartas de manzana (sólo acabamos con tres entradas y las tres decían «pasada»). También hicimos unos concursos más informales: el mejor templo de ritos escoceses, el barbero más divertido, el policía más gordo, y el cartel de cine peor escrito con más gracia (ganó el cine Aztec en Greenville, Carolina del Sur, por *The Jazz Signer*[1], o sea que me imagino que se habrían quedado sin película sonora). Recuerdo un año repleto de puntos y anotaciones y risas, y eso me reconforta. Sospecho, sin embargo, que mi memoria se ha contraído con la frialdad del tiempo y que en realidad pasamos la mayor parte del tiempo conduciendo por paisajes cansados e interminables de tierras de labranza, que ya no nos

1. Debería decir: *The Jazz Singer* (el cantante de jazz). Un *signer* podría traducirse como alguien que se dedica a hacer señas. *(N. de la T.)*

parecían ni pintorescos ni frescos, con las ventanillas subidas para evitar que entrase el olor a estiércol y mofeta, la radio silbando durante días hasta que llegamos a otra emisora. Y fue la radio, Alice, lo que finalmente te delató.

Cuando llegamos a Georgia, la emoción de conducir de Hughie había desaparecido. Los policías habían empezado a pararme cuando iba al volante para decirme con acento sureño que: «Hijo, mejor que tu padre te enseñe a conducir en otro sitio», así que Hughie se vio con toda la responsabilidad y un día cuando llevamos el Chrysler a un mecánico debido a un ululato alarmante, Hughie les preguntó si «¿sería posible instalar una radio en este cacharro?».

–¿Una qué?

–Una radio. Puedo ir a comprar una a la ciudad.

–¿Se refiere a una radio de caja?

El mecánico era un chico joven y delgado, amable, con los cabellos rubios y rizados, y en retrospectiva, creo que compramos nuestra querida radio porque a Hughie le había gustado ver esos músculos bronceados trabajando bajo el sol de Alabama. Sólo eso, no se trataba de nada obsceno ni desesperado; sencillamente admiraba su juventud. Hughie y yo acabamos yendo al centro y escogió una Philco reluciente en forma de un pequeño confesionario con los paneles de malla típicos de la época. Nuestro joven amigo la puso en el asiento trasero, con una sonrisa, y se puso a conectar los cables. Pero no fue cosa fácil. Extendió bandas de antena encima del techo. Tuvo lugar una larga conversación sobre tubos y baterías y conversiones y el chico tuvo que perforar el pobre salpicadero, pero Hughie esperó pacientemente mirando los brazos del chico. Por fin, giró uno de los botones y los compases de *Happy-Go-Lucky Tour* llenaron el aire. Mi amigo le dio como propina un billete nuevecito de cinco dólares y suspiró cuando nos alejamos.

–¿Una radio, Hughie?

–Calla y sube el volumen.

Bien, ése era otro problema. El ruido del coche y del viento siempre ahogaba el de la radio y casi teníamos que pararnos del todo para oír lo que fuera de las noticias. La música era menos problemática, así que intentábamos encontrarla siempre que podíamos, y debido a que la selección en medio del campo era limitada, pues había pocas emisoras y los pocos oyentes que había utilizaban radios que dependían de energía eólica, tuvimos que acostumbrarnos al jaleo moderno que tanto gusta a la juventud. Sé que le gusta porque cada vez que nos parábamos en pueblos pequeños nos abordaban chicas vestidas con pichis y chicos con sus pantalones Ucanttear para escucharla, fascinados como los isleños del Pacífico. Uno o dos de ellos a veces acompañaba la música con un baile obsceno, pero los mayores solían poner fin a su diversión y nos invitaban a seguir nuestro camino. Pero me gustaba la popularidad y hubiese sido una forma maravillosa de conocer a mujeres si no fuera porque parecía un chico de trece años y tenía la cara llena de granos.

Los tramos interminables de interferencia estuvieron a punto de hacernos volver a casa, pero cada vez que acabamos asqueados con ese sonido de océano hueco, Hughie me decía que buscara por última vez. Entonces aparecía algún programa local preciado, primero como un fantasma para luego materializarse a todo color. Durante todo el viaje asombrosamente aburrido por Texas, nos hicimos adictos a una serie de misterio ambientada en un buque de pasajeros («¡Pum! ¡Zas! ¿Qué ha sido eso? ¡El aparato telegráfico! ¡Dios mío, el aparato telegráfico!»), y estuvimos a punto de dar media vuelta cuando, en Deaf Smith County, el reparto entero se ahogó bajo una onda de parásitos atmosféricos. Fanny Brice nos seguía a todas partes con su pesado programa de Baby Snooks y en lo alto de las montañas escuchamos las primeras palabras de *The Fat Man:* «He's stepping on the scales now. Weight...», seguido de una pausa para que la balanza se parara del todo y entonces: «three-sixty. Who? The Fat Man!»[1]. El maestro Ben Bernie nos susurraba: «yowsah, yowsah, yowsah» y «au revoir, dulces sueños». También había los anuncios, por supuesto, que ayudaban a comprender las obsesiones de la clase media: «Si quieren que sus dientes brillen como perlas, compre el dentífrico del doctor Straaska». Confieso: compré un tubo. Cuando llegamos al sudoeste, nos hicimos incondicionales de un programa de cocina muy divertido en el que la anfitriona (que debía de ser un hombre hablando en falsete), decía a sus oyentes: «vayan ahora mismo a buscar lápiz y papel, les espero, vayan a buscarlos, ésta, ésta sí que es buena». Entonces callaba, tarareaba y pasaba a dictar la receta más absurda que te pudieras imaginar. Juraría que algunos de los «platos del día» en los restaurantes locales eran de algún que otro oyente incauto.

He llevado este amor improbable por la radio conmigo. Tú, Sammy, me has enseñado tus programas favoritos y en nuestras Noches de Radio nos sentamos junto a Alice a escuchar sobrecogidos las aventuras de huérfanos y piratas, que vienen completas con pasos ruidosos, portazos, truenos completamente falsos y silencios espeluznantes que nos aterrorizan tanto como si se hubiera ido la luz. Recuerdo que cuando llegué aquí por primera vez, la radio estaba rota. Alice se levantó para girar los botones pero la radio se negó a hablar. Sammy, tú disimulaste lo mejor que pudiste («¿Y ahora qué hacemos?»), pero estabas deshecho por dentro como un azteca que acaba de enterarse de que su dios ha muerto. Después de mis largos viajes con Hughie, te comprendo perfectamente.

En fin, el mejor regalo de la radio fueron las noticias. Cuando viajas durante tanto tiempo, te acostumbras a vivir ajeno al tiempo y ajeno al mundo, y los detalles nimios como encontrar un

1. «Ahora se sube a la balanza. Su peso... trescientas sesenta libras. ¿Quién? ¡El Hombre Gordo!» *(N. de la T.)*

nido de avispas en nuestra habitación o mi manía (supuestamente pesada) de leer en voz alta lo que anunciaban las carteleras, cobraron la misma importancia que los acontecimientos internacionales. Cada vez que nos leían las noticias, nos daban una lección de humildad. Masacres entre gánsters. Corredores de Bolsa presas del pánico. Un piloto de las fuerzas aéreas que había sobrevolado el Polo Sur. Solíamos ponerlas por la noche, aparcados debajo del linde negro de un bosque de pinos, y allí escuchábamos las noticias lejanas sobre disturbios, terremotos, incendios y muertes. Una voz de hombre, suave y arrugada. Algún padre que nos decía que la nación prosperaría y que los valores volverían a subir, y el mundo seguía siendo un lugar malo. En la oscuridad de la noche con el tamborileo desganado de la lluvia encima de nuestras cabezas, un padre nos decía que estábamos demasiado lejos de casa.

Poco después de comprar la radio, cuando pasábamos por Austin, Hughie, con mucha astucia, me llevó por una ruta tortuosa por las afueras, con el pretexto de que quería enseñarme un jardín botánico donde tenían una orquídea llamada como su madre (¿por qué iba a interesarme?) y entonces abandonó la misión sin ton ni son, aparcó el coche y me obligó a entrar a toda prisa en un restaurante. Era uno de aquellos sitios agradables cuyo nombre, por ejemplo «Casa Sueca», no quería decir nada dado que servían la misma comida en todos lados. Hughie estaba muy distraído y tenía la vista clavada en la calle. Pidió un plato que me cuesta trabajo creer que le apeteciera: carne rebozada. La camarera tampoco podía dar crédito a sus oídos. Yo pedí un plato de chili con carne que estaba muy rico. Cuando terminé, Hughie seguía mirando por la ventana y sólo entonces me molesté en seguirle los ojos. Allí, al otro lado de la calle, enmarcado por la ventana de un despacho, hablando por teléfono, había un hombre con el pelo negro y la nariz bellamente rota. Tardé un momento en darme cuenta de que se trataba de Teddy, su viejo amor.

Nos quedamos sentados callados durante un rato, como hace la gente cuando mira una puesta de sol. Nuestro sujeto estaba hablando en silencio, riéndose y reclinándose en la silla. Había engordado, pero aparte de eso apenas había cambiado. Mi amigo me lanzó una mirada y me sonrió.

–Es curioso, ¿verdad? Ahí está mi viejo criado –dijo.

–¡Qué casualidad!

Cuando volvimos al coche, cerré la guantera con llave por si Hughie decidía devolverle la pistola a Teddy (por así decirlo).

–Le mandé una carta de recomendación. Sabía que vivía aquí. He pensado que podríamos pasar a saludarlo.

–No has probado bocado.

–Está asqueroso. Es carne rebozada –dijo–. Pensándolo mejor, quizá mejor que no lo saludemos.

–Hughie, sé qué clase de relación tuviste con Teddy.

Mi amigo apoyó la cabeza en la mano. Me miró y lo vi tan viejo, tan cansado y ajado... Dijo:

–Lo sé, viejo.

Mi pobre viejo amigo. Mirando fijamente el amor como si, por la mera magnificación de la esperanza, pudiera hacer que estallara en llamas. Vaya con el viejo marica: se había vuelto exactamente como yo.

En algún lugar de las montañas de América, donde decidimos pasar unas semanas, rodeados de una nieve fina e interminable, mi cuerpo finalmente me traicionó. A lo largo de los últimos años me había dado cuenta de un cambio inequívoco en ciertas partes de mi cuerpo. Ya no tenía los músculos tan marcados, los zapatos se me fueron haciendo grandes y, lo más sorprendente de todo, el mundo empezó a crecer a mi alrededor. Con el paso de los meses, los espejos, los antepechos y los tiradores de los cajones se fueron haciendo más altos sin que me diera cuenta hasta el día en que me encontré con los nudillos llenos de sangre tras darle un puñetazo a la puerta, algunos centímetros debajo de donde estaba el pomo. Estaba encogiéndome. Empecé a volcar vasos de agua (debido a mis brazos más cortos) y me tropezaba con la acera (se me habían contraído las piernas). A Hughie le hizo gracia, sobre todo mi nueva voz que sonaba a una orquesta cuando afina los instrumentos, y aunque yo me reía con él y aunque las entradas del cine nos salían más baratas, me preocupaba. Nunca más iba a estar a salvo en mi cuerpo. Iba a dar tropezones hasta que muriera. Me estaba convirtiendo en niño.

Me costó mucho aceptar que las mujeres jóvenes que siempre nos habían tocado la bocina en nuestros viajes, sonriendo y saludando al chico adolescente que iba con su padre, y que las chicas que me miraban por la calle mientras Hughie iba a comprarme un helado, dejaran de verme. Era como si me hubiera sumergido debajo de la superficie de algún lago y me hubiese vuelto invisible. Me hice cada vez más débil, cada vez más pequeño, como algo que va desapareciendo poco a poco. Pero lo peor de todo, por supuesto, fue cuando mi cuerpo hizo un descanso en su deterioro, respiró hondo, y sin avisar, me privó de mi sexualidad.

No fue un día específico. Sólo sé que mientras caía aquella nieve tan fina ese invierno moderado, en alguna de la docena de cafeterías con sus camareras cansadas, entre los cowboys y la gente gravemente necesitada que miraba el reloj de Hughie, rodeados de la estática del cielo y de la radio, dejé de ser un hombre. Me quedé sin pelos y se me arrugó hasta convertirse en un caracol pequeño y lacio. Intenté manipularlo para ver si conseguía resucitarlo y aunque funcionó durante una época, finalmente se convirtió en algo eternamente blando y gomoso que sólo servía para hacer puntería cada vez que nos parábamos a aliviarnos al lado de la carretera. Me sentí profundamente avergonzado. Intenté escondérselo a Hughie pero vivíamos juntos y sólo fue cuestión de tiempo antes de que me viera salir de la bañera una mañana y cayera en la cuenta de que me había convertido en eunuco.

Ese mismo día, una vez dentro del coche, Hughie apenas abrió la boca. Sabía que le había impactado el cambio de mi cuerpo. Entonces me preguntó si quizá no había llegado el momento de encontrar un lugar bonito, incluso el que venía ahora, donde pudiéramos establecernos hasta el final de nuestros días. Las carteleras nos llamaban (la Casa Quetal, la panadería Reinhardt, A&V Fotografía) y las ramas de manzano en flor rozaban las ventanillas. Un pueblo tan digno como cualquier otro.

–Nunca vamos a encontrarlos, Max. Aunque viviéramos para siempre.

–¿Establecernos?

Los postes telefónicos pasaban uno por uno por nuestro lado con un silbido. Pasamos por el centro de la población donde nos encontramos con más tiendas de las que nos habíamos esperado, una multitud delante de la iglesia, un lugar en el que dos monstruos podrían vivir e incluso ser felices. Salimos por el otro lado. La carretera se extendía plana e infinita ante nosotros hasta confundirse con un contorno borroso de color azul que podría haber sido una montaña pero resultó ser un nubarrón que llovía sobre una ciudad lejana.

–Nunca vamos a encontrarlos. Hemos perdido toda la ilusión. Podríamos dar media vuelta –dijo en voz baja–. Tú tienes dinero. Podríamos comprar una casa hoy mismo. Vamos, no es tan mala idea. Podríamos volver a la población que acabamos de ver, ¿cómo se llama? Podríamos volver y comprarnos una casa. Seguro que por estas tierras la consideren una mansión. Con un porche y un jardín y un perro correteando por ahí. ¿No te gustaría tener un perro? ¿No estás harto ya de este coche? Piénsalo. Sólo tenemos que dar media vuelta.

Me dejé llevar por sus palabras. Me pareció una idea agradable. Al fin y al cabo, no habíamos conseguido dar ni un paso que nos acercara a mi hijo.

–Podrías montar un bufete.

–Podría. Primero tendría que conseguir el título de abogado, o falsificármelo.

–Podría matricularme en la escuela.

–Una especie de familia. Podríamos vivir aquí. En serio, te lo digo en serio. Sólo tendríamos que dar la vuelta.

Vi la gravedad en sus ojos. Creo que aunque le había importado y se había preocupado y se había reído conmigo del estado lamentable de mi cuerpo, siempre había estado tan cerca de mi vida que nunca se había molestado en imaginárselo. Cuando vemos a nuestras abuelas, no vemos a una anciana, sino a la Abuela, hasta la eternidad. Entonces un día vamos a visitarla y nos damos cuenta de que, a pesar de sus besos y sonrisas, se está quedando ciega y morirá. Yo siempre había sido Max. Hughie le estaba dando vueltas en la cabeza y de vez en cuando me miraba, pero lo que veía ya no era Max, ya no era ese oso viejo y torpe, el osezno de *Jim Hocico Rasgado*, sino un niño de unos doce años inquieto que se rascaba las costras y arrugaba la nariz quemada con cara de asco. Hughie había empezado a llorar mi muerte.

–Bien, Hughie, amigo mío, quizá...

Y entonces un milagro:

–*Vengan a hacer sus fotos de Pascua* –dijo la voz grave de la radio–. *Claras y nítidas, siempre puntuales, Estudio Fotográfico Alice y Victor, en la esquina de Eighth y Main.*

–Pues vamos a... –empezó a decir Hughie.

–¡Chitón!

–Un recuerdo para toda la vida. Soy Victor Ramsey y les doy mi palabra.

Los pájaros salieron volando cuando el Chrysler frenó en seco y nos observaron con cautela desde los árboles cuando dimos media vuelta, demasiado bruscamente y haciendo chirriar los neumáticos, y nos dirigimos de nuevo a la población que acabábamos de dejar atrás.

La tienda de Ramsey fue fácil de encontrar. Un edificio pintoresco de dos pisos con números negros de hierro encima de la puerta: 1871. En las ventanas había macetas vacías y una enredadera con flores rojas en forma de campana se había apoderado de una maceta donde tenía que haber rosas, de las cuales sólo quedaba una blanca. Una escupidera de latón convertido en un paragüero, una reliquia de los tiempos de antaño. Un letrero en la puerta decía que no abrían los domingos. La música de coro que procedía de una iglesia cercana me recordó qué día era.

Hughie no me acompañó. Después de una gran discusión, había aceptado quedarse en el coche, pero no me quitó el ojo de encima cuando subí la escalera de ese porche recién pintado. No estaba seguro de qué iba a hacer. La verdad es que yo tampoco. Veía la silueta de Ramsey que se movía en el interior de la tienda como una bestia sumergida en aguas oscuras. En los brazos tenía unos marcos o unas cajas. Sin embargo, no le veía a él.

El segundo milagro: la puerta estaba abierta.

La tienda olía a vinagre y humo. Una pared estaba completamente cubierta de enormes fotos de las olas del mar y otra estaba cubierta de campos de trigo, pero aparte de eso, casi todas las fotos en los estantes eran de bodas, grupos familiares y bebés. Una escoba estaba apoyada, agotada, contra la pared, y había un mostrador y una caja que llenaban el rincón al fondo de la tienda, y más allá, había dos puertas abiertas: una daba a la oscuridad y la otra a una luz trémula. Y en ella vi el movimiento de una sombra.

De repente, lo tenía delante, en la misma habitación que yo. Un hombre alto y viejo con una borla de cabellos blancos en la cabeza, los ojos saltones y una nariz afilada de intelectual. ¿Cómo pudo haberlo amado? Alto, con la camisa arremangada y las manos grandes y nudosas. Era un hombre normal y corriente, completamente normal y corriente, ¿pero siempre reconocemos a los malos cuando los vemos por primera vez? Me miró fijamente. Se puso a llover de nuevo y las gotas cayeron como lágrimas por las ventanas. Ramsey se quedó más atónito de lo que me hubiera imaginado.

–¿Sammy? –balbuceó.

Tardé un segundo en darme cuenta de que era idéntico a mi hijo.

–No, no, me llamo Tim.

–Pues lo siento, Tim, pero no doy dinero a los Exploradores –dijo, con un acento británico que no me había esperado.

Sonrió e hizo un saludo militar ridículo.

–La instrucción militar me parece horrible –dijo.

–¿Usted se llama Victor Ramsey?

–Sí.

–Estudio Fotográfico Alice y Victor. ¿Es su esposa?

–Lo era. Sigue siendo copropietaria de la tienda.

–Pero ya no vive aquí. ¿Adónde fue?

Me miró con curiosidad.

–Vamos a ver, Tim. Déjame hacer algunas conjeturas. He estado leyendo unas novelas policíacas. Has venido de California.

–Tenía un hijo.

–Mira, lo he sabido por la matrícula. No hace falta ser un genio.

–Alice y Sammy.

Rechazó los nombres con la mano.

–Sí, sí, Alice y Sammy, pero ésa ya es una noticia vieja, Tim. ¿Estás haciendo un trabajo para el colegio? Siento desengañarte pero no soy un hombre famoso. Al menos no en este sitio, no desde mucho antes de que tú nacieras. Se me recuerda por aquellas fotos que hay en la pared, pero sólo en Nueva York, aquí no. Míralas. Tómate tu tiempo. Veo que vienes bien preparado. Te felicito, ha sido fenomenal conocerte. ¿No es lo que decís los adolescentes? Intento estar a la última. Vuelve cuando quieras, Tim. Adiós.

Antes de que pudiera contestarle, había vuelto a meterse en la habitación contigua. Lo seguí.

–Tengo una pregunta.

–¿Me pasas ese pincel? –dijo.

Había entrado en una cañada salpicada de manchas de sol. Se trataba de un fondo y creaba una ilusión bellísima de hojas que caían, una niebla de verano en el cielo lejano, una valla sin arreglar. Mi enemigo estaba subido a una escalera, pintando la hoja de un árbol. ¿Qué quería de Victor Ramsey? ¿Matarlo? La pistola de Teddy estaba en la guantera y nadie oiría el tiro, pues el coro ahora estaba cantando *Roca de la Eternidad* a voz en cuello, sobre todo la soprano. Y si hubiese dado un empujón a la vieja escalera y lo hubiera tirado al suelo de su cañada pintada, nadie hubiese encontrado sus huesos nudosos en varios días. Podría haber matado a Victor Ramsey de mil formas horribles, pero verás: ni se me pasó por la cabeza. En ese cuarto, un anciano y un niño entre las hojas otoñales, no éramos rivales. Los dos éramos maridos perdidos, amantes rechazados; ese domingo, los dos pertenecíamos a la misma religión. No, me di cuenta de que lo que quería era más que una mera dirección: quería las palabras de alguien que también había perdido a su musa.

–Victor Ramsey, ¿la amaba?

–¿A quién?

–A Alice. ¿La amaba?

–No.

Siguió pintando la hoja, dándole forma sin esfuerzo, y pasó a pintar otra. No pareció inquietarle que un niño le preguntara por sus amores. Estaba descubriendo que no se parecía a ningún anciano que hubiese conocido en mi vida. Un artista, supongo, como si él también fuera un niño.

–No de la forma en que los hombres de por aquí dicen amar a sus esposas, y ya sé que no conozco a tus padres, pero no la amaba así.

De cerca, vi que tenía los orificios de la nariz enormes y feos. Siguió:

–La veneraba, Tim. En tu vida vas a conocer a alguien como ella. Fuerte e independiente. Siempre intenté valorar lo que tenía con ella y nunca fingí entenderla. Cuando quiso marcharse, la dejé ir porque era arte y era música.

Pintó otra hoja, y otra, cada una de ellas retorciéndose con exactitud en la brisa de su imaginación.

–Dudo que puedas comprenderlo. No sé expresar estas cosas. Mira detrás de la puerta, hay una fotografía.

Y la había. Alice a la edad de cincuenta años aproximadamente, flotando en un estanque rodeada de lentejas de agua como una bañista. Estaba desnuda. Tenía los brazos blandos, con hoyitos, y los pechos se le veían torcidos bajo el agua, los pezones grandes y blancos. Miraba sonriente a un cielo que, gracias a un truco de exposición que jamás entenderé, se había convertido en la superficie de un lago picado de lluvia. No era bella. No de la forma en que la había conservado en mi recuerdo, toda simetría y labios húmedos, profundamente dormida. Unas partículas minúsculas de cieno subían flotando a su alrededor, y aquella sonrisa descollaba sobre el agua. Me resultó muy desconcertante ver a mi Alice tan vieja, pero de alguna manera estaba preciosa, flotando libre y feliz.

Hay estudiantes de arte que quizá reconozcan este retrato ya que adquirió una fama fugaz y secundaria, o al menos eso es lo que me han dicho. Si es así, calláoslo. Dejad que mi amor acabe sus días en paz.

–La hizo ella –me dijo Ramsey.

Ni siquiera se le pasó por la cabeza que quizá no fuera muy oportuno mostrar fotografías de mujeres desnudas a un niño pequeño.

–Yo le enseñé lo básico, pero ella era única. Se convertía en otra persona detrás de la cámara. Casi todas estas fotografías son suyas.

Miré a mi alrededor y vi que había retratos de Alice por todas partes, apoyadas en las paredes: Alice comiendo higos con una expresión divertida, Alice casi desnuda detrás de un palo de tendedero con los ojos entrecerrados por el sol, Alice dormida como siempre dormía, Alice haciéndose cada vez mayor en cada una de las fotos. Todas las fotografías de tu infancia, Sammy. Un catálogo de los años que había pasado sin mí. No podía quitar los ojos de esta mujer a quien apenas llegué a conocer.

De detrás, oí la voz suave de mi compañero en el infortunio:

–Me hizo más joven, año tras año.

–¿Adónde fue?

Me dijo el nombre de un pueblo a dos días en coche. No me atreví a pedirle una dirección.

–¿La conoció en California?

Asintió con la cabeza y cerró los ojos para visualizar qué color iba a emplear.

–En Pasadena. Conocía a su madre e invité a Alice a venir a trabajar conmigo. Para mí fue un auténtico regalo que aceptara.

–¿Por qué?

–¿Cómo?

No supe moderar mi voz:

–¿Por qué se fue?

Me refería a mí, ¿por qué me había dejado a mí? Pero Victor no lo interpretó así. Me miró sin pizca de compasión ni por sí mismo ni por nadie.

–Pues mira, hijo, porque no me amaba.

–Entiendo.

–¿Te importaría aguantarme la escalera?

–Cómo no.

Me sonrió de nuevo con una expresión de total inocencia. Inmediatamente pude imaginármelo con su novia: Alice ocupándose torpemente de su bebé, el viejo Victor murmurando y sonriendo mientras ella llenaba la habitación de risas. Un tulipán al otro lado de la ventana, macarrones gratinados en el horno, Rediviva impregnando el aire. Había perdido una vida maravillosa. Dijo:

–Tengo una teoría sobre mi esposa, ya que parece que te interesa, aunque no sé por qué. Como todas las mujeres que la precedieron, la única forma que tenía de cambiar su vida era casándose. Y ella quería cambiar siempre, convertirse en otra, de modo que se casó una y otra vez. Primero con Calhoun, que le permitió ser brillante, luego con Van Daler, que le permitió ser hermosa y le dio un hijo. Y yo... pues yo le enseñé las técnicas con las que podía dejarme. No me extrañaría que hubiera vuelto a casarse y quién sabe en quién se convertirá con el siguiente. A mí nunca me llegó a amar, pero lo comprendo. De verdad. Era muy sentimental. Creo que sólo hubo un hombre a quien amó de verdad.

Por su expresión, supe que no había sido ni él ni yo.

Discúlpame esta última interrupción, Sammy, pero acabo de recibir una mala noticia. Ayer, fui con mi esposa y mi hijo a visitar un amigo del doctor Harper que vive al lado de un lago. Un señor gordo, feliz y generoso. Resulta que es psicoanalista, cosa que me aterrorizó. Pero no me echó más que una mirada penetrante (la que le haría un botánico a una flor agradable y común) antes de obligarnos a jugar a un nuevo juego de tablero completamente incomprensible. Alice y yo perdimos en cuestión de minutos y entonces ella anunció que íbamos a dar una vuelta. Qué suerte la mía que seas tan mala jugadora, Alice. Afuera, unas aves nocturnas cantaban en el aire húmedo y después de pasearnos y escucharlas, me lo contó.

Nos paramos al lado del lago (no había luna, sino una fosforescencia al otro lado de las nubes) y nos sentamos en la oscuridad reluciente, la oscuridad sin lámparas que había profesado adorar de niña, la oscuridad de antaño. Oímos un chapoteo que venía del agua y ella dijo que quizá hubiera un monstruo que vivía en el lago. Le dije que tenía frío pero ella había traído un suéter (buena madre), y me hizo levantar los brazos como si fuera a rendirme para poder ponérmelo. Olía a mi hijo. Lanzamos algunas piedras, pero desde que tengo estas manos minúsculas ya no tengo puntería y ella se rió. Yo también intenté reírme pero era un niño nervioso enamorado de una mujer mayor que jamás iba a ser suya. Finalmente me dijo que Harper le había pedido que se casara con él y que había aceptado y que tú, Sammy, ya estabas al corriente.

Me la quedé mirando como un conejo en un jardín.

–¿Qué piensas?

–¿Que te cases con Harper?

–Sí, con el doctor Harper. Me hace feliz. Dice que nos llevará a todos a hacer un viaje por todo el mundo. ¡Imagínate! ¿Hay algún lugar donde te apetezca ir? Yo tengo tantos...

Alice, llevabas el pelo suelto como una niña y lo sentí como una mofa de la niña que eras, alguien que no necesitaba a ningún médico bronceado que la llevara de viaje. ¿Me la inventé yo a esa niña? ¿O se había escondido hacía décadas y ahora sólo vivía en mi recuerdo?

Le pregunté si sus otros esposos la habían hecho feliz.

–Por supuesto.

No estoy en mi sano juicio; la cabeza me ardía y no podía controlarla. Todavía no he encontrado tu diario, Alice, si es que escribes alguno, de modo que me veo obligado a preguntarte estas cosas en voz alta.

–¿Entonces por qué dejaste al padre de Sammy? ¿Por qué lo dejaste? ¿No lo amabas?

Por un momento vi que la vieja perspicacia cruel y fascinante volvía a ella como una señal mágica y pensé que iba a decir algo que nunca hay que decir a un niño. Me tembló el corazón, aterrorizado por si me había calado, y la piel se me encogió en los huesos. Entonces, como un cisne que sacude sus plumas en el agua, apartó sus recuerdos y miró mi rostro puro e infantil.

–De eso hace mucho tiempo –dijo.

–Estoy seguro de que seréis muy felices juntos.

Una risita.

–Gracias.

Con un susurro de amor que le sorprendió, hundí la cabeza en su regazo.

Si Harper llega a ver estas páginas, estoy convencido de que las enseñará a su amigo psicoanalista, y vaya alegría que se llevará el viejecito. Ya oigo el lápiz garabateando sobre el papel. Ya me imagino las anotaciones que hará: «El sujeto pretende tener relaciones sexuales con su madre». Con esta herramienta diminuta no creo que llegue muy lejos, doctor, pero seguramente se refiere a algo simbólico. ¿Pero podríamos llamarlo un complejo de Edipo si me casé con la madre antes de convertirme en su hijo? ¿No existe ningún mito que establezca mejor la correlación? No, soy un nudo demasiado entrelazado. No hay forma de deshacerme, doctor. Para desatarme, tendría que cortarme por la mitad.

Conseguimos la dirección gracias a un truco en la biblioteca, y con la ayuda de un plano que encontramos cerca del ayuntamiento, el viejo Chrysler puso rumbo a casa en menos de una hora.

–¿Qué piensas, vejete? –me preguntó Hughie.

Habíamos apagado la radio y los únicos ruidos que oíamos eran los pájaros persistentes y una motocicleta que venía de alguna calle contigua invisible.

–Que lo único que quiero es ver a mi hijo.

¿Sólo a él?

–Y a ella.

–¿Y luego, qué?

–No lo sé.

Una franja verde apareció a nuestro lado: Lincoln Park, donde juegas a béisbol, Sammy. Hughie siguió adelante lentamente, demasiado lentamente para el coche que iba detrás, que nos adelantó con la radio a todo volumen. Dijo en esa voz que tanto odiaba:

–Ya te conozco. Hemos llegado demasiado lejos. No vas a tener bastante con echar un vistazo por una ventana y volver al coche, ¿verdad?

–He pensado que podríamos llamar a la puerta.

Se rió.

–No seas ridículo. Podría reconocerme.

–¿Y qué? Está bien. Sólo tienes que decir que estás de paso por aquí. Y que soy tu hijo.

Hughie pasó la mano por la cabeza, un gesto viejo que buscaba los cabellos que se le habían caído años atrás, y volvió a dejarla en la palanca de cambios. Metió la marcha correcta y el coche desprendió un olor a metales cuando rozan. Entonces se lo dije.

Le conté lo que había planeado en el estudio de Ramsey, con su olor a sustancias químicas. No, no íbamos a llamar a la puerta. Ni íbamos a llevarnos una imagen mental. Le confesé mi último sueño: una poesía, en realidad, una auténtica obra de arte. Le dije lo que yo quería de este lugar, y de Alice, y de Sammy. Y de él. Sé que era mucho pedir, demasiado pedir. Supongo. Pero no dijo nada y pensé que quien calla otorga, porque él mismo lo había dicho: habíamos llegado demasiado lejos.

–¿Piensas decírselo? –me preguntó por fin.

–No. A estas alturas no pienso decirle nada.

–Me refiero a Sammy.

–No me creería.

–¿Y creerá que eres un niño?

–Nadie lo duda.

–¿Y qué nombre quieres que te ponga?

Miré por la ventanilla y vi a un bebé que me miraba desde su cochecito con el mismo recelo que una señora en un palco.

–Hughie, por supuesto. El pequeño Hughie. Como mi padre.

Se rió.

Pero ahí estábamos, delante del número 11402 de la calle Stonewood. Hughie aparcó ruidosamente antes de apagar el motor. Oímos unos ladridos suaves que venían de detrás de la casa. Una casa sencilla, amarilla y negra, con una ventana decorativa en la puerta. La carpintería estaba ligeramente ladeada debido a la construcción de un segundo piso, hecha a lo barato. Por encima de los árboles se asomaba una aguja de iglesia. Se abrió una verja a un lado de la casa y salió el perro cauteloso en cuestión, *Buster*, dorado como un pastel, ladrando desde el otro extremo del césped. Entonces calló y se volvió para mirar la puerta. Y ahí estaba su amo, mascando chicle como un condenado. Un niño que se parecía a mí.

–¿Ha hecho tu madre esta tarta?

Hughie estaba sentado, iluminado por el resplandor de la lámpara de la cocina, sonriendo y con un tenedor colmado de tarta de manzana en la mano. Yo no pude ni tocar la mía. Ya había tenido que ir al lavabo para vaciar mi estómago y para suspirar delante del espejo. Lo único que alcanzaba a hacer era mirar fijamente al niño que nos observaba, parpadeando y pasando una pelota de béisbol de una mano a la otra. Se encogió de hombros.

–Pues está muy buena –dijo Hughie.

–Supongo.

–Y te agradecemos mucho que nos permitas estar aquí mientras esperamos a tu madre.

Volvió a encogerse de hombros y Sammy miró por la ventana al jardín trasero, donde *Buster* estaba dando vueltas como un bobo alrededor de la vieja pícea, aterrorizando a una ardilla. Había una polilla atrapada detrás de la puerta mosquitera sin nadie, nadie que la liberara.

–¿Vas al colegio, Sammy?

Un silencio, como si se tratara de una pregunta con trampa.

–Voy al Benjamin Harrison. Estoy en el quinto curso. Mi profesora se llama señora McFall y ha estado enferma y la semana pasada no nos pusieron deberes ningún día.

–¿Es simpática?

–Está bien. El año que viene me tocará la señora Stevens y me han dicho que es una...

Te frenaste antes de que se te escapara alguna grosería y entonces me miraste y sonreíste. El cerebro se me llenó de estrellas negras.

Victor Ramsey me había preparado para tu aspecto físico. Tampoco eras la viva imagen de tu padre diminuto pero había cierto parecido, con esas orejas enormes y tus cabellos rubios con un remolino. Pero tú mutilabas el rostro de tu padre más allá de cualquier semejanza que pudiera haber entre nosotros. Nunca parabas de moverlo: lo alargabas si estabas aburrido y lo arrugabas cada vez que te venía alguna idea a la cabeza. Tus ojos nerviosos daban vueltas y se entrecerraban y cerraban de repente como si lo que te decía Hughie fuera a dormirte. Y tus labios, Dios, se abrían y cerraban como un pez con el chicle que mascabas como el betel. En un codo tenías un rasguño reciente que supuraba un poco de zumo de frutas de color amarillo; el otro estaba morado y magullado. Te comías las uñas incluso mientras esperábamos. De vez en cuando dabas un brinco y te ibas a la ventana para gritar a *Buster*, que no estaba haciendo nada de gran interés, pero que supongo debía ser el mejor amigo de tu vida (sé que yo nunca llegué a suplantarlo). Eras educado hasta cierto punto (nos hiciste pasar cuando supiste que éramos viejos amigos) pero no parabas de darnos órdenes, diciéndonos dónde teníamos que sentarnos y advirtiéndonos que «no os comáis toda la tarta porque la estoy guardando para después». No vi ningún indicio, en todo esto, de que estuvieras enamorado de una chica llamada Rachel. Ni de que te encerrabas en tu habitación a rezar por tu madre. Ni de que te imaginabas muertes horribles para tus profesoras o compañeros de clase, ni de que estos sueños hacían que temieras al diablo. Ni de que fueras un poco como yo, al fin y al cabo. No vi nada de todo eso aquel día. Sólo vi un campeón de béisbol, un seguidor de los cowboys, un enano que creía que todo lo que decía era tan nuevo y tan brillante que sonreía de sus propias palabras. Un niño perfecto y exasperante.

–Ahora estamos estudiando Asia –dijiste.

–¡Qué bien!

Tu rostro se desplomó de asco ante la idea de ese continente.

–Pues ese lugar tan maravilloso tiene un millón de personas maravillosas y unas cien naciones maravillosas, y todas son exactamente iguales y no sé decir los nombres, excepto China que exporta té. No, seda. No, arroz. Algo así. Y Japón. ¿Quieres que te recite mi hai-ku?

–De acuerdo.

Posicionó la cabeza muy rígidamente debajo de la lámpara y nos deleitó con la siguiente obra maestra:

Un bocadillito
Que tarareaba suavemente
«Ensalada de atún».

–Eso es porque cuando lo escribí estaba hambriento. Me pusieron un sobresaliente. Siempre saco sobresalientes –añadió.

Hughie dijo:

–Ahora tienes doce años, ¿verdad?

–Sí.

–¡Los mismos que Hughie! ¿Verdad? ¿Verdad, hijo?

Mi viejo amigo me estaba mirando de forma extraña, como si estuviera enfadado o a punto de llorar, y reconocí, sin saber de dónde había salido, el rostro de mi difunta madre: *sé lo que piensan que eres.*

–Sí, papá –dije con mi vocecita entrecortada–. Tengo doce años.

–¿Tienes pistola? –dijo Sammy, y me pregunté qué clase de niño había criado mi antigua esposa.

Pero Sammy no esperó una respuesta.

–Mi madre dice que no puedo tener una pistola. Pero ella no sabe nada porque ella nunca tuvo ninguna. Seguro que mi padre me compraría una. Danny Shane que vive en esta misma calle tiene una carabina de aire comprimido de dos cañones pero a veces se le estropea y su padre le grita como un loco, y Billy Easton tiene una Daisy.

De repente, con una alegría desmesurada, gritó el lema publicitario:

–¡Es una Daisy!

Buster vino corriendo y ladrando hacia la puerta mosquitera y Sammy se burló de él hasta que se alejó de nuevo.

–Conocía a tu madre cuando era una niña –dijo Hughie, comiendo otro bocado de tarta. Demasiada canela, fundiéndose en el aire.

–¡Es una Daisy! –volvió a gritar mi hijo.

–Te pareces mucho a ella. ¿Os lo han dicho alguna vez?

Sammy se encogió de hombros.

–Tienes la misma boca que ella. Era guapa y directa y su madre se subía por las paredes con ella. Nunca llegaste a conocer a tu abuela, ¿verdad? Era una mujer maravillosa. Siempre graciosa y amable e imaginativa. Un... un amigo mío me dijo que a veces las dos se ponían vestidos viejos y se sentaban delante de la lumbre a jugar a ajedrez. ¡Imagina a tu madre, vestida con crinolinas y una gorra de la guerra de la Independencia! Era muy ingeniosa. Y rápida. No era como las demás. Yo la admiraba.

Mi hijo se rió.

–Me dijo que cuando era pequeña, una vez vio un puma por la calle y que se había comido el loro de alguien.

–No conozco esa historia.

–¿Y conociste a mi padre?

Hughie bajó la mirada.

–No estoy seguro. ¿Cómo se llamaba?

Volví a sentir náuseas.

–Van Daler –dijo Sammy–. Es un apellido danés.

–¿Ah, sí? Van Daler –dijo Hughie, mirándome de soslayo.

Apenas podía creérmelo pero se lo había dicho. Alice, qué amable eres. Me habías mantenido vivo para nuestro hijo.

–Van Daler –volvió a decir Hughie–. No. No, creo que no llegué a conocerlo.

–Vaya.

–¿Qué te ha dicho tu madre de él?

–Nada.

–Tengo una pistola –dije por fin.

–¿De verdad? –preguntó mi hijo, contentísimo.

–Sí.

–¿Me la dejas ver?

Entonces otra persona se unió a la conversación. Una voz en el pasillo, gritando desde la puerta abierta, y los tres nos volvimos a mirarla. Una risa gutural, un milagro, una imitación de un viejo recuerdo, la tercera vez que oía su voz por primera vez.

–Hola, Sammy, ya estoy aquí. No vas a creer lo que he visto...

Entró en la cocina. Estrellas negras y más estrellas negras. Tantos años, tanta distancia recorrida. Empecé a respirar de manera excéntrica y sólo conseguí fijar la mirada en el marrón filamentoso de sus iris, cómo sangraban un poco, manchando el blanco. ¿Realmente eras tú? Cincuenta y tantos años, las cejas depiladas hasta formar una coma, el pelo recogido en un moño atípico. La cara ancha y encantadora y sí, por supuesto que eras tú. Mi niñita de papel, tras pasar medio siglo estrujada en algún bolsillo, ahora se desplegaba ante mí en la cocina. Aquellos ojos como platos, mirando expectantes y asombrados. Pero no los tenía puestos en mí.

–Hola, Alice –dijo Hughie, con una sonrisa que le atravesaba su rostro franco y viejo.

Alice llevó la mano al corazón. Cada uno de nosotros somos el amor de la vida de otro.

Nos quedamos a cenar y después, en el tono bajo típico de las conversaciones entre adultos, se decidió que pasaríamos la noche en casa de Alice.

–¿A un hotel? Ni hablar –dijo Alice, negando con la cabeza y frunciendo el ceño.

–Pero es absurdo, Alice. No podemos quedarnos aquí.

–Eres un viejo amigo.

–Pero los vecinos...

Alice se rió.

–¡Me importa un pepino lo que piensen los vecinos!

Y entonces ocurrió un milagro. Se volvió hacia mí y dijo:

–No hagas caso a tu padre. Mi casa es tu casa, pequeño Hughie.

Me puso una mano en la cabeza y me miró con dulzura a los ojos. No se acordaba, no se acordaba de nada.

Yo iba a dormir en la litera en la habitación de Sammy. Nos dijeron que nos fuéramos a leer unos tebeos y los adultos salieron al porche a ver cómo se ponía el sol detrás de los árboles. No leímos ningún tebeo, por supuesto; Sammy me enseñó su colección más bien exigua de fotos cochinas. Estaba muy orgulloso, y yo me quedé realmente estupefacto. Entonces dispuso ante mí, con una ternura increíble, todos los objetos que más valoraba de su vida: dos docenas de sellos corrientes en un librito, una piedra perfectamente redonda, un sarcófago de hojalata del faraón Tutankhamón, una hucha mecánica en la que un payaso catapultaba una moneda en la boca de un león (me demostró cómo funcionaba con un centavo mío), tres veneras de color rosa, una pelota de béisbol, un guante y una fotografía de Clara Bow que había recortado de una revista. Nos sentamos y cambiamos todos los objetos de lugar y miramos estas maravillas durante unos diez minutos. Entonces mi hijo me preguntó si quería jugar con su juego de Erector y dejamos sus tesoros, abandonados, y él se puso a llenar la cama de pedazos de metal ruidosos.

Le dije que jamás había visto un juego de Erector y me miró atónito con cara de rana. Reconocí la mirada y di un grito ahogado: era la misma que la de Alice cuando era niña. Qué evocación tan extraña en esta habitación extraña. Me pregunté si con un poco de paciencia llegaría a ver algún gesto fugaz mío. Pero oí unas voces débiles que venían de la ventana abierta. Me acerqué a ella y las escuché a través del velo de hiedra. Dos voces hablando en voz baja que subían flotando desde el jardín:

–Los faetones –dijo el hombre.

–Las monedas de un real. Las de dos –dijo la mujer.

–La luz de gas.

–Cómo no –se rió ella–. Y los polisones.

–Los jardines de Woodward.

Mi amigo y mi viejo amor estaban sentados a media luz participando en un juego triste. Estaban enumerando las cosas que habían desaparecido para siempre. Me abrumaba la suerte que me había tocado de poder entrar a hurtadillas a la vida de mi hijo, de ver sus tesoros y leer en esa cara las ganas que tenía de que me pareciera bien lo que hacía, la suerte de poder ser un niño junto a él. Pero por otro lado, también lamentaba el hecho de no poder bajar al jardín y estar junto a los mayores mientras hurgaban en el baúl de los recuerdos. Hughie vestido de un traje de terciopelo, Alice con un sombrero de princesa, el viejo Max en un espejo. Y todos tal como habíamos sido años atrás.

–¿Lo echas de menos, Alice?

No conseguí oír la respuesta. Me asomé por la ventana.

Sammy me estaba tirando de la manga.

–Venga. Ahora voy a hacer un barco, ¿ves? Y tú también tienes que hacer un barco y entonces haremos carreras en la cama, que será el río, ¿ves?

Veía perfectamente. Allá abajo, envueltos en las flores amarillas de una forsitia engañada por el buen tiempo, dos ancianos estaban sentados en un banco de hierro, con el mismo aspecto que hubiera tenido yo si el tiempo hubiese jugado a mi favor.

Cuando Hughie subió a su habitación lo estaba esperando.

–¿Cómo está Alice?

Sammy llevaba un buen rato en la cama y yo, demasiado viejo para irme a la cama tan temprano, había esperado hasta oír los suspiros de sus sueños antes de salir silenciosamente de su habitación. Primero había intentado escuchar el murmullo de los adultos pero como no conseguía entender qué decían, había decidido ir al cuarto de coser, donde iba a dormir Hughie. En la mesa había unas telas para hacer unas cortinas nuevas y un delantal acabado.

Mi amigo sonrió y se quitó el abrigo. No encendimos la lámpara; la luna nos iluminaba desde la ventana. Dijo:

–Hola, Max. Creía que estarías durmiendo con Sammy.

–Hace horas que duerme.

–¿Qué te ha parecido verlo?

Estábamos susurrando. Junté las manos en mi regazo y Hughie empezó a desnudarse. Dije:

–Pues extraño. Insólito. No sé. Tendré que acostumbrarme. Está empeñado en que va a ser el mejor del mundo. Todavía no sabe qué exactamente, pero será el mejor. No es para nada como me imaginaba a los niños pequeños. No se parece en nada a como era yo.

–Tú nunca fuiste un niño pequeño, Max.

–Lo intento. Cuéntame de Alice. ¿Ha cambiado?

–No lo sé. La conocí cuando tenía... ¿cuántos? ¿Dieciséis años?

–Catorce.

–Dios, cuánto tiempo ha pasado desde entonces.

–¿Ha cambiado?

–Yo la recordaba como, no sé, que hablaba sin parar de lo que le rondaba la cabeza, y me hacía preguntas y entonces, pues, tampoco esperaba la respuesta. Cambiaba de tema y se ponía a hablar de otra cosa. Y sigue siendo un poco así. Pero creo que se ha vuelto más distraída. Se queda mirando el cielo y deja volar sus pensamientos, no sé dónde.

–Sí. Entonces sigue igual.

De modo que no la había destruido, después de todo.

–¿Habéis hablado de mí?

–No le he contado...

–No, me refiero a si habéis hablado de mí cuando era su marido. O su casero. ¿Qué te ha dicho?

–Le he hablado de ti como mi hijo. Le he dicho que eres un gamberro. Egoísta y listo, lo eres, ¿sabes? Más listo que los otros niños de tu edad. Le he dicho que te cuesta mucho congeniar con los demás y que te gusta pasar tu tiempo conmigo, que hacemos juegos de palabras en la cocina y bebemos café diluido. Le he hablado de nuestro viaje y le he contado que te gusta dormir en la cama más cercana al cuarto de baño por si entraban ladrones y tuvieras que escaparte. Que aborreces la cecina. Le he dicho que he intentado enseñarte a conducir pero que rompiste el retrovisor.

–Yo también se lo he contado a Sammy. Le he dicho que me zurraste bien.

–Es lo que debería haber hecho. Le he dicho que las chicas de la escuela te van detrás. Que te encanta leer. Le he dicho que llegaría a quererte.

–Gracias.

Una sonrisa.

–Bien.

Hughie se apartó de mí para quitarse los calzoncillos. Desnudo, tenía un cuerpo de un anciano y la piel temblorosa. ¿Cuántos años habían pasado desde la última vez que experimentó su propia forma de pasión? Se puso el pantalón del pijama y tropezó. La casa estaba en silencio, total silencio, y el cielo que se veía por la ventana estaba iluminado alrededor de la luna y sin estrellas. Creí que había llegado el momento.

Le dije lo que ya sabía. Que pronto iba a tener que abandonarme.

Sin volverse, me dijo:

–Le he dicho que no te gusta la remolacha y me ha contestado que a Sammy tampoco.

–Hughie.

–Ahora no tengo ganas de hablar de esto. Estoy demasiado cansado.

Le dije que había estado reflexionando y que lo mejor sería que se fuera por la mañana.

–Ahora no hablemos de esto.

–Antes de que se despierten. He dejado dinero en tu bolsa. Está envuelto en un calcetín. No lo pierdas.

–Mañana no, Max. No puedo.

–Me lo prometiste.

Me explicó que había una forma más sencilla. Que podríamos marcharnos los dos. Ahora mismo. Podríamos coger nuestras cosas y subirnos al Chrysler, que estaba aparcado delante de la casa, durmiendo. Podríamos arrancar el motor en silencio y alejarnos de este sitio horrible discretamente.

–Podríamos hacer lo que habíamos dicho, lo de ir a buscar un pueblo y establecernos. Sería mucho mejor así. ¿No te parece mejor?

Le dije que se había olvidado de una cosita. De que me estaba muriendo.

Hughie me miró fijamente con los brazos en jarras. Llevaba la chaqueta del pijama desabrochada y le salían algunos mechones blancos en el centro del pecho.

–No hay por qué hacer tanto teatro, tampoco. Te quedan casi doce años.

Pero no era verdad y Hughie lo sabía. Aquellos doce años no iban a consistir en achaques y canas, ni iba a quedarme dormido una noche en el pueblo de mis sueños sabiendo que mi corazón se iba a parar cuando llegara la primera hora de mi septuagésimo cumpleaños, en 1941. A él quizá le esperara una muerte así, pero mi maldición era otra: los últimos años de mi vida iban a ser una tortura física. Iba a encogerme, a ponerme gordito, iba a perder mi capacidad de razonar, mis recuerdos, el habla. Y un día me vería gateando por el suelo, mirando a ese padre con ojos que le suplicarían que me matara de una vez por todas. Los dos sabíamos que tendría que acabar mucho antes de llegar a ese extremo.

–Por el amor de Dios, Max. Escúchame. Escúchame. ¿Qué piensas hacer de aquí a un año, cuando midas cuatro centímetros menos? ¿Y qué será de mí?

–No se darán cuenta.

–¿No se darán cuenta de que gastas una talla menos?

–Dudo que llegue tan lejos.

–Es una idea estúpida. Y egoísta. Y siempre has sido así, Max, un egoísta. Piénsalo un momento. Piénsalo un poco. ¿No tienes bastante con el daño que le has hecho? ¿Tienes que volver a engañarla una vez más? ¿Y a tu hijo? ¿Y a mí me vas a hacer esto?

–Esto no tiene nada que ver contigo, Hughie.

–Ah, yo...

–Sólo te pido que me dejes quedarme aquí. Mi esposa y mi hijo están aquí.

–¿Y cómo piensas hacer de marido? ¿Cómo piensas hacer de padre?

–¡Chitón! Haré de hijo. Durante un tiempo.

O algo por el estilo. No recuerdo las palabras exactas de aquella conversación, pero recuerdo el tono, su semblante cuando acabamos, la luz, el olor a polvo y aceite de la habitación, así que la he coloreado a partir de todos estos elementos, igual que cuando uno restaura una obra de arte estropeada.

–Ahora puedes ir a buscar ese pueblo y vivir allí. Te he dejado bastante dinero para poder vivir durante muchos años.

–No quiero tu dinero.

–Es una gran cantidad. Podrías comprarte una casa con muchos terrenos. Con un perro y una señora que viniera a hacerte la cena a las cinco de la tarde.

Le pinté un cuadro que él conocía de sobra, el de una granja con una avenida larga bordeada de cipreses, un granero, sus malditos pollos, todo. Le dije que si quería, podría buscarse otro Teddy. A nadie le importa lo que hacen los ricos. Podría encontrar a alguien a quien amar.

Permaneció en silencio durante unos instantes y se volvió hacia mí.

–A alguien –dijo, y lo que vi en sus ojos me asustó.

Hay cosas que sólo podemos decir una vez, y en los labios se le formaban unas palabras que ya había dicho años atrás, décadas atrás, en el salón de su casa donde yo estaba tendido en el sofá en estado de estupor después de fumar hachís, escuchando las llamas que crepitaban en la chimenea. Me había mirado de la misma manera y entonces se había vuelto hacia la lumbre y había mascullado unas palabras que el chisporroteo del fuego había amortiguado. Podía fingir que no lo había oído, que los dos estábamos justo como yo quería que estuviéramos, y que con el ruido del fuego, o de la sangre que palpitaba en mis oídos, no me había dado cuenta. Pero habían pasado más de treinta años y allí estaban sus ojos azules, y él no se había olvidado. Vi cómo las palabras se iban colocando para salir, pero hay cosas que sólo podemos decir una vez. Empezó a abrocharse la chaqueta del pijama.

Viendo cómo le temblaban las manos, supe que la vida nos había ido terriblemente mal a los dos.

–Hughie, pásame el whisky.

–Eres demasiado joven.

–Es posible que sea el último trago que beba en mi vida. Pásamelo.

–No pienso irme, Max –dijo, aunque era evidente que ya estaba cansado de discutir.

–Lo harás, y lo sabes.

–Y tú sabes que soy muy tozudo. ¿No te acuerdas de cuando éramos pequeños? Tú me pasabas dos palmos y aun así te tumbaba. Me daba igual. Aunque midieras el doble que yo.

–No tiene nada que ver.

–¿Alguna vez hemos vuelto a divertirnos tanto como en aquellos tiempos? ¿Aquellas clases que hacíamos juntos por la mañana? Mi padre que desplegaba un mapa al revés y empezaba a señalarlo como si fuera un nuevo continente del mundo. Y después, casi siempre me levantabas y me tirabas a aquellas hierbas. ¿Te acuerdas, Max?

–Nunca hemos vuelto a divertirnos tanto.

Hablamos durante aproximadamente una hora de nuestras vidas pasadas. El olor de la tiza cuando la borrábamos de la pizarra, las ranas que escondíamos en la despensa para asustar a Maggie o a John *el Chino* y el terror de entrar a hurtadillas en el estudio de mi padre y tocar cada uno de los objetos maravillosos y prohibidos que había en la estantería (y el día que desconchamos la caja de vidrio que contenía su cabeza de mono y echamos la culpa al deshollinador). Las bromas que sólo nosotros entendíamos. Nuestros viejos secretos de la infancia. Un paseo en trineo entre las lápidas. Vimos que la luna ya se había puesto y por la suavidad de su voz, supe que le estaba entrando sueño. Le dije que quizá fuera hora de irnos a dormir.

–No, no... –susurró.

–Tengo que irme.

–Duerme aquí conmigo esta noche.

–De acuerdo, pero me iré antes de que amanezca.

–Una última cosa.

–Venga, Hughie, ha llegado la hora de despedirnos.

Se le intensificó la voz, por última vez, las últimas gotas de energía que le quedaban para esto:

–Dime. ¿No vendrás conmigo? ¿Ahora mismo? O si quieres podemos esperar algunos días antes de marcharnos. O me iré yo y tú puedes venir más adelante en autobús. Podrías pasar algunos días con tu familia y luego venir en bus o pedirles que te lleven con tu padre. ¡Dime que lo harás! Ven a vivir conmigo en la granja. ¡Me haría tan feliz! Vendrás, tienes que hacerlo, te harás mayor conmigo. Te harás... te convertirás en niño, en bebé. Sé que te da miedo pero a mí no. Estaré a tu lado. Te cuidaré hasta que te mueras. Lo haré. Oh, Max, ven conmigo.

Había ovejas estampadas en su pijama.

–No, Hughie.

–No –repitió, y lo que escuchó fue: «nunca».

–Adiós.

–No pienso despedirme de ti –dijo en voz baja–. No pienso dejarte.

–Ya sabrás qué hacer. Cuando te despiertes, decidirás.

–Duerme aquí conmigo esta noche –dijo, ahora sin mirarme.

–Ay, Hughie.

–Duerme aquí conmigo.

Lo hice. Lo abracé entre mis brazos de niño durante unos minutos hasta que sentí que la pierna le dio una sacudida y oí que la respiración se le hacía cada vez más lenta hasta parecer una marea muerta. Tenía la boca abierta y el entrecejo fruncido, como si estuviera concentrándose en sus sueños, tratando de crear de ellos algo mejor que la vida. Se puso a roncar suavemente. Y así es como lo recuerdo ahora, y lo recuerdo a todas horas, con la boca abierta, no como un niño, sino como un anciano que sueña con el pasado. Le di un beso y entonces me deslicé de la cama y me dirigí de nuevo a la habitación de mi hijo, donde me quedé dormido en aquella cama pequeña. Estaba agotado.

Debería decirte que hoy es mi cumpleaños y hemos decidido almorzar al aire libre. Ahora mismo estoy escribiendo descalzo en la hierba, que se extiende varias hectáreas formando una docena de tonos de verde entre las lápidas. No está muy bien cortada y se ven pequeñas praderas aquí y allá, y en medio de ellas hay unos pájaros diminutos que parlotean y se pelean. También hay abejas que zumban y grupos de semillas verdes que se mecen en el viento. Es una vista muy hermosa. Hace un día fresco de septiembre a pesar de que haya salido el sol, y muchos de los árboles al lado del río se han adelantado y sus hojas ya se están poniendo amarillas. Hay muy pocas personas aquí hoy, solamente un par de viudas ya mayores que han venido a cambiar las flores muertas y dos mujeres jóvenes que están calcando las facetas de un obelisco. Y Alice, por supuesto, que está al otro extremo del cementerio. Desde aquí veo cómo le baila el pañuelo rojo en la brisa. Detrás de ella, en algún lado, está Sammy.

Hay una manta extendida sobre el césped con los restos del almuerzo: bocadillos de huevo duro y ensalada, sopa de tomate, algunos huesos de melocotón y un pastel de naranja con trece velas fundidas. Las hormigas ya se han puesto en marcha. También están los papeles de mis regalos, bolas estrujadas de color azul claro. A Sammy le ha encantado mi juego de Erector, que según Alice, «puede combinarse con el otro», pero la colección de libros de Irving, Blackmore y Joel Chandler Harris le ha aburrido pues son de otro siglo y le parecen anticuados.

–Me encantaban estos libros de jovencita –me ha dicho Alice.

Lo recuerdo, mi amor. Entonces has mandado a Sammy a buscar alguna tumba de la guerra de la Independencia y nos hemos quedado solos.

–Tengo otro regalo –me has dicho, con ese vestido largo bordado con hilos rojos y ese sombrero blanco en forma de campana, la cámara como una mascota a tu lado.

–¿Ah, sí?

Me lo has entregado. Un sobre normal y corriente. En su interior he encontrado una tarjeta del gobierno respecto a mi nuevo nombre. Ya no soy el pequeño Hughie. He dejado de ser el hijo del viejo amigo que me dejó a tu cargo. Ahora me llamo Hughie Harper. Tú y el doctor me habéis adoptado en espera de vuestra boda, en espera de una forma definitiva de vida.

–Ahora ya formas parte de la familia, Hughie –me has dicho, riéndote de tu travesura.

–Ya lo veo –te he respondido.

No es precisamente lo que había deseado, pero me basta. Ahora, Sammy, podrás reclamar tu herencia, la fortuna de tu abuelo, sin ningún impedimento legal. Y en cuanto a mi nueva madre, es lo más cerca que voy a estar, mi querida Alice, de poder morirme dentro de tu matriz.

–Sonríe –has dicho, levantando la cámara.

He sonreído. Un destello de luz extática. De modo que habrá una fotografía de la criatura para el deleite de los médicos. Tal vez se convierta en el frontispicio de algún estudio. Ha vuelto a dejar la cámara.

–¿Te sientes feliz? –me ha preguntado Alice.

¿Hay alguien capaz de responder a esta pregunta, en algún momento de su vida?

Ahora ha ido a pasear junto a Sammy entre las tumbas. Y aquí estoy, aplazando al máximo lo que me toca hacer ahora. Algunas hormigas están corriendo por la hoja. Ya sabes cómo va, ¿verdad? Cuando llegada la medianoche, te sientas a pedirle un favor terrible a un amigo. Ya sabes lo que toca hacer por la mañana.

Cuando me desperté esa primera mañana, la mañana después de abandonar la habitación de Hughie, el mundo se me antojó luminoso y frío. Desde el piso de abajo oía una radio y una voz que coreaba la canción. Vi que la otra cama estaba vacía y que había tirado la ropa de cama al suelo. Estaba solo. Los peces de colores seguían dando vueltas en su acuario precámbrico. Gracias a alguna percepción extrasensorial, *Buster* se había dado cuenta de que me había despertado y entró dando brincos en la habitación con las orejas volando para lamerme la cara antes de que pudiera contenerlo. Saltó encima de la cama, agarró un animal de peluche del pescuezo (un tigre) y lo vapuleó antes de dejarlo caer. Entonces volvió a lamerme la cara y salió corriendo para volver abajo. Más voces. Había llegado la hora de hacer acto de presencia. Pero esperé un momento. Nunca iba a volver a vivir este momento. El sol que entraba por la persiana creando un tono azul de primera hora de la mañana; nunca volvería a ser el mismo. Pasara lo que pasase, fuera la que fuese la decisión que había tomado Hughie, ya estaba hecho y nada más volvería a ser igual después de esa mañana. Y ese sol. Lo había visto años atrás, en una sola ocasión, otra mañana cuando me desperté para encontrar un mundo completamente cambiado, cubierto de una capa de nieve. El mismo silencio en mi corazón. La misma luz en el aire, tan brillante como la suerte misma.

Salí al pasillo y pasé por delante del cuarto de coser pero la puerta estaba cerrada.

En la escalera ya empecé a notar el olor a gofres, pero me detuve de nuevo. Gofres, y algo frito. Olía de maravilla. La radio estaba tocando *The Best Things in Life Are Free* y oía a Sammy, que la canturreaba de forma burlona, dando vueltas por el suelo brillante de la cocina en sus zapatillas pequeñas, seguramente con el batidor delante de la boca como si fuera un micrófono. También oía las uñas de *Buster*, que parecían bailar claqué. Me lo imaginaba persiguiendo a Sammy, a la espera de algún bocado. Y

Alice con su albornoz, removiendo los huevos, pues ese olor tenía que ser de huevos. El albornoz verde, el que se había comprado un mes antes de dejarme. Los cabellos recogidos con un pañuelo. Los ojos soñolientos de alguien que sólo ha tomado un sorbo de café.

–¡Buenos días, dormilón! –dijo cuando entré.

La misma sonrisa, la misma Alice. Y Sammy. Y nadie más.

–¿Qué hay para desayunar? –pregunté.

–Cabezas de pato –me dijo mi hijo, y entonces le susurró algo al oído de *Buster*.

Y nadie más.

Mi ex esposa le dio un golpecito a Sammy con una cuchara. Alice llevaba una bata amarilla, y se había hecho una coleta. No importaba.

–Huevos y gofres y tostadas. Las cabezas de pato van aparte –dijo.

Entonces se volvió hacia mí y preguntó:

–¿Y tu padre, pequeño Hughie?

–No lo sé. Debe de estar durmiendo, supongo.

–No está en su habitación –dijo Alice–. Y se ha llevado el coche.

–Tal vez haya salido a por más cabezas de pato –señaló Sammy.

Alice se agachó y miró a nuestro hijo con los ojos entrecerrados:

–¡Tal vez sí! ¡Cabezas de pato!

–¡Ja! –exclamó Sammy.

Cuando me senté, Alice me sirvió un zumo de naranja e intenté asimilar cada detalle del momento. La cinta cosida a las cortinas, la mancha de té que producía la luz en la parte inferior. El olor a gofres y tostadas chamuscadas; el ruido que hacía Alice mientras raspaba los trozos quemados dentro del cubo de la basura. Su rostro sin maquillaje y sus cabellos, que había besado por primera vez en otro siglo y que ahora crecían canosos en las raíces debajo del tinte. La radio no estaba bien sintonizada y se oían las noticias que emitía otra emisora como un fantasma debajo de la canción que sonaba.

Los ojos marrones de Alice se iluminaron: «Toot, Toot, Tootsie, goodbye», cantaba, siguiendo el compás de la música con el pie. Entonces le dio a Sammy con la espátula y él la acompañó: «Toot, Toot, Tootsie, don't cry».

Iba a ser así durante el tiempo que yo quisiera. Hughie lo había hecho posible. Iba a quedarme aquí con mi esposa y mi hijo, coreando las canciones de la radio durante seis meses, quizá, antes de que el tiempo empezara a delatarme demasiado. ¿Alguien más habrá tenido una suerte como la mía en algún momento de la historia? ¿Y si ocurriera lo mejor de todo? ¿Y si mi maldición se rompiera de alguna forma, se invirtiera, y en lugar de morir poco a poco, transformándome en un niño, empezara hoy mismo, esta mañana en esa cocina, a crecer hacia delante? Se han visto milagros más extraños. Cada dos o tres semanas Sammy y yo nos colocaríamos al lado de la puerta de la cocina para que nos marcaran la altura y allí se vería: un centímetro, dos centímetros. Cada vez mayor, cada vez más alto como los demás niños, recobrando las manos y dedos que tenía antes, y la letra también, mi querido lector, y los ojos y la risa, todo. Una nueva oportunidad, una nueva vida. Entonces llegaría un día en que iría a visitar a mi vieja madre con Sammy, quizá para pasar las Navidades, un día dentro de quince años cuando volviera a tener veintitantos años y volviese a ser atractivo, y Alice me miraría, ya vieja y débil, y sin saber si se debía a la edad o al hormigueo del recuerdo, vería que le recordaba a su ex esposo, el viejo Asgar, tan joven como la noche en que lo abandonó. «Toot, Toot, Tootsie, goodbye.»

¿Y dónde estaría Hughie? Ya debería de haber pasado por Eppers, y seguramente estaría girando los botones de la radio para sintonizar Amos 'n' Andy lo más nítidamente posible. Ya se habría parado en una gasolinera para llenar el coche de todos los fluidos necesarios, para limpiar los asientos, para borrar todo rastro del tiempo que había pasado en la carretera con un traidor cruel, y encima sucio. Una nueva oportunidad, una nueva vida. Apoyado en un depósito de agua, sacando un mapa, ¿y ahora hacia dónde, amigo? ¿Iba a acabar sus días en Missoula, Montana, en una casita cerca del centro de la ciudad, donde iría a comprar sus verduras al mercado del sábado y donde podría mirar a los hombres que levantaban cajas para depositarlas en los vagones de los trenes? ¿O una vida urbana en Nueva York, en un apartamento con vistas al parque y un portero que te lo agradecía mucho cuando le preguntabas por su mujer y sus hijos? ¿O posiblemente pasaría las últimas décadas de su vida en San Francisco? Volviendo en barca por la niebla. Una casa en el borde de un precipicio, con vistas a Golden Gate, el sonido de las sirenas de niebla arrullando a mi viejo amigo cada noche. Podía escoger el país que le apeteciera. Un nuevo amor, en algún lugar, escondido. Y años para encontrarlo.

–Me alegro tanto de que hayáis venido a verme –dijo Alice–. Hace tanto tiempo que no me siento tan feliz...

–Mejor que no lo esperemos –dije–. Seguramente habrá ido a dar uno de sus paseos matinales.

–¡Estoy hambriento! –gritó Sammy.

–¿Estás seguro? –preguntó Alice.

–Mejor que empecemos sin él –le aseguré.

Estaba en casa. Por fin en casa. Y lo más triste, lo más terriblemente dulce y triste de todo el asunto era que, aun sabiéndolo, siempre iba a estar solo.

Pasaron tres horas antes de que el policía llamara a la puerta. Para entonces, Sammy y yo ya habíamos fregado los platos y Alice nos tenía ocupados en su proyecto de sacar todos los libros de la estantería para quitarle el polvo. Los libros estaban esparcidos por el suelo a nuestro alrededor, un océano de páginas, tan adorados por mi ex esposa durante las épocas más aburridas, felices y atroces de su vida privada, pues los libros son objetos egoístas, incompartibles, y cada tomo que limpiaba me hacía pensar en el tiempo que no había pasado conmigo. Reconocía gran parte de ellos. Entonces sonó el timbre y Alice tuvo que pasar con cuidado por encima de un Dickens para ir a abrir la puerta. Sammy suspiró hastiado. La voz de un policía, el gemido de mi esposa. Sí, sí, por fin. Había agotado toda la suerte del mundo.

Un pescador encontró el coche en Indian Lake, a ocho kilómetros del pueblo, y fue una casualidad que aquella mañana fuera allá y viera el guardabarros que salía resplandeciente del agua fangosa. Todas las puertas estaban cerradas y el dinero seguía dentro del calcetín, mojado pero intacto, y tengo que aplaudir al departamento de policía de esta comarca y a su equipo de dragado por su honestidad provinciana. El coche había tardado en sumergirse. Por lo visto, por muy pesado que pareciera, el Chrysler se había hundido hasta las ventanillas y entonces había flotado. En ese momento, según el informe del juez de instrucción, el conductor había sacado una vieja pistola del ejército de la guantera (que había dejado abierta) y se había pegado un tiro en la boca. Habían pasado unos diez minutos antes de que el coche siguiera sumergiéndose y, debido al peso de tanto metal y la radio poco común, todo había ido muy deprisa. Unos tres minutos, o quizá menos. El conductor ya estaba muerto, por supuesto. No se había oído ningún disparo, pero había que tener en cuenta que todo había ocurrido a primera hora de la mañana y los gallos estaban cacareando y de todos modos, nadie vive cerca del lago desde que cerraron la fábrica en 1924.

Tú sabes cómo fue, Alice, y tú, Sammy, lo recordarás. Seguro que recordarás el policía que vino a explicarnos todo esto en el salón, cómo yo me caí al mar de libros y me ahogué, y cómo tu madre siguió gimiendo, descompuesta, apoyada en una pared. Tu padre ha tenido un accidente, hijo. ¿Quién? Tu padre, Hughie Dempsey. Recordarás cómo me pasé toda la noche llorando en la litera debajo de la tuya y cómo *Buster* me acompañó con sus gañidos. Debiste de sentirte muy confuso, oyendo a un niño que blasfemaba en voz baja de aquella manera, maldiciendo tu adorado Dios, de pie a la luz austera de la luna como un loco escapado de un manicomio.

En ocasiones como aquélla, en los pueblos, suele haber un artículo en el periódico, un sermón en la iglesia y un funeral. Y nosotros no íbamos a ser menos. El artículo describía exactamente lo que he escrito arriba, e incluía una entrevista con el pescador, un comentario de la policía («nos ha dejado anonadados») y un pequeño apartado sobre mí, el hijo abandonado en el pantano de su muerte. El tono subyacente del artículo era de miedo e indignación. ¡Cómo se atreve a hacerle algo así a un niño y encima aquí, en este pueblo dorado! No conseguimos comprenderlo. Nosotros no somos así. El sermón seguía las mismas líneas. Mucha gente asistió al funeral y la iglesia estaba rebosante de música y curiosos, aunque Alice fuera la única persona que había conocido al difunto.

La verdad es que no recuerdo nada de todo aquello. Sé que me salió un tic nervioso en el ojo que tardó una semana en irse. Creo que comí sin parar y me pasé todas las noches llorando y me negué a cambiarme de ropa. A pesar de estar profundamente afectado, a pesar de mi sangre de duende que envenenaba cada parte de mí que seguía siendo humana, intenté hacer lo correcto: encontré el número de teléfono de la esposa de Hughie en Nevada y la llamé desde la funeraria, aprovechando un momento en que me habían dejado solo con el ataúd (de roble y bronce, con la tapa amablemente cerrada, viejo amigo). Encontré un teléfono en una esquina, escondido detrás de unas orquídeas de seda que olían a moho.

–¿Abigail? –susurré cuando contestó una mujer.

–¿Diga?

–Soy Max Tivoli. No sé si te acordarás de mí. Soy un amigo de Hughie. Tengo que darte una mala noticia. Hughie ha muerto.

–¿Quién eres, jovencito?

–Abigail, soy Max. Hughie ha muerto.

Entonces salió la voz de la operadora que me decía que se había cortado la conexión. Probé una vez más, pero no contestó nadie. Miré el teléfono preguntándome por qué me había molestado. Supongo que ella tenía derecho a reclamar el cadáver, pero yo no quería que lo hiciera. Ni que lo reclamara Teddy, en realidad. Me alegré de poder conservarlo a mi lado para siempre. Volví a la sala principal donde me estaban esperando todos, un ramo de ojos enrojecidos mirándome porque, cómo no, creían que era un niño roto.

Alice no nos dejó salir de casa. Era el único elemento Levy que le quedaba: que guardáramos *shivah*[1] para los difuntos. Nunca iba a la sinagoga (tampoco había, por supuesto), no respetaba ningún día festivo, comía beicon y gambas cuando le apetecía y encendía la radio los sábados para escuchar el programa «The Goldbergs». Por lo que veía, no creía en Dios, pero a la hora de la muerte, era una auténtica judía. Una auténtica niña Levy. Tenía que serlo. La muerte nos convierte a todos en niños; es algo que aprendí en la guerra.

Pensándolo bien, ni siquiera tenía sentido. ¿Quién era ella en la vida de Hughie? No formaba parte de su familia. No formaba parte de nada. No se habían visto, al menos bien, en cuarenta años; habían intercambiado una carta y una miradita en el par-

1. En el judaísmo, un período de luto tras el funeral de un familiar cercano que dura siete días. *(N. de la T.)*

que. Pero la gente del pueblo la trató como a una viuda y vino cargada de guisos y estofados y carne asada. Me hizo recordar los últimos meses que viví en Nob Hill con mi madre y teníamos que enfrentarnos a las señoras cubiertas con sus velos. Si me preguntaban por mi padre, siempre respondía que «era un hombre bueno y me amaba» y entonces huían rápidamente del espectáculo de aquella familia judía de luto. Vestimos de negro, cubrimos las ventanas y rasgamos la tela donde nos cubría el corazón. Sólo comimos alimentos kosher. Separamos la plata, como hacía su madre casi medio siglo atrás. Era de locos, pero a Alice no le quedaba nada más.

Nunca la había visto llorar. Ni una vez en mi vida. Las veces que le había apretado su corazón frágil, había rezumado rabia, pero Alice lloró la muerte de su Hughie. Envuelta en seda negra, mirando fijamente la pared, dejó que las lágrimas le bañaran el rostro mientras sus ojos ardían en algún fuego privado. A altas horas de la noche, oía sus quejidos. Y no me dejaban dormir. Al fin y al cabo, yo le había infligido este último dolor en su vida, después de todos los demás.

Tardó mucho en hacerme la pregunta. Después de buscar, no habían encontrado a ningún familiar y ya formaba parte de la casa, ya estaba sumergido en una vida que te he descrito a lo largo de estas páginas. Me negué a dormir en el cuarto de coser, o el cuarto de mi padre como lo llamaba yo, y ya estaba instalado de forma semipermanente en el dormitorio de Sammy. Alice ya me había matriculado en la clase de la señora McFall y ya era la «cabeza de pato» de Sammy. Ocurrió la noche que ya he descrito: dos insomnes mirando las estrellas. Mi Alice en camisón, suave y sin forma y vieja en la noche, invitándome a bajar a la cocina a tomar un vaso de leche. Nos sentamos a la mesa con *Buster* a nuestros pies. Sirvió dos vasos de leche blanca como la luna. Entonces, con la voz rota de dolor, por fin me hizo la pregunta:

–¿Cómo pudo hacernos esto?

Mi vieja Alice, mi Alice irrecuperable. Pero dentro de ese cuerpo había una esposa, una mujer, una niña, todas metidas unas dentro de otras como una muñeca rusa.

–Lo siento. No debería habértelo preguntado –dijo a continuación.

–No, no te preocupes.

–Dios, es que me cuesta tanto dormir. Y sé que tú tampoco duermes porque oigo que te levantas por la noche. Esta noche. Y es porque nunca vamos a saber la respuesta, ¿verdad?

–Supongo que no.

–Él quiso traerte aquí conmigo. Y eso me hace feliz. Me imagino que le importaba que te quisieran, en algún lado.

–Supongo.

–Pero es una carga demasiado grande para ti. A veces me siento furiosa con él.

–No, por favor. No te enfades con él.

–Lo siento. En el fondo no lo estoy. Pero lo quería tanto, ¿comprendes?

–Sé por qué lo hizo.

Tus ojos, tus viejos ojos del mismo color que el té. Los vi una vez llenos de dolor después de que te picara la avispa, y otra vez los vi en una calle de San Francisco, llenos de muerte y horror. Lo que no sé es si los he visto enamorados. Podría decírtelo, cariño. Podría quedarme aquí mientras la leche hace sus sombras blancas en el vaso, mientras la oscuridad farfulla al otro lado de la ventana, y esperar a que aparezca una lágrima en el rabillo arrugado de tu ojo. Entonces llorarías, mi amor. ¿Que por qué lo hizo? Pues es muy sencillo: porque yo le pedí que lo hiciera. Porque él había amado a alguien durante toda su vida, me había amado a mí durante toda su vida. Lo único que quería era tenerme cerca y lo rechacé. Le dije que no volviera. Y no lo hizo, nunca más. ¿Que por qué lo hizo? Pues porque creía que nadie lo amaba.

Y aquí estás, el motivo que buscabas. El premio que me ha tocado por cometer un asesinato. Tú, Alice y Sammy, al menos durante un tiempo. Pero Hughie ya se ha ido para siempre. No puedo aceptarlo, pero no me queda más remedio. Todos hemos hecho algún trato horroroso en la vida.

–¿Sí? –me dijiste.

No pude decirte la verdad. Era demasiado tarde. Así que te dije algo que se acercaba a la verdad, algo benévolo, y lo que tú querías oír de todos modos:

–Creo que lo hizo por un viejo amor.

Te sorbiste la nariz y bajaste la mirada a tu vaso de leche. Te había dicho lo que anhelabas oír. Ahora ya podrías dormir tranquila, pienso.

–¿Puedo darte un beso? –te pregunté.

No hice ningún esfuerzo por disimular mi voz. Se te tensó la cara y frunciste la boca. ¿Te diste cuenta? Daba lo mismo.

–¿Mamá? ¿Alice?

–Dime, Hughie.

–¿Puedo darte un beso?

Una pausa, los ojos que me escrutaban bajo la luz incolora.

–Bien, de acuerdo.

Discúlpame si te apreté contra mis labios durante más tiempo de lo que haría un buen hijo. Piensa en los amores que duran toda una vida y el miedo pueril a la oscuridad. Piensa en las despedidas tristes.

El día siguiente robé la pluma de mi profesora. Robé una pila de cuadernos. Y ese día de abril, en un cajón de arena, sorbiéndome la nariz, empecé a escribir todo lo que acabas de leer.

A veces pienso en esa avispa. La que le picó a mi Alice. Amarilla con rayas negras como el ojo de un tigre, haciendo su vida en un nido colgado en South Park. Muerta, por supuesto. Aplastada hace cuarenta años. Pero me gusta pensar que mientras vivió, observaba a la dulce Alice a través de la ventana del salón. Día tras día, zumbaba y murmuraba en su cámara, contemplando a mi niña mientras leía sus novelas basura y se peinaba o se cantaba en voz alta al espejo entre las ventanas. Nunca hizo miel, no construyó ningún panal, sino que el único propósito que tenía en ese mundo era fastidiar, y hubiera muerto meses antes si los dueños de la casa hubiesen prestado más atención. Un insecto despreciable sin duda, pero la amaba. Vivió sólo para mirarla. Y en sus últimos días, pues la vida es corta para las avispas, cerró su casa, salió a su porche iluminado, bajó en picado dos veces en el aire y cayó por fin en su vida. Murió, por supuesto, una mancha de sangre pardusca. Es un acto valiente y estúpido, un acto bello, el de desperdiciar la vida por amor.

Ya lo he confesado todo. No hay nada que haya descrito mal, pero ahora que intento repasarlo, me doy cuenta de que tampoco hay nada del todo bien. He dejado de mencionar un lunar que tiene Alice en el cuello. Una escena en la que aparecemos mi esposa y yo dando una vuelta en el Oldsmobile, pasando por la rociada del océano y riéndonos. Y Hughie, cuando estuvimos en Kentucky, haciendo sonar la campana de una granja donde queríamos comprar jamón, el tañido y la cara de felicidad de Hughie rodeado del eco de infinitas colinas. Pero dejémoslo. Ya he escrito tanto sobre mi vida como puedo soportar.

Y eso nos lleva, cómo no, al final. Aquí estoy, encima de su tumba, escribiendo las últimas palabras. Alice y Sammy están dando vueltas entre las lápidas y ahora sólo estoy yo, la hierba, las hormigas y el hombre que asesiné. Lo propio hubiera sido enterrarlo en Colma al lado de su familia y de su hijo, pero quise que lo enterraran aquí, y aquí lo tengo, entre los suicidas y los paganos y los tréboles. No creo que le importe demasiado.

Soy consciente de lo que hice. Pienso en él cada noche, el primer niño normal que vi, un hijo para mí, un padre, un viejo amigo, la única persona que me amó durante toda mi vida. Pienso en él cada noche. Y cuando lo hago, los nervios se me desgajan del cuerpo como un hierbajo arrancado de raíz.

Si lo deseas, puedes ir a ver su lápida. Se encuentra en el extremo izquierdo, más allá de la multitud de difuntos de la familia Doone y la estatua de un ángel hecha de granito negro. Hubert Alfred Dempsey. Teniente de navío. Guerra hispano-norteamericana. Luego su fecha de nacimiento y la de su muerte y el epitafio: «Aquí yace un buen amigo». No dice que años atrás, cuando era niño, comía papel.

Ha llegado la hora de despedirme. La libreta de recetas del doctor Harper me ha proporcionado una buena reserva de pastillas, todas de color azul y malva, y antes de que se me acabe el cumpleaños y antes de que me hunda demasiado en el fango de mi maldición, creo que debería acabar las cosas en un tono añil. Supongo que será esta misma noche, si consigo terminar mi confesión. Tengo pensado dejar estas hojas en una caja que lleva una etiqueta que dice «Max». Tengo pensado escabullirme de casa e ir hasta el riachuelo que hay al lado del pueblo, donde me meteré en una canoa de hojalata. Allí tomaré mi dosis de ginebra y pastillas violetas. Hoy es el día de mi cumpleaños y me apetece hacerlo.

Veo a mi esposa y a mi hijo, caminando entre las tumbas de los caídos en la guerra de la Independencia. A mi madre le hubiese encantado llevar a su nieto hasta allí. Los saltamontes saltan entre las malas hierbas de las tumbas, las semillas de arce vuelan hacia el río y lo más sorprendente de todo es que en el azul luminoso del cielo veo el contorno tenue de la luna. Oigo un ruido que he decidido que tiene que ser un grupo de niños, en algún lugar del barrio, jugando a la gallina ciega. Sus voces excitadas me llegan fragmentadas, llevadas por el viento. Seguirán jugando y gritando de esta manera, llevados por el viento, hasta que sean demasiado mayores para hacerlo, pero entonces ya habrá más niños felices e ignorantes y salvajes, y así hasta siempre, pero entre ellos nunca habrá otro como yo.

Sammy me está saludando con la mano. Me está gritando algo pero no consigo oírlo. Creo que ha encontrado a un viejo soldado. Adiós, Sammy. Y Alice, allí estás, mirándome desde la sombra de tu mano. Nunca te olvides de lo que voy a decirte: no ha habido ningún momento en mi vida en el que no te haya amado.

Mañana te despertará una llamada de teléfono. Será demasiado temprano para entender lo que te dicen y buscarás tus gafas a tientas, como si fueran a ayudarte a oír, pero lo que te dirá el hombre es que han encontrado un cuerpo. El más reciente de tus hijos, muerto en una barca entre los juncos. El sol habrá acabado de salir y estarás congelada mientras te pones cualquier cosa, cualquier jersey que encuentres y salgas a tropezones al coche. Los policías te darán una taza de café en la comisaría y te hablarán en voz baja. Lo que te digan tendrá tan poco sentido como cuando lo oíste a la luz aletargada de la mañana. Te darán una bolsa con mis pertenencias. Entonces te mostrarán un cadáver debajo de una sábana. Levantarán la sábana y allí estaré, desnudo como en nuestra noche de bodas, hinchado de agua, la piel magullada con flores azules. No te pongas triste. La vida es corta y llena de desgracias pero me encantó vivirla. ¿Quién sabe por qué? No me mires durante mucho tiempo, pues te recordaré a Hughie y lo sentirás de nuevo, el dolor del pasado con este dolor nuevo. Apártate, Alice. Mira en la bolsita que te han dado; deberías encontrar un colgante. 1941. Entonces lo entenderás todo. No te pongas triste.

Un día hallarás estas páginas. Me imagino que no será porque estés limpiando el desván, sino porque estarás buscando algún objeto de tu vida pasada que querrás enseñarle a tu nuevo marido. Apartarás los álbumes de fotografías y la verás, la caja de la etiqueta que dice «Max», escrito con mi letra infantil. Sacarás las hojas amarillas, pegadas con arena y hierba y sentirás que algo se apodera de ti: el odio repentino o la ternura, algún sentimiento hacia este anciano. Supongo que algún día entregarás los cuadernos a Sammy y su pequeño misterio será borrado de su infancia: ese niño extraño, su hermano pasajero, a quien enterraste tan rápidamente y del que nunca volviste a hablar. Igual que nunca hablas de su padre. Si estas hojas caen en manos del doctor Harper, cosa que sospecho que ocurrirá, estoy convencido de que me tachará de demente y afirmará que este escrito no ha salido de un niño sino que se trata de una falsificación, sin duda realizada por tu ex marido y no por algún ser mágico. Imposible. Quizá lo publique en colaboración con Goldforest House, mi viejo manicomio, en forma de un estudio sobre ese delirio: el amor eterno.

Ha llegado la hora.

Ahora te toca envejecer y hacerte cada vez más sabia, mi amor. Educa a nuestro hijo para que sea un buen Explorador y un amante fiel: enséñale a emplear bien su nueva fortuna, a crear una fundación y nunca permitas que vaya a la guerra. Deja que tus cabellos se tornen blancos y que tus caderas se expandan en la silla cuando te sientas, deja que tus pechos caigan y que este marido, que te ama, sea el último. No te quedes sola. De nada sirve estar solo.

Quizá no lleguen a encontrar mi cuerpo, después de todo. El agua es caprichosa. Es posible que tome mi veneno, desatraque del muelle y nunca más vuelva a la orilla. Me recostaré sobre una almohada para que pueda ver las estrellas. Cuento con que haya estrellas y el cielo tiene que acatar, por esta vez. Me imagino que las pastillas tardarán media hora en surtir efecto, y si he medido bien mi muerte y no acabo vomitándolas en el agua negra, las constelaciones se iluminarán y se deslizarán encima de mí. No lloraré, ni por todos los difuntos ni porque eche de menos este mundo. Con un poco de suerte, seré como la dama de Shalott de aquella poesía. Flotaré río abajo hasta encontrar el mar, lentamente, durante semanas, pues estaré durmiendo, todavía vivo, haciéndome más joven con cada hora que pasa, y el río me guiará por su centro caudaloso, un niño que se va haciendo cada vez más pequeño hasta convertirme en un bebé que flota bajo las estrellas, un bebé tembloroso que no sueña con nada en concreto, nacido de la matriz negra del mar.

MAX TIVOLI
1930

UNA NOTA DE AGRADECIMIENTO

Estoy agradecido a la Bancroft Library de la Universidad de California, Berkeley, por las memorias, diarios y cartas que me permitieron examinar, y al San Francisco History Center, de la biblioteca pública de San Francisco. Este libro no hubiese sido posible si no fuera por la generosidad de las colonias MacDowell y Yaddo y sus benefactores. Gracias también a Johnathan Galassi, Carla Cohen, Susan Mitchell, Spenser Lee y Jessica Craig, a mis amigos y a mi familia y a toda la gente de FSG, Picador, y Burnes & Clegg. Por supuesto doy gracias a Bill Clegg, a quien va dedicado este libro. Mis gracias más sentidas a Frances Coady, que cuidó a Max y le hizo transfusiones de su propia sangre. Y a David Ross, que no dudó ni un solo instante.

Título de la edición original: *The confessions of Max Tivoli*
Traducción del inglés: Bianca May Southwood
Diseño: Eva Mutter
Foto de solapa: © Jerry Bauer/Opale

Círculo de Lectores, S. A. (Sociedad Unipersonal)
Travessera de Gràcia, 47-49, 08021 Barcelona
www.circulo.es
1 3 5 7 9 4 0 1 0 8 6 4 2

Licencia editorial para Círculo de Lectores
por cortesía de Ediciones Destino.

Depósito legal: B. 31160-2004
Fotocomposición: gama, s. l., Barcelona
Impresión y encuadernación: Printer industria gráfica, s. a.
N. II, Cuatro caminos s/n, 08620 Sant Vicenç dels Horts
Barcelona, 2004. Impreso en España
ISBN 84-672-0856-2
N.° 34629